读书三味

"越读越有味·书香伴我行"
主题征文精粹

绍兴图书馆　编

国家图书馆出版社

图书在版编目（CIP）数据

读书三味："越读越有味·书香伴我行"主题征文精粹 /
绍兴图书馆编. — 北京 : 国家图书馆出版社, 2023.3

ISBN 978–7–5013–7784–8

Ⅰ. ①读… Ⅱ. ①绍… Ⅲ. ①中国文学—当代文学—作品
综合集 Ⅳ. ①I217.1

中国版本图书馆 CIP 数据核字（2023）第043106号

书　　名	读书三味——"越读越有味·书香伴我行"主题征文精粹
著　　者	绍兴图书馆　编
责任编辑	王燕来　　王佳妍

出版发行　国家图书馆出版社（北京市西城区文津街7号　　100034　）

（原书目文献出版社　北京图书馆出版社）

010–66114536　63802249　nlcpress@nlc.cn（邮购）

网　　址　http://www.nlcpress.com

经　　销　新华书店

印　　装　北京雅图新世纪印刷科技有限公司

版次印次　2023年3月第1版　2023年3月第1次印刷

开　　本　710×1000　1/16

印　　张　19

字　　数　250千字

书　　号　ISBN 978–7–5013–7784–8

定　　价　88.00元

序

2022 年 4 月 23 日，首届全民阅读大会在北京隆重开幕，习近平总书记致贺信表示热烈祝贺，希望全社会都参与到阅读中来，形成爱读书、读好书、善读书的浓厚氛围。

书卷气，是绍兴人引以为豪的精神特质。两千多年前，越王勾践"昼书不倦，晦诵竟旦"；北宋著名政治家、文学家范仲淹创建稽山书院，延聘大儒讲学，大兴越地办学之风；南宋理学家吕规叔创建嵊州鹿门书院，朱熹曾在此讲学，成为越地文化发祥地之一；明代大儒刘宗周创建的蕺山书院，成为蕺山学派的发祥地；晚清开明士绅徐树兰创办的古越藏书楼，是我国图书馆史上最早对公众开放、第一家具有近代公共图书馆特征的藏书楼；还有鲁迅先生少年读书的三味书屋……

绍兴，读书佳话传唱古今脍炙人口，书香文脉历经千年赓续不断。近年来，绍兴市深化打造"越读越有味·全民读好书"全民阅读品牌，不断加强组织领导和投入保障，努力在全社会形成"爱读书、读好书、善读书"的浓厚氛围，推动"书香绍兴"建设。

2022 年，党的二十大胜利召开，为贯彻落实中央和浙江省委关于全民阅读的重要部署，营造全民阅读浓厚氛围，以文学的形式、生动的笔触展现党的十九大以来古越大地在伟大改革进程中焕发出的精神风貌和时代变迁，在绍兴市委宣传部指导下，绍兴市阅读联盟开展了"越读越有味·书香伴我行"主题征文活动，活动收到征文 800 余篇，经专家评审，共评出一等奖 1 名，二等奖 3 名，三等奖 5 名。精选 77 篇征文结集而成《读书三味》一书。书名源于鲁迅年幼时曾就读的"三味书屋"。宋人李淑对"三味"释曰："诗书味之太羹，史为折俎，子为醯醢，是为三味。"意思是说经书味如肉汁，史书味如带骨的肉块，子书味如肉酱。古人把好书比作美味佳肴，主张仔细品味、吸收、消化，进而变为对自己有益的养分。读书有三味，又何止三味，相信本书作者已经品味出了读书的多种滋味。

该书是继 2021、2022 年出版的《书香阅味》和《悦读余味》两书后，"越读越有味·全民读好书"全民阅读主题活动系列征文集的第三部。希冀以书籍出版为契机，通过阅读点亮心灵、启发智慧、涵养正气，营造"悦读、尚读、优读"的良好氛围，不断擦亮"书香绍兴"的金字招牌。

积财千万，无过读书。让我们在读书中寻找心灵的慰藉，让我们在读书中寻找诗意的栖居。

编　者
2023 年 1 月

目　录

遇见

火炬

见证

遇见

总是在这样静谧的夜，在皎洁的月色下，伴着零散的月光，沉溺于《红楼梦》的世界，才是最完满的时光。

书中芸娘

马庆民

芸，我想，是中国文学中最可爱的女人。

这是林语堂先生翻译《浮生六记》时，在汉英对照版的序言中写下的一句话。这里的"芸"，就是《浮生六记》作者沈复的夫人——芸娘。

每次读《浮生六记》都会忍不住感慨：芸娘如此真实有趣地活过、爱过，虽经过200多年的岁月沉淀，却依然闪耀着璀璨的光芒，温暖着世人的心。

沈复的一生，不爱功名，只爱芸娘，不仅刻下了"愿生生世世为夫妇"的印章，还对芸娘说"来世卿当为男，我为女子相从"。他们不攀附权势，只愿一道游历山水，观花逐月，赏画论诗，追求闲适自由的生活。这，不正是我们内心深处最需要的人生伴侣、最羡慕的神仙生活！

在沈复眼里，芸娘是个非常有趣的妻子，也是个性格活泼的得力助手。因为芸娘，沈复的人生充满生趣。而对于后来人，书中的芸娘就如天上的月亮，散发着幽幽的期待与想象，谁又能不爱？

"满室鲜衣，唯有芸娘衣着肃静淡

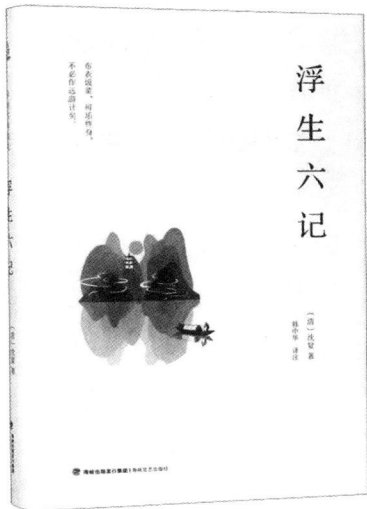

雅，仅穿一双新鞋，她削肩长颈，瘦不露骨，眉弯目秀，顾盼神飞，唯两齿微露。算不得上佳的面目，但那缠绵纤弱的神态，令人着迷。"沈复初见芸娘就为之倾倒，并非出众的样貌，而是她的神态。可见芸娘的美，不是用眼能读懂的，她的美是由内及外散发出来的，需用心、用情。不然一向严肃的鲁迅也不会如此评价芸娘："虽非西施面目，并且前齿微露，我却觉得是中国第一美人。"

芸娘的美，美在雅趣。夏日荷花初开时，晚间含苞，早晨开放，芸娘便用小纱袋装少许茶叶，放在花心，次日早晨取出，用煮沸的雨水冲泡，香韵尤为绝妙；冬日里，芸娘把沉香、速香于饭锅里蒸透，在炉上设一铜丝架，把香放上去，离火一寸，徐徐烘烤，这样的香气，有一种幽远的韵味，且没有烟气；闲暇插花时，芸娘找来螳螂、蝴蝶、蝉等昆虫，用细丝线捆着它的脖子系在花草间，再整理它的足，或抱在花梗上，或踏在叶上，看过的人无人不称绝；宴请友人时，她将六个白瓷深碟，放置在一个梅花盒里，用灰漆固定，做成梅花形状的餐盒，再装上六色小菜，放在案头给沈复和友人们佐酒，一份普通的家常菜，在梅花盒的精致装点下，既可口又悦目。

泡荷花茶，静室焚香，捕虫插花，梅花餐盒……这些都是红尘烟火的缭绕，都是对生活的深切热爱，如此的雅趣不仅抚慰人心，更令人向往。

芸娘的美，美在风趣。芸娘喜欢吃腐乳和虾米卤瓜，但这两种食物刚好是沈复最讨厌的；沈复喜欢吃大蒜，而这又是芸娘最讨厌的。这咋办呢？于是芸娘就提议各自捏着鼻子吃一点对方的食物。沈复尝过腐乳后，开玩笑地说："你这是陷害我做狗吧？"没想到芸娘更加俏皮地说："我做狗很久了，委屈你也尝一尝吧。"没想到，从此之后他们竟习惯了陪对方一起吃对方喜欢的食物。

沈复常常外出，回到家中会向芸娘讲述外面的趣事。可惜芸娘不是男儿身，只能一直待在深闺中，大门不出二门不迈，无缘得见外面的热闹。于是芸娘就产生了一个大胆的想法——穿上沈复的衣服，戴上沈复的帽子，学上一番男子的走路姿势及拱手作揖之礼，竟女扮男装跟着沈复外出找趣事去了。

芸娘的美，美在志趣。芸娘从小就聪明灵秀，天赋过人。刚学说话时，听一遍《琵琶行》，便能背诵，后逐字辨认，就学会识字，由此可见，她并非只有寻常女子之志。父亲去世后，她用娴熟的刺绣、缝纫手艺，供养一家三口生活，并供弟弟上学。如此家境，她自然没上过学，但她在刺绣闲暇时，勤奋好学，渐渐懂得写诗作词，并写下"秋侵人影瘦，霜染菊花肥"这样的佳句。即使在婚后，她也忙里偷闲看《西厢记》至废寝忘食，还提出"杜甫的诗锤炼精纯，李白的诗潇洒落拓"这样的绝妙辩论。

芸娘不同寻常的志趣，决定了她不会像普通女子那样爱财如命。她对钗环首饰没什么兴趣，沈复的弟弟成亲时，弟媳偶缺珠花，芸娘就很大方地把自己成亲时收到的珍珠拿了出来，婢女在一旁见了觉得可惜，芸娘却说："妇女本身阴气就重，珍珠又是至阴之物，用它做首饰，所剩无几的一点阳气都被克光了，有什么好的！"她把珠花等贵重物品拱手相让，却将烂书残卷破画视为珍宝，常粘补成幅，修补分类，装订成册，美其名曰"弃余集赏"。

芸娘的美，美在情趣。正是有如此情趣，芸娘才会在最贫穷的时刻，始终站在丈夫的身后支持他，帮助他。那时，只能靠写字刻章挣点小钱的沈复，却常喜欢跟朋友喝酒聚会。芸娘除了不动声色地拔钗沽酒，还想出了很多省俭之法来维持他们的日常。即使后来无家可归，生活穷迫，颠沛流离，她也能够保持乐观的心态，不离不弃，把日子打理得像模像样，充满情趣。

芸娘的这份情趣，不仅充盈了自己，也把美好和快乐，带到了他们生活中的每一处角落，传递、感染着沈复和他身边的每一个人。

张爱玲曾说过："遇见你，我变得很低很低，一直低到尘埃里去，但是我的心是欢喜的，并且在那里开出一朵花。"陈芸之于沈复是奋不顾身的，是用生命去爱的，且低入尘埃，但令人惋惜的是，这份低入尘埃的爱，并没有开出一朵花。芸娘爱得真诚，爱得平凡，爱得卑微，却足以令人感动。因为在她的身上体现了一种顽强的精神，这种精神犹如燃不尽的山野绿草，无论他人如何侮蔑她，生活如何摧残她，她依然保持使人如沐春风的率真。

人的一生可以是平凡的，但一定得是美和快乐的。芸娘的一生，言行恬淡无争，处事风雅感性，生活盎然生趣……但最可贵的地方，却是美和快乐，且这种美与快乐是无悔的。纵然颠沛流离、布衣蔬食、疾病缠身，也能在努力生活中发现赏心乐事，让一个卑微的小的生命美且快乐地过着每一天，这难道不是世间之至美？这种美，就像月亮的美丽光辉，使无数个同时代的女子为之失色，男子为之动容……

合上书本，我会为芸娘的死而惋惜，但同时更为她活得美丽、快乐、精彩而感叹。

书中芸娘，那由内到外散发着的种种美与快乐，悄然变成了我内心不会被寒风吹凉的一块温玉。

聆听一声文化的叹息

沈定坤

"比梁实秋、钱锺书晚出三十多年的余秋雨，把知性融入感性，举重若轻，衣袂飘然走过他的《文化苦旅》"。这是我拜读《散文的知性与感性》一文时，记忆犹新的一段话。缘由无他，无非是认为这种评价是否过于高看与狂妄，再者是否有捧杀之意？但我却了解余光中先生，知晓先生为人为文，从不打妄语。于是，我便就着先生的推荐语，打算去游历《文化苦旅》一番。

我曾遇见过很多这样的人。大抵是身为一位国人的自豪或是荣誉感，每当外人问及古老中国的历史，他们便会不假思索，傲然地脱口而出，说是五千年，再扫视一圈外国人那因难以置信而瞠目结舌的表情，像只斗胜的公鸡般扬扬得意。我以为这种行径，好似两个八岁小孩，在争吵谁家的家底更加殷实，开始似头头是道，之后便是信口胡诌。然孩童无知，无可厚非，当时的他们哪知他们所见只是冰山一角，但是长大成年便知自家的底蕴。而那些盲目狂妄拿自家先祖的基业去向外人炫耀的家伙，大多是成人，却还是没有走出儿时争斗的怪圈，只知自家家底的丰

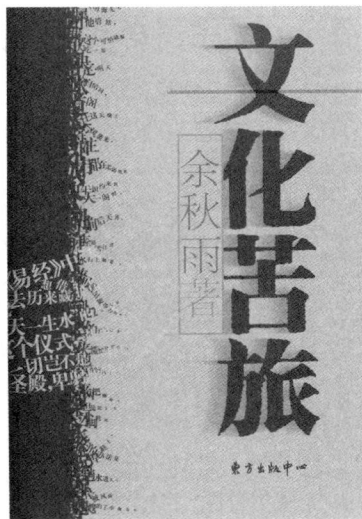

厚，却不知名下的产业几何，这不让人嗤笑？

　　我时常感慨与叹息，感慨中国历史之绵长，作为文明古国的余存，实为现世各国所不能及。又叹息很多的国人，只知历史之悠长，却不知其间留存了何物，只空知五千年，却不知其中的那些丰富的遗存！早年间，我曾在国内的某景点处，看见这样一幅场景。一位导游带着一群老外在游历某处古代遗迹，就着一口夹杂着方言口音的英语，兴致勃勃地在向外国人介绍。我就想蹭一蹭导游的讲解，于是放缓步伐，亦步亦趋，跟在他们后头听。我跟了一段，便放弃了。不是他的语言不标准，在当时，一位会英语的导游已然少见。让我失望的，是在他那不标准英语背后的不真切表达，他的讲述好比将炎帝陵说成黄帝陵，将公元前两千年道作公元前一千年，诸如此类的错误频出，关键他还说得起兴与自豪。我本想义正词严地打断他，在崇尚华夏文明的外国友人面前，找回些历史的颜面来。但我发现自己也是不甚清楚，当时的我真想刨出一个洞来，如同鸵鸟那般将头埋进去，自欺欺人。自那以后，每当我拜谒一处景点之前，我都要做足功课，一时的误人误己是小事，丢了华夏文史的风范便是大事了。

　　我曾不止一次向我的师友、小辈推荐《文化苦旅》一书。因为中国的历史和文化走了很久，以至久到浑身布满灰尘。到了我们这一辈，就应该将古老民族身上的尘土抖抖，再见一见这个古老民族的发展史与苦难史。

　　要我给它下一个精准的定义，其实很难。你可以说是一本游记自传，可以说是一部旅游指南，也可以说是一本遗迹的自述。它述说了一个建筑、一个地域由兴盛走向衰亡的过程，再用文学的手法将它们推向永恒。余秋雨先生的笔调高妙，当我以为自己将作为一位旁观者，阅读一本历史传记时，又悄然成了一名参与者，仿佛拜访古迹幻境的人便是我一般，笔调一转，又将我拉出幻境，重新作为一个倾听者，再次倾听作家的感慨与喟叹。

　　我越是深读，越是暗暗吃惊。起手，先是随意地展开书卷，慢慢地郑重起来，一页页翻动，一句句咀嚼，一字字揣摩，一页中字句的构造，都具有无上的魔力。我随着先生进入故乡，不是鲁迅落笔的晦暗与沈从文笔下的美好，余下的是一座座牌坊。不同的石料，不同的工匠，不同的名字，它们却有着相同的隐秘的涵义。看完牌坊，心中笼着一股名为压抑的阴云，迟迟不散，便只得一脚踏入旁近的庙宇。诵经声、念珠拨动声，入耳，将畏惧与浮躁，于无形中卸去。不是每个人都信宗教，但每个人都有信仰，于是先生便怀揣着它们，走出了故乡。许是冥冥之中，自有天意，让那些即将断代的残骸，余下些只言片语，再让先生来留下些文字，与后人对谈。先生面对的是无力，只得在夕阳下朔风凛冽的道士塔前扼腕叹息，在残损破碎的莫高窟壁画前凝神徘徊，在流放清代儒雅文士的宁古塔遗迹前虔诚祭奠，在清代专供皇家居住的承德避暑山庄里黯然沉思，在黄州赭红色赤壁前默默独白……然而，留给我们的却是精粹。是先人让文化诞生，延续；先生则是让它们再衍化、鲜活。让未被遗忘的，或发展，或延续，或融合。随着先生的步伐，一路走来，我已然无法言说。

　　"每到一个地方，总有一种沉重的历史气压罩住我的全身，使我无端地感动，无端地喟叹"。无数的感动和喟叹，难道真都是"无端"的吗？沿着历史的边缘一同勾勒，便会初现端倪。当年阳关的城墙已经塌陷消弭，当年渤海国的废井只是冷眼凝望，而那道貌岸然的所谓贞节牌坊还在那里矗立……这里沉重的气压，有多少是对历史文化的传承；残存遗迹的沉重包袱，又有多少是对于传统鄙俗的反叛与蔑视，我们也不得而知。到如今，我们早已数不清多少的经书丹卷，它们被王道士这类无知之人贱价出手，流离海外；到如今，我们难以追回的卷轴文书，它们在天一阁中被盗贼一部部掳掠，流离失所……我无法料想，当古人地下有知，这些罪人又有何等的脸面，在九泉之下向他们讲述这一切呢！每每读到此处，想到那一卷卷书籍，孔子、韩非子、扁鹊、司马迁，一位位名人的身影便在我的眼前浮现，从冰冷的经史子集中走出鲜活的身影，而在想到书籍被偷盗、贱卖、蹂躏的一瞬间，又化为泡影，重归于寂静。回顾当年的伤痛史，我们只得扯着早已沙哑的声带，连声嘶喊着"不要"，而如今我们不应再让这种悲剧的叹息持续下去！

"历史文化不只是印刷在课本上，而是掩埋在大地深处"。一如先生所说，便是解决了千百年以来，万卷书与万里路这一对看似矛盾的选项。当我坐下看书时，总会有些内心独白的声音，说死书难读，不如去看看大千世界；可当我下定决心去游历山水时，一些细细碎碎的声响又灌入耳中，说行路辛苦，所见不及书中十分之一……先生真正做到了一边行路，何止万里；一边读书，何止万卷；一边记言，何止万载。先生此举，在此向世人言说了读书与行路是并举的，当你的脚力不足时，应博览群书；到了脚力足时，便可去游历大江南北，也不叫人轻视了。如此，文化苦旅的本质和意义，在这种近乎契合的契机下，终于找寻到了答案，困扰世人千百年的论题——读万卷书与行万里路的关系，似乎在此也得到了诠释。

书中的叹息，说是反思也好，感怀喟叹也罢，都是先生的一种别样的探索。在自然中，在历史中，寻找到文化，将知性与感性交融，便是一种独有的风范。你看，山不必过高，就算是山中小弟，也有着"狼牙山"一个奇称，相较于他处的浮华，也会留名青史；泉不必太急，存着一方沙漠的隐泉，没有汹涌澎湃，只是咕咕冒泡，也可救人无数；景不必太美，候着断壁残垣，余着秦砖汉瓦，古刹庙宇，甚至一处土家荒丘，在此也是辽阔的空间与邈远的时间邂逅，从而引发些不羁的遐思。也许从深远意义来说，这才是真正人生之所在。由此我便踏上了一条"不归路"，由着心愿、携着纸张，前往一处又一处的遗迹幻境，算是步了先生的后尘了。

合上书卷，看着书上苍劲有力地写着"文化苦旅"四个大字，其中"苦"字取得恰到好处，就是苦楚之旅，在路途之难，在遗迹之残，在山水之损，在人生之艰。说到"苦"，我就想起，曾读过的汪曾祺先生的一篇写吃苦的文章。文字行云流水，读下来，初觉是味道之苦，深思便是人生之苦，难怪说"吃苦是长大的前兆"啊！

于是乎，先生在这种苦苦累累、跌跌撞撞、长路漫漫的路途中，不止发现了遗迹的残余、历史的风雨，还有自己的定位。于是乎，在那样一个年代，那样一个时机，那样一个地点，道出了那句："你来了吗？你是哪一代的中国书生？"

这个问题，好回答吗？现在的我是答不上来的，但我一直在积极探寻，想来这便是文化的叹息了。哎，不知读者，心中是否已有答案？合上书，走时，不妨想想，那也是文化的根。

《文化苦旅》读后感
——在名著中"行万里路"

廖道进

翻开那本绿色封皮的书，我跟随余秋雨先生踏上了"文化"的这条道路，开启了一段段艰苦的旅程。

看余先生的书，我惊叹他文字描写的深刻魅力，一字一句间，中华民族五千年的历史画卷在我眼前缓缓展露；但更多的是，我惊叹于他不远万里的跋涉，惊叹于他所寻求的历史遗迹，触碰的文化灵魂，让中华民族在历史的风沙中把古今缓缓道来。唐太宗曾言："夫以铜为镜，可以正衣冠；以古为镜，可以知兴替。"确实，观史知今当思进退，是多少人对历史的无限追求与期望。历史不仅仅是过去，更应成为今后征程的指导，《文化苦旅》所喻晓读者的，正是这种对历史的敬畏、对历史的情怀。

我先随余先生进入了他的故乡。在他的故乡，我观望到了一座座的牌坊。不同的石料，不同的石匠，不同的牌坊，却有着相同的隐藏意义。"半夜的小船，简薄的形装，无人的棺木，装扮的大殓……一切都心照不宣。但是，父母亲的号啕大哭却是真的，泪滴溅在白胡白

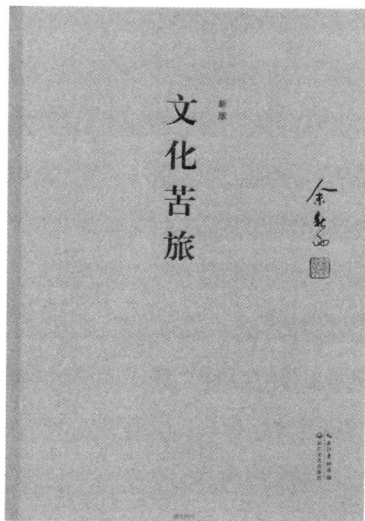

发上。毕生再也见不到女儿了，也不知道他会流落到什么地方"。"在昏暗的月色下送别小船的，总是父亲。因为母亲裹着小脚，行走不便，更怕她在河边哭出声来。父亲很少说话，步子很轻，快速向小船走去"。就是这些文字，让我深深地震撼，不仅仅是父母亲对子女深沉的爱，同时也震撼于前人对教育的渴望，对逃出封闭的渴望，对解除禁锢的渴望。

即便是千万般的不舍，也希望他们离去。走吧，走到更远更开阔的地方去，去追寻更有意义的生活。但是万万没想到他们中的很多人又回来了，他们带回来的是知识，是解除这闭塞地方落后的法宝。用他们所学来的知识，在这大山里埋下了一粒又一粒的种子，培育了一批又一批祖国的花朵，用心浇灌。那些种子，也将成长，蔓延在祖国的大好河山，也终会成为一道道绚丽的风景！就像作者说的："君子怀德，小人怀土。不要太黏着乡土，只有来来去去，自己活了，地方也活了。"我们每个人都要尽力走出去，走出去是为了丰富眼界，也是为了更好的、更有价值的归来。

"在读了很多书，经历了很多灾难之后，我终于蓦然醒悟，发现一切文化的终极基准，人间是非的最后衡定，还是要看山河大地。说准确一点，要看山河大地所能给予的生存许诺"。读到这部分，可以说完全打开了一个新思路，开辟了新天地。在读书的过程中一再的惊叹于作者的独到见地。在一本散文书籍中看到了"生态"的字眼，看到了文明的兴衰与生态的关系，"我相信，不管说大说小，生态原因都是历史的第一手指"。

我们常说"叶落归根"，这大概是出门在外的游子在晚年最大的心愿。中国古代文人不管漂泊何处，晚年最大的向往就是回归故乡。但是在英国历史学家汤因比的眼里，最向往的地方却是中国的西域（指今天中国新疆塔里木河、叶尔羌河一带）。他的这种观点与我们传统中国人的观点存在极大的不同。在我们看来，西域是不适合生存的地方，大漠风沙，干燥的气候，脆弱的生态，贫乏的物资。但是，读书的妙处就在于你总是能够在书中发现一些令人耳目一新的事情，一些颠覆你想法的观点。在两千多年前甚至更早，西域并不是今天的这般模样，在那时那里已经有了像样的市场，不仅是商品贸易的集散地，也是精神文化的集散地。如果没有看过这本书，我的观点也许仍然会像现在这样对西域存在偏见，但是读书之后，这地方又对我充满了吸引力，让我想要去探寻它，去了解它！

余先生在书中还提到了对人类命运的展望，他说："我对人类前途的展望是一种宏大而美丽的悲观。"在这里我所要渲染的并不是悲观主义，而是余先生所表达的对于人类社会的人文情怀。这种人文情怀与我们今天所宣扬的人类命运共同体是一致的，是不可缺少的时代担当。

作为一名中国人，家国情怀是不能缺少的。我们要热爱我们的父母家人，我们也要热爱我们的国家，热爱整个人类。对未来充满美好的向往，期冀着更美好的明天。

我们每个人在这世上生活，其实都是一个旅人。与作者放下一切功名利禄踏上旅途追寻文化不同，我们大多数人是行走在生命的旅途上。但是，无论这场旅程沿途是什么样的风景，希望在这场苦旅结束后，仍然是浪子未死，气场未决。就像作者在序言中提到的那位浪子，"一路伤痕斑斑，而身心犹健"。

枕边有本《红楼梦》

夏宇欣

　　《红楼梦》一书我已经读过好多遍，每一次品读都有别样的风情。在我以为将它攥于指尖、读懂它时，好似它又有了另一种解读，好像怎么读它都读不对似的。那般神秘莫测。然而，我又那么爱去探索它每一层迷纱背后的美丽，总给人带来惊喜。

　　孩提时读它，是看它精美的插画。

　　林妹妹蹙起的罥烟眉、泪光闪烁的含情目、华美绝伦却毫不夸张的衣饰……那样让人心动。宝哥哥圆月般皎洁的面孔、春晓花色般的面色，刀裁般的鬓、墨画似的眉，面如桃瓣、目如秋波，怒时有笑、嗔视有情……真真一个遗世独立的美男子。我喜爱这些人姣好的面容、美好的心，爱大观园里别致的各色院子。那里的一山一石、一草一木，对我来说是梦一般的存在。

　　少年时读它，是感怀宝黛的悲情。

　　他们二人本就是前世的姻缘，却注定只能是个悲剧。宝玉原为天上的神瑛侍者，只因怜于崖旁的一株绛珠仙草，便注定二人今生的纠葛。她以眼泪报了他一生，他也负了她一生。那时的我单

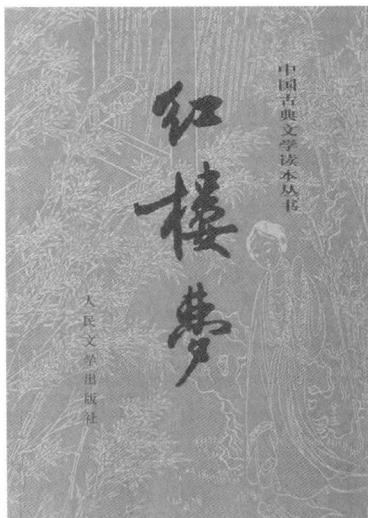

纯地认为，他们最终的走向是因为两个人不断地误解，不断地错过。是他们自己一手促成了这爱情悲剧。而今，世事变迁，似乎也理解了宝、黛二人的无奈。他们的爱情受于世俗的困扰，家庭、背景、性格……这些都是原因。我们不能怪黛玉的多愁善感，因为她寄人篱下，没有安全感，没有感受到亲人间真正的暖流。就连情投意合的意中人宝玉也负了她，娶了安于世俗的宝钗。她不够圆滑、太过于个性，终究成了这腐朽社会的陪葬品。悲哀！

而今品读，是品尝栩栩如生众多人物形象。

月光如雪，岁月静好的夜晚，还是爱伴着一杯茗、望断残叶凋零。

自理解了每个角色在那个社会大背景之下的逐渐没落、凋零；探索宝黛爱情里的悲喜；不仇视于任何角色，而是体会人物心酸……就连我最不喜欢的宝钗，我也学会了懂她。她是封建礼俗中标准的妇人形象，贤良淑德，听于父母之命，与大观园上上下下建立良好关系，树立自己美好的形象。她乖巧伶俐，深得人心。相信金玉良缘之说，却始终没能赢得宝玉的心。她又何尝不是这个时代的牺牲品？或许我们同情宝、黛，会觉得是由于宝钗的介入而使二人陷入困境，让黛玉抑郁而亡。但是，她的结局又何尝不悲？独守空闺，眼看着贾府一日日地破败，腹中还怀着未出世的遗腹子……一切美好都崩塌了。她也欲哭无泪了吧！要有多坚强，才能造就宝钗？所以，我由讨厌变为了敬佩。不论何时何事，我们都要学会换位思考，设身处地地为他人考虑。要知道，人无完人，只有将心比心才能静心品悟每个人。

总是在这样静谧的夜，在皎洁的月色下，沉溺于《红楼梦》的世界，才是最完满的时光。爱在暗夜里，嗅着自己心爱的书散发的独特芳香。走进红楼的深处，如花美眷似水流年。年轮焊接彼此的生命轨迹，对前尘的遗憾，对往事的眷恋，缅怀娉婷于指尖，知冷知暖，轮回四季。烂漫的春天里，绚丽着风雨过后的彩霞满天。夏日的小溪里，吟唱着婉转动听的采莲曲。层林尽染的秋色里，看那落叶飘飘。皑皑白雪之上，一对雪人渐入佳境。

　　月从窗外升起，耳旁却响着"思君如满月，夜夜减清辉"的句子。无论是昨夜西风凋碧树，独上高楼，望尽天涯路，还是锦瑟无端五十弦，一弦一柱思华年的意境，都改变不了红楼梦中各个人物的命运。生命的小径上，播撒阳光和鲜花，左边温暖，右边芳香。

　　品读它的故事还在继续，或许中年时读它又是另一番光景；抑或老年时读它，会热泪盈眶……我想，这一切都是值得的，我将用一生去品读它的点滴。

　　枕边有本《红楼梦》，晚间的陪伴，精神的家园。读到心酸处，荒唐愈可悲。由来同一梦，休笑世人痴！

接受"叛逆"

——《百年孤独》不孤独

王雅轩

　　时至今日，在读书讨论会上，我介绍说：我读完了《百年孤独》。其他人总会有如此神色：你为什么要读这么晦涩难懂的作品？抑或认为《百年孤独》是脱离现实的，是只能一睹、没有现实意义的。我认为不然。

　　在劝解别人时，"逃离舒适区"是很流行的说法：习惯于一个环境时，常常要跳出当前才能得到新的提升。读书也是如此，常常需要从不同的视角、不同的思维去看待同一个物体，并用自己的价值观理解并取之精华、去之糟粕。亦如"信息茧房"，要么接受信息化茧成蝶，要么故步自封作茧自缚。这就是一个"孤岛"，除非是像那条铁轨强制进入马孔多，那"孤岛"上的人永远都是孤独的，自己的世界就是所有。

　　在俄国形式主义中，有文学的"陌生化"的概念。陌生化是相对于自动化而言。每个时代的文学作品都有其特点，《百年孤独》作为魔幻现实主义代表，也是如此。对于惯常的语言

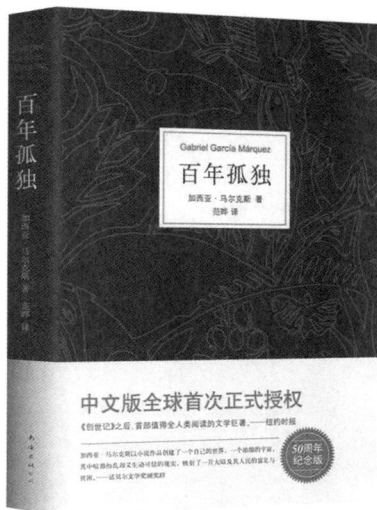

形式，熟悉的表达手法，读者的感知力会变迟钝，很难达到"情动于中"的效果，阅读趋于一种自动化的反应。陌生化则追求语言形式的标新立异，背离常规认知，创造可能未知，使读者置于新的感受域之下，重拾对事物的新鲜感，充分感受文学作品的文学性，这会大大加长对于文本的阅读时长和艺术欣赏强度，对于如此一本书来说是必需的。

陌生化强调两个相互对立的因素，一是自动化及自动化的消解，二是可感受性。古希腊文艺理论家亚里士多德在《修辞学》中提到，偏离惯常语言用法，会使语言更高级；类似于普通大众，见到陌生人的感觉一样。我国古代文人创作时推崇"文似看山不喜平""语不惊人死不休"的态度，通过韵律、节奏及修辞手段等的运用，在形式上推陈出新，达到"陌生化"效果。这在文学效果上是指作者主观创造叛逆，马尔克斯是这方面的行家里手。或许正是他的笔锋犀利，才会留下了"他的作品都是晦涩难懂的"的普遍印象。

《百年孤独》就在这样的印象中，成了孤家寡人，是拉美魔幻现实主义的"孤芳自赏"。其实，《百年孤独》的故事虽然百转千回，但也是主线清晰，通俗易懂的。所谓晦涩难懂，我认为是不潜心阅读的表现，是共性问题，虽然这本书不是雅俗共赏的必备佳作，但也是开启一个异国他乡的建成时代、霍乱时代、彗星时代、香蕉公司时代的钥匙。

网上对于这本书的解读通常以速读的形式出现，不仅是遵循羊皮卷预言的家族命运对整本书全剧情的完全梳理，而且也有重点人物、重点情节、重点细节的解析，顺带补充拉美文学、魔幻现实主义的知识，是顺应快节奏时代的碎片呈现。但是不利于"陌生化"文学的推广和深入，大众成段阅读时间的减少带来了浮躁之风，急于求成地"速刷"书目完成打卡、炫耀的目的，像马孔多人民先时追寻吉卜赛人的神奇发明和后来狂欢节时的狂热直至惨剧的发生。

从《百年孤独》中审视阅读习惯，我觉得形成"信息茧房""思维孤岛"的原因不难理解：因为大众在拒绝《百年孤独》这类"文学叛逆"的作品，并用"晦涩难懂"的理由去安慰搪塞自己，自然不能也没有机会接触到其他类型、其他思想流派的内容。其实是自己在脚下挖了一条沟，自己自愿成为"鲁滨逊"；或者，因为这种不是硬通货，就像马孔多人民和吉卜赛人只认金币一样。

必定有人会反驳，不是要坚守自己的理想信念吗？列车的进入、香蕉公司的成立让马孔多从纯洁和平的村庄到被暴风摧毁的糜烂都市，不就是证明了这个道理吗？我们需要信念的自信，而不是过度自信从而故步自封，需要有对于"叛逆"的包容。乌尔苏拉从建村元老到被称为高祖母，见证了如此之多的变迁，她虽然活成了那个时代的人，但也在自己的基础上尝试接受新的东西，例如意大利来的自动钢琴，她虽然越来越孤独，但是总会有人记起她，她也不是孤独的；人类社会古往今来，多少名著之所以留存，是因为它们对于不同的时代，总能挖掘出不同的意义，这就证明了并无绝对的领先，只有相对的可取，再古老的书籍也都有现代的价值，再"叛逆"的文本总有存在的道理，只是我们能不能放平身段，心平气和地理解、取舍、评价。

《百年孤独》的意义不仅在于文学的造诣，它更多的像一个导师，指导我们如何去阅读。它举了很好的例子：布恩迪亚上校的小金鱼一做就是半辈子，除了吃饭休息就是小金鱼。小金鱼的制作繁复，枯燥乏味，但并未让这个经受过战争磨砺的糙汉子乏味。心无旁骛地去领会"陌生化"文学，不单是为了记住其中的故事，而是能够思考、回味，乃至于在未来的某一天，坐在书桌前写作时仍能用上并有见解，抑或是坐在壁炉旁跟孙子孙女绘声绘色地讲述这段传奇的故事。我想这也是阅读的意义，更给予社会思考：时代的高速公路是否为此特地开辟一条慢车道呢？

我们一直以来都强调阅读的重要性，但总会像乌尔苏拉阻止丽贝卡吃土般防止孩子去阅读喜欢的名著，并且还会逼着让她喝橘汁兑大黄一样的灌输"必读"书籍的概要以达到揠苗助长。这不是为了批判某种形式，而是意识到"书到用时方恨少"时才会感慨没有读书的习惯和心境，最后只能在叹惋社会的风气中落寞收场。阅读终将是"良药苦口利于病"，接受"叛逆"的书籍，才能在孤岛之中建立航线，才会有互通的码头，以及更加深层的交流。

　　那不如，从《百年孤独》开始，重新审视自己的阅读，重新接受这些"叛逆"的文学，让自己的思维在接受、批判、取舍中再次得到升华。

重读《红岩》：革命的火焰在我双眸里燃烧

祝宝玉

一

鲜血染红了汗青

旗帜漫卷了黎明

铁镣的回声打破了凌晨的寂静

读《红岩》，一枚枚汉字讲述着信仰的坚定

没有什么值得畏惧

没有什么令人屈服

他们，江姐、许云峰、成岗、齐晓轩、华子良……
祖国的好孩子，党的好战士

二

曾经的誓言不曾忘却，曾经的战斗依旧激烈
谁忘记了历史
谁将成为罪人
在那个黑暗的年代里，正是有了一点点微微之光
才把我们引向辉煌
在这个甜蜜的时代里，我们怎能忘记英雄的悲壮
他们的牺牲加快了春天的脚步
更催化了中华儿女战斗的激情
哦，信仰来自《红岩》，理想来自《红岩》
今天，我以诗歌之名
给它披上一米阳光

三

无穷的力量于《红岩》的封面上喷薄
新生的太阳从那里升起
而巨轮，已经起航，劈波斩浪
扉页的上端惊雷滚滚，血雨腥风的年代，光明驱赶黑暗
我们跟随大河逆行
记住历史的沧桑和荣辱，没有谁的血汗是白流的
没有哪个英雄的名字被忘记
他们交出自己的生命，铺就革命前行的大道
坚定扛起旗帜，把雪夜燃烧

四

一面旗帜，永恒的旗帜

在太阳底下更加红艳

一颗心更加赤诚，复兴的使命扛在肩上，共产党员

镰刀和锤子

劈开万难险阻，开辟百年盛世的基业

石头垒筑的精神不朽

铿锵有力的誓言在历史的长河上回荡

读《红岩》，为了"把这里的斗争告诉后代"

把生留给了别人，他们带着必胜的信念从容就义

五

营救，在黎明

在子夜

在黑暗的年代

拯救，人民于水火之中

先烈们义无反顾，英雄们慷慨捐躯

亲爱的母亲啊

这么多好儿女您应该为他们感到自豪

我们的土地是有希望的

我们已经赢得了最后的胜利

亲爱的母亲啊，您的笑容，您的泪水，您的感动

您苍苍白发，您苦难的曾经

六

在斗争最危急、最关键的时刻

他亮明身份

一尊丰碑，骤然间矗立在读者面前
转折的情节，刻画一个光辉形象
深谋远虑、卧薪尝胆、忍辱负重、长期坚持的革命者
华子良，升腾着的火焰
在心底涌流，加速前行的节奏
一个崭新的空间就在前方，在下一行，下一节，下一篇
永无止境的奋进的旋律

荐书稿——海飞《惊蛰》

沈盼盼

惊蛰，又名"启蛰"，是二十四节气中的第三个节气。

惊蛰，也就意味着春天即将到来，蛰伏在地下的动物即将苏醒。

而我今天要讲的《惊蛰》，却是一个发生在 20 世纪 40 年代的故事。在这个春末夏初之际，让我们一同穿越回硝烟弥漫的民国时期，在黄浦江浩渺的潮水声中，在米高梅舞厅靡靡的歌声中，来听一支战火中的青春挽歌。

陈山，一个在米高梅门口无所事事的"包打听"，却因为长相酷似重庆军统党政情报处航侦科科长肖正国而被日本人荒木惟选中，成为一名成功打入军统内部的"日谍"。

荒木惟拿陈山唯一的妹妹要挟他，要求他在惊蛰之前必须拿到重庆高射炮群的布防图。陈山瞒天过海，以假身份与肖正国的妻子余小晚同处一室。他一边与重庆军统的人周旋，一边又与余小晚的好姐妹张离产生了欲说还休的关系。就在陈山在惊蛰前成功拿到保险柜的钥匙时，一把枪却在他拿到布防图的时候抵上了他的额头……

《惊蛰》是一本谍战小说，但它

又与传统的谍战小说有着地域上的迥异，《惊蛰》的迷人之处是在于它属于"双城谍战"的范畴。

从上海到重庆，被荒木惟训练成特工的陈山举步维艰，在军统局本部的任何一个失误，都可以让他死无葬身之地。

当他带着"假情妇"张离从重庆"逃回"上海时，等待他的不是柳暗花明的前程，而是一张更为错综复杂的棋谱：为寻他而来却被日本人枪击受伤的余小晚，被荒木惟治好眼疾重获光明却为日本人效命的妹妹陈夏，甚至连"失踪"了好几年的哥哥陈河都"改头换面"、以药材商人"钱时英"的身份重回到陈山的视线中来……

陈山在军统局本部和日本梅机关之间辗转腾挪，在亲人、爱人和朋友之间挣扎取舍，在经历了荒木惟的试探、陈河的被捕以及张离的牺牲后，那个原来只是在上海舞厅前帮人收账讨债的"包打听"，终于明了自己的阵营和信仰。

当日寇铁蹄正在国家的土地上肆意踩踏时，当祖国的每一寸泥土都被掠夺，每一滴河水都在失去时，陈山才深深地明白哥哥陈河牺牲前所说的这句话——"没有国，哪还有家？"

故事的最后，陈山将炸弹藏在荒木惟将要弹奏的钢琴里，当荒木惟意识到不对劲时，他和身旁的长官已经被炸得四分五裂。陈山终于能为哥哥和张离报仇雪恨，而接下来，他将要离开上海去延安，在那个安全且阳光明媚的地方，他将会见到那个一直在等他的余小晚。

合上书的那一刻，《惊蛰》里的各个人物都在我脑海中过了一遍，陈山的勇敢和善良，张离的明智和奉献，陈河的民族大义……主角光辉自然鲜艳明亮，但书中的各式小人物，亦有他们自己鲜活的性格及命运走向：心中只装着那把"苏州琵琶"，最后却因为"余小晚"而投靠日本人的费正鹏；嚷嚷着马上要娶媳妇，最后却点燃了自己胸口前的手榴弹和日本兵同归于尽的胡大吉；甚至是从来都不肯承认陈山是他儿子，临死前却忽然嚷着"还我河山，陈河的河，陈山的山"的陈金旺……

这些大小人物明明是带着一种旧时代的气息，却依然能够鲜活而生猛地刻在我脑海里，他们共同谱写了一曲血色的青春，才换来了几十年后，我们这些后辈们的幸福安康。

而我在这个春末夏初的夜晚，听外面雷声滚滚，像是被雨水浇了满满一身。

团结就是力量

——读《柳林风声》有感

金梦

"叮铃铃！"我不耐烦地关掉了闹铃，用恳求的眼神看着妈妈，希望她再让我看一会儿那本无比好看的《柳林风声》。

这本书不仅用优美细腻的文字写景绘物，还用生动俏皮的语句描摹书中角色的丰富内心，几乎不动声色地写出一系列复杂微妙的情感，时时刻刻牵动着我的心，让我仿佛进入了这个故事里。书中狂妄自大的蛤蟆经常闯祸，为了教育他，动物们煞费苦心，对他百般说服教育。当蛤蟆的住宅被黄鼠狼霸占，他们就联合起来，齐心协力，用智慧战胜了比他们数量多得多的凶恶的黄鼠狼。蛤蟆大受感动，从此决心改正身上的毛病，变成一只好蛤蟆。

文中有好几种小动物，蛤蟆是主角，但他是一个自大骄傲、听不进别人劝告的动物。比如说有一次，他疯狂地爱上了车，为此闯了好多好多祸。朋友们劝告他，他也不听，最后，他因为太爱车了，没有控制住自己，在不知不觉中把别人的车偷偷开走了，还和一群警察吵了一架，以为自己很厉害似的。最后，他还

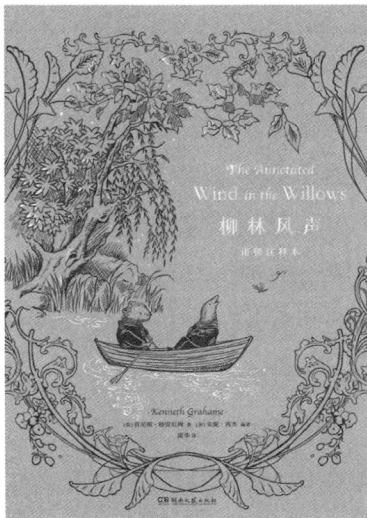

是被抓了。

　　跟着水鼠到处游荡的鼹鼠则是热爱学习的动物。他坚持不懈地跟水鼠学划船，通过自己的努力终于学会了。水鼠是一个为朋友着想的小动物，为了不让好朋友鼹鼠失望，他抛开了他美味的晚饭和舒服的小床，陪着鼹鼠去寻找他的家。獾先生是个非常严肃的人，但如果碰到别人做了正确的事，他也会表扬、赞美别人。

　　这个故事里的小动物们各有自己的性格，但他们因为"团结"而走在了一起。就如同我有一次偶然间掉了一颗糖果，正好被一只过路的小蚂蚁发现了。于是小蚂蚁就想把它搬回去，可是不管它是拖着还是扛着，或者是拽着还是推着，使出了吃奶的力气，它还是无法把糖果带回蚂蚁洞。看它无奈地离开，我以为它就这样放弃了，可没想到它又转身回来了。我猜想它肯定是想去找伙伴帮忙，可又怕糖果被别的小动物捡走，于是它又回来了。小蚂蚁在糖果边，一会儿看看糖果破碎的地方，一会儿去舔舔糖果，一会儿又盯着糖果发呆，一会儿又爬上糖果东张西望……终于，它好像碰到了"救星"，它们交头接耳了一会，那个"救星"就找来了一大群蚂蚁。这些蚂蚁们抗的抗、推的推、拽的拽、拉的拉，还有一些蚂蚁把糖果咬成了好多块，各自背着回去了，就这样糖果没一会儿就被搬走了。就像书中小动物们齐心协力帮助蛤蟆夺回了他的蛤蟆府一样！

　　我要向大家推荐这本书，不仅是因为它的内容生动、形象有趣、文字活泼、人物个性丰富多样，还因为它教会了我们一个道理：团结就是力量！

永远铭记最可爱的人

——再读《谁是最可爱的人》有感

张浩

1951 年，魏巍在朝鲜战争归来后写下《谁是最可爱的人》，72 年后的今天，我怀着沉重且又敬仰的心情，再次阅读这篇红色经典。《谁是最可爱的人》真实再现了抗美援朝时志愿军的战斗生活，生动传神地描写了当年志愿军浴血奋战的场景，表达出志愿军战士对祖国和人民深沉的爱和英勇无畏的战斗精神。

文章开头写道："在朝鲜的每一天，我都被一些东西感动着；我的思想感情的潮水，在放纵奔流着。"即使已经过了 70 多年，即使处在不同的空间，我依旧能感受到那奔流的感情，生生不息。

谁是我们最可爱的人？

魏巍说："我们的战士，我感到他们是最可爱的人。"

第一次阅读《谁是最可爱的人》，是在初中的语文课本上，读完感觉一股怒火堵在胸腔，战争的惨烈和志愿军战士的英勇无畏深深刺激着我的神经，但我始终无法领会可爱和战争的关系，为什么称他们是最可爱的人。

　　再次阅读《谁是最可爱的人》，我仿佛回到了那个腥风血雨的年代，切身感受战争的惨烈。飞机、坦克、汽油弹……一场持续八小时的战斗，谁也不知道炮弹会何时坠落，在谁身边炸开，谁也不知道子弹会从哪里发射，身体上又有多少处伤口。既然选择了成为志愿军，他们就没想过退缩，他们忘记了疼痛，他们汇成一股洪流，向敌人发起进攻。"战后，这个连的阵地上，枪支完全摔碎了，机枪零件扔得满山都是。烈士们的尸体，做着各种各样的姿势，有抱住敌人腰的，有抱住敌人头的，有卡住敌人脖子……"每一个文字都是血和泪写成的，他们用燃烧的身体扑向敌人、当子弹穿过胸膛的瞬间、刺刀在身体上留下一个又一个伤口的时候，他们的身体难道没有痛感吗？不，绝对不是，是有一种炽热的情感超越了身体的疼痛，他们用燃烧的生命照亮了心中伟大的情感，那就是伟大的爱国主义。

　　"敌人的死尸像谷子似的在山前堆满了，血也把这山岗流红了"。雨点般落下的炮弹、近身搏斗的惨烈、志愿军的英勇无畏不是文字可以完全还原的，现实的战斗远比文字描绘得更加惨烈，而战士的情感也远比想象的深沉，魏巍用饱满的情感，写出了战士英勇顽强、舍生忘死的革命英雄主义精神，刻画出英雄的生命和灵魂。

　　而惨烈的战斗之外，是战士之间的至纯、至真、至情、至性的感情，是为了人类和平与正义事业而奋斗的国际主义精神。"我能够不进去吗？我不能！我想，要在祖国遇见这种情形我能够进去，那么在朝鲜我就可以不进去吗？朝鲜人民和我们祖国的人民不是一样的吗？"这是战士冯玉祥的心声，即使"眼睛睁不开"，即使"脸烫得像刀割一般"，即使是九死一生，他还是义无反顾的选择救人。这是多么深厚的情感，超越国界，超越了时间和空间的限制。而冯玉祥战士绝不是个体，他是中国人民志愿军的代表，还有数以万计和他一样可爱的战士，他们尊重朝鲜人民的风俗，爱护朝鲜的人民，和朝鲜人民共同战斗。这就是最可爱的人，他们不远万里奔赴朝鲜，他们奉献出青春和生命，他们维护了中朝人民以及一切被压迫、被奴役人民的独立和自由，他们为世界和平而艰苦奋斗。

而最令我动容的，是他们在冰天雪地里不畏艰难困苦、始终保持高昂士气的革命乐观主义精神，是他们为了人民的幸福牺牲自己的幸福、为完成祖国和人民赋予的使命、慷慨奉献自己一切的革命忠诚精神。"拿吃雪来说吧。我在这里吃雪，正是为了我们祖国的人民不吃雪。他们可以坐在挺豁亮的屋子里，泡上一壶茶，守住个小火炉子，想吃点什么，就做点什么。"一口炒面一口雪，这怎么能不令人动容呢？而这只是其中一个生活的片段，在冰天雪地里，他们的生活远比这更加艰难。为了祖国的人民能想吃什么就做什么，为了祖国的人民能自由行走，为了祖国人民的幸福，他们奉献了自己的一切。看见他们的肺腑之言，我的心颤抖了，这是多么伟大的品质，这是多么无私的精神。这就是最可爱的人啊！通过回顾红色经典，我了解到为什么前辈们心甘情愿地前仆后继，为什么志愿军能打赢这场战争，为什么我能有今天的美好幸福生活。

当我安安静静地坐在教室读书，当我畅游在红色纪念馆，当我和家人享受美味的晚餐，我的心又怎能不心存感激呢？是先辈们的前仆后继用血肉筑起长城，换来我们今天的和平，是先辈们抛头颅、洒热血为我们带来了生活的幸福。没有他们，哪来我们今天美好的生活，没有他们，哪来祖国今天的繁荣昌盛？

经典之所以成为经典，就在于它会长存在历史的长河，每一次阅读都带给人新的感悟，给人以巨大的精神鼓舞。再读《谁是最可爱的人》，我充分认识到中国战士的英勇无畏和无私奉献，他们赴汤蹈火，视死如归，谱写了气壮山河的英雄壮歌，我明白了今天的幸福是来之不易的，领会了传承红色基因的渴求与期冀。

作为新时代新青年，我将以最可爱的人为榜样，朝受命，夕饮冰，昼无为，夜难寐。有一分热，发一分光，为实现中华民族伟大复兴的中国梦奋斗终身，做永远奔涌的后浪。接过先辈手中的火炬，以党的二十大为新的起点，奋进新征程，走好我们这一代人的长征路。我也将永远铭记在那片冰天雪地里熊熊燃烧的军魂，而且这把火也将继续燃烧，恒久滚烫。感谢最可爱的人，致敬最可爱的人。

只有一个观众的众生大剧

——读《鲁迅全集》随感

梁炜

"深蓝的天空挂着一轮金黄的圆月，下面是海边的沙地，都种着一望无际碧绿的西瓜，其间有一个十一二岁的少年，项带银圈，手捏一柄钢叉，向一匹猹尽力刺去……"这是鲁迅先生《故乡》里的文字，最初接触到，觉得恬淡纯净，让人神驰。

紧接着印象深的便是《社戏》里六一公公家旺相的罗汉豆，一本正经说着"窃书不能算偷，读书人的事么"的孔乙己。直到后来的《秋夜》《白光》《拿来主义》《论费厄泼赖应该缓行》时，就只剩下晦涩与难懂了，有时竟觉得那是老师的过度解读。

新得一套《鲁迅全集》，有《朝花夕拾》《呐喊》《彷徨》《故事新编》等，包含了先生自第一篇短篇白话文小说《狂人日记》始，不同时期的全部作品。

随意翻开，入目的是小说《在酒楼上》。说实话，这篇文字甚至于题目，我未有所闻过，故而便没有先入为主的思维在里面，使得自己能在一种完全空白的状态下自由地阅读与思考。

文字的开头，作者绕道家乡到 S 城。起初，我觉得这是一个中年人旧地重游的正常举动，想着其中也一定有着对时光易逝，物是人非的感慨。在作者觉得无聊，自己要成为这曾经熟悉地方的生客时，在"一石居"酒楼上，意外碰到了一同做过教员的吕纬甫。

吕纬甫和作者同为旧知识分子，年轻时曾同去城隍庙拔掉神像的胡子，也一起连日议论改革中国的方法，曾是个热心的改革派。

在饮酒聊天的过程中，吕纬甫对自己来 S 城办的两件事连用了五个"无聊"。

第一件事迁葬自己三岁就死了的小弟。从最初的文字铺叙到最后的"他伏下去，在泥土里仔细摸寻曾经和他亲睦的小兄弟的骨殖时，竟然是踪影全无，连那听说最难烂的头发"。徒劳又无可奈何的吕纬甫只有包了些泥土，装在新棺材里，去欺骗母亲来让母亲心安了。这是他的一个"无聊"。

第二件事就是辗转给多年前邻居家的女儿阿顺送剪绒花。阿顺早死了，花转送给了他实在不愿意送的阿顺的妹妹阿昭，回去还要给母亲说阿顺见了那花喜欢得不得了。吕纬甫觉得这也是无聊的。

在聊到他的职业，不喜欢却仍在教授"子曰诗云"的吕纬甫说了："无非做了无聊的事，等于什么也没有做。""这无聊的事算什么？"

在文字和现实的相互变幻间，文中的吕纬甫我没有觉得有什么对与不对。兴奋的是自己竟读懂了先生含于文字里的苦心，还有那中年人自我放弃无助的时代悲伤。先生反对封建礼教与迷信，反对一切无用虚无的东西，他肯定是反对迁葬与送花的，那他怎么可能让吕纬甫找到哪怕一点旧东西的踪迹，抱有一点点虚无的希望呢？

我离开家乡几十年，也曾在某一个暮色苍苍的日子，带着《在酒楼上》"我"一样寻求故旧的心情：老店铺，一句乡音，村口的大树，乡间的小路……最终，竟出奇的有了吕纬甫一样的无聊，一样的无可奈何。"初闻不知曲中意，再听已是曲中人。"这就是鲁迅先生直抵心灵的文字魅力所在。

"真的猛士，敢于直面惨淡的人生，敢于正视淋漓的鲜血。"这是《记念刘和珍君》中的句子；

"横眉冷对千夫指，俯首甘为孺子牛。"这是《自嘲》里的句子；

"于是点上一支烟，再继续写些为正人君子之流所深恶痛疾的文字。"这是《藤野先生》里的句子；

"猛士""鲜血""千夫指""孺子牛""正人君子"，先生杂文里这铿锵的文字，和他的人一样，追求真实，拒绝过度设置的背景，他拿起刀就直接砍向眼前那明摆着的腐痈与破败。

"楼下一个男人病得要死，那间隔壁的一家唱着留声机，对面是弄孩子。楼上有两人狂笑，还有打牌声。河中的船上有女人哭着她死去的母亲。人类的悲欢并不相通，我只觉得他们吵闹。"这是《而已集》里的文字。佛说：千人千般苦，个个不相同。字里行间，于苦痛的人世间，先生没有要求人们去做千篇一律的感同身受。

《父亲的病》结尾："我现在还听到那时的自己的这声音，每听到时，就觉得这却是我对于父亲的最大的错处。"先生为临终遵从世俗而大喊"父亲"打扰他平静离开而懊悔。这看似不经意的懊悔与反思，戳痛了常人的内心，颠覆了人们固有虚无自以为是的认知，带来极度的心灵震颤。

《鲁迅全集》里描写的都是小人物。《一件小事》里的车夫与我；《端午》的结尾，咿咿呜呜念着《尝试集》在衙门里做事又兼做教员被欠薪的方玄绰；生得黄胖而矮却给他买来插画《山海经》的长妈妈；《伤逝》里的涓生与子君；《药》里，"他的精神，现在只在一个包上，仿佛抱着一个十世单传的婴儿"，看似可笑而真实的华老栓；说着"我总算被儿子打了，现在的世界真不像样"的阿Q；苦命的单四嫂子，屡屡落榜的陈士成，连补天的女娲，铸剑的眉间尺，奔月的嫦娥……都是一个个浸淫在生活中鲜活的普罗大众的模样啊！

在《鲁迅全集》里，先生对于人们的无知、自私、愚昧、落后甚至于荒唐、自欺欺人都有所刻画与描述，但在他的文字里，我找不到明显的谴责、挖苦、映射或者鄙夷，只是记述，隐隐地唤醒。而对于剥削阶层，封建卫道夫，腐朽的东西，他便是无情地揭露与摧毁，甚至于直呼其名而无所畏惧，这是怎样的一种气概，需要多少的正义填装而流淌在他满腔的热血里呢？刚与柔，爱与恨，直截了当却又区分对待。

1936 年 10 月 19 日，鲁迅先生在上海去世，留给世人诸多不朽的作品，更有使人醍醐灌顶般的遗嘱：

1. 不得因为丧事，收受任何人一分钱——但老朋友的，不在此例；

2. 赶紧收敛，埋掉，拉倒；

3. 不要做任何关于纪念的事情；

4. 忘记我，管自己生活——倘不，那就是糊涂虫；

5. 孩子长大，倘无才能，可寻点小事情过活，万不可去做空头文学家或美术家；

6. 别人应许给你的事物，不可当真；

7. 损着别人的牙眼，却反对报复，主张宽容的人，万勿和他接近。

短短的遗嘱，先生对于亲情，友情，对于生死，对于还活着的人，对于孩子的前程，都有着剔骨入心的诠释与通透，这又该是多么的旷世达观呢？

"所以我力避行文的唠叨，只要觉得够将意思传给别人了，就宁可什么陪衬拖带也没有。"这是《我怎么做起小说来了》对于做文的阐述。反观鲁迅先生一生，再通读这《鲁迅全集》，现实与理想间，先生真真正正的是文如其人呀。

诺贝尔文学奖获得者莫言说过："倘若我能写出《阿 Q 正传》，我宁愿我所有的作品都不要了。"

著名文化人陈丹青说："纵横世事多年后，从来没有一个作家的文字让我读得那么酣畅淋漓。"

　　胡适说过："鲁迅是个自由主义者，绝不会为外力所屈服。"

　　"我好像一头牛，吃的是草，挤出来的是牛奶、血。"这更是鲁迅先生极度准确的自我评价。

　　掩卷，我的内心却是从未有过的不平静。一卷十万书，为己无片语。鲁迅先生心中始终装着除他之外的所有人，为他们挥毫泼墨，为他们惜字如金，风雨兼程，寒暑不顾。恍然间，先生所关注的，我们熟悉的孔乙己、闰土、阿Q、祥林嫂、鲁四老爷、红眼阿义、七斤嫂、范爱农……包括你、我、他，一一地从眼前走过。

　　"无尽的远方，无数的人们，都和我有关。"一幕幕的众生大剧在这部《鲁迅全集》里上演，而鲁迅先生是这剧的唯一观众，同时，他也在天地间做着聩耳的呐喊。

坚守千万人奔赴的道

——关于巴金《家》的读书评论

朱艳艳

　　在生活的激流勇进之中，有的人容易在利欲的洪流中迷失自我，而有的人无论世事如何变迁，他们都义无反顾地选择捍卫自己坚守的道。希望所有人无论身处白天还是黑夜，都能守护好自己心中的正道。

　　孟子的"道之所在，虽千万人吾往矣"这句话深入人心。只要身处在一定的社会环境之中，那么关于"道"的抉择便自然而然地横亘在世人面前。无论人们的身份高低、角色大小如何，每个人都将面临两种选择：坚守自我的"道"和放弃自我的"道"。坚守自我的"道"是勇士的行为，因为坚守本身就是一件难事，况且坚守"道"的前提是先寻找到属于自己的"道"。总有些人会庸庸碌碌、得过且过地度过他们漫长而无趣的一生。唯有那些与"道"相伴的人们，在有生之年寻找到自己生命轨迹中的坐标，才能在黄花落尽之时飘向归处。而放弃自我的"道"是弱者的行径。世俗的诱惑吸引了那些内心极易动摇的弱者，他们忍受不了等待"道"实现的煎熬过程，于是将贪婪的目光投向了所谓

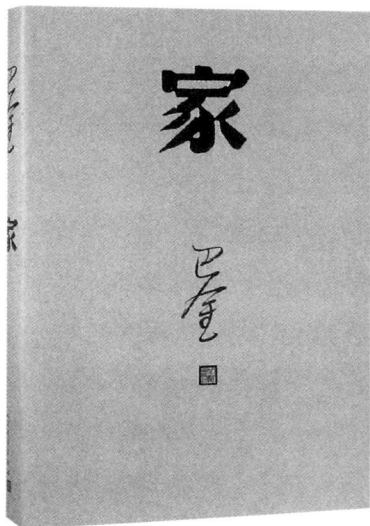

的"捷径"。表面上看，他们只是通往另一条"道"，但是被利欲浸染过后，"道"随之变质。我们要坚守的不只是自己心中的"道"，而是正道，是千万人奔赴的道。但我并不是指为了坚守"道"而一成不变、不知变通，而是强调在符合时代进步潮流的同时，精神家园要有坚守的"道"来支撑。

　　谈谈《家》中具有典型意味的人物所坚守的截然不同的"道"。首先，不得不提的一定是觉新，他是《家》这本书里塑造出来的形象最丰满的人物。觉新的思想受到了新文化的洗礼，但是由于封建纲常根深蒂固，新思想并未在觉新的脑子里生根发芽，而只是一闪而过。他与生俱来的软弱与妥协深刻地影响了他的一生，烙印在他血液中的儒道使他终生都未能脱离其操纵之手。他不敢质疑和反抗高老太爷的指婚，任凭天意的安排迎娶了妻子瑞珏，无情地抛弃了自己朝思暮想的初恋梅小姐，间接致使两个命运悲惨的女人逝世。在封建孝道的支配下，他遵从了父母之命、媒妁之言，甚至没有机会把自己对梅小姐的爱意倾诉，而梅小姐也被嫁往省外以致沦落为寡妇，最后高傲而孤独地离开了人世。在封建舆论的压迫下，觉新被迫执行了家人的建议，竟然冷血地将自己即将临盆的妻子安顿在环境恶劣的住所，导致妻子难产而亡。那么，觉新坚守的"道"究竟是什么？觉新自始至终都在服从着封建思想的安排，即使他有自己的价值判断，但在"愚民们"的强迫之下，他只能无奈地一次又一次选择了屈服。觉新坚守的"道"是封建思想中的三纲五常，他只是一个没有自我思想的牵线木偶。他的"道"在"五四"新文化思想的侵袭之下，未免显得不堪一击。他的"道"是违背历史前进趋势的，所以这也在一定程度上决定了觉新悲惨的结局。其次，是终生致力于维护封建秩序的代表人物——高老太爷。高老太爷不仅是封建思想的守护者和践行者，更是封建思想的牺牲品。他执着地用封建礼教来管理高公馆这个大家庭，蛮横不讲理，不听取孙辈们诚恳的请求和意见。正是高老太爷的刚愎自用、固执己见摧毁了他自己的生命。但不可否认的是，高老太爷的死因是多方面造成的，最致命的则是融入骨血的封建思想。毫无疑问，高老太爷的"道"就是他直至死亡都在维护的封建礼教。或许在死前的最后一刻，他也曾后悔过自己那些不近人情的行为。在将死之时，他终于把温和善良的一面展现在孙辈们面前，这也算是人性的回光返照吧。还有高公馆里的丫头鸣凤，她在不知不觉间对少爷觉慧渐生情愫，并将爱意坦白，而她的爱意也得到了觉慧的回应。觉慧向鸣凤许下承诺，有朝一日会把鸣凤娶进高家。他们正处于封建社会的泥沼之中，是封建制度的受害者。两个人门不当户不对和社会地位的悬殊成为他们在一起的阻力。并且，在爱情和未来两者之间，觉慧坦诚地选择了后者，他作为有进步思想的年轻人不能也不想丢弃自身的献身热诚和资产阶级的自尊心（其实这是导致鸣凤自杀的决定性因素）。在鸣凤被高老太爷强制安排嫁给冯老爷时，鸣凤视觉慧为救命稻草，但觉慧的不闻不问，使鸣凤心灰意冷（鸣凤的心灰意冷不是指她意识到觉慧不爱她然后打算放弃对觉慧的爱意，而是指鸣凤认为自己不可能逃离嫁给冯老爷这件事于是决定放弃挣扎）最终投湖自尽，殉情而亡。鸣凤坚守的"道"就是她作为一位身份低微的丫鬟所渴望得到的爱情，她舍得将自己的生命奉献给心目中高洁纯真的爱情，即使这份爱情只是她的一厢情愿。最后，觉慧则是一个立场坚定，并且愿意为了争取理想的幸福生活而付出努力的人（不考虑他和鸣凤的爱情这方面，仅考虑他对"五四"新思想的追求）。他不仅积极地投身于学生运动，热心地创办刊物，弘扬进步的思想，而且义无反顾地跨越封建等级制度与丫鬟鸣凤相爱（起初爱，但更多的是从这份爱中获得的高尚感，并没有一直坚持爱），甚至支持二哥觉民抵制封建家庭包办婚姻的恶习。觉慧所坚守的"道"无疑是"五四"新思想，追求人格的独立和反对封建顽固旧思想。在当时，能够拥有勇气去与权威（指被奉为圭臬的封建思想）对抗已经是极为罕见的事情，况且觉慧在经历世事之后仍旧初心不改，追逐着他的"道"。一直到文章的结尾，虽然已知前路渺茫，觉慧还是毅然决然地离开了封建落后的故乡，踏上了寻觅自由的道路。我确信一定是信仰在支撑着他走过那些艰难的岁月，而他的信仰就是他自己内心的"道"。值得庆幸的是，觉慧永不言弃的"道"顺应时代发展大潮，这便注定会有越来越多的人投身其中，只因那是千万人共同奔赴的"道"。所以在一定意义上，觉慧这个人物是比较幸运的，而且在他身上折射出来的问题也值得我们去深思。为什么在同一个家庭成长的三位男性（本文未讨论二哥觉民，因为他在思想方面与觉慧有相似性，但个性却抵不上觉慧的个性鲜明），却有着截然不同的命运与选择？为什么在同一个时代背景下的他们，都通往看似不同实则相同的远方呢？其实，他们每个人的选择都是因为自己心中所难以撼动的"道"。道之所存，即心之所向，行之所往。《家》中有些人对"道"的坚守蕴含着强大的社会价值，他们的坚定不移为"五四"精神的孕育贡献出青年的一份力量，促使自由民主的种子在民众心底生根发芽，为之后进步思想的传播奠定基础，他们是历史进步的辛勤筑砖人。他们（指觉慧和觉民等进步的新青年们）坚守的"道"正是我所肯定和推崇的千万人向往和奔赴的"道"，人生要有正确的坚守，生命才会有所附丽。

　　"青山不改，绿水长流"，而这"青山"和"绿水"便是我们每个人心中所坚守并追求的"道"吧。但愿我们共同奔赴和抵达的，是前途璀璨、似锦繁花的远方。

在学习中深化认识，在实践中提升境界

——再读《之江新语》有感

金杨

　　时光匆匆，万物向荣，再读《之江新语》已是 2022 年的初夏时节，我在市图书馆经典书目推荐的架子上看到了这本熟悉的"老朋友"。细细算来，距离我第一次读它已过去十四个春秋。记得那时我还读高三，为了准备高考我每周末都去图书馆翻阅时政报刊。一天，很偶然的，我在《浙江日报》上发现了一个专栏——《之江新语》，它发表的每篇评论笔触生动、语言凝练、思想深刻，读来让人大受启发。从那一天起，我的图书馆之旅就多了一项任务：把每周的《之江新语》都复印下来做成剪报，和同学一起分享交流。日积月累，我的剪报贴满了四个大本，它亦陪伴我度过了四年难忘的大学生涯。

　　初读《之江新语》，便觉它砺人心智，激荡心灵；再读《之江新语》，多了岁月和经历的沉淀，让我对其中辩证性的思维和认识的高度有了进一步的感悟，它蕴含的哲理就像春风化雨，一点一滴，不知不觉中已渗透进我工作、生活的方方面面，在此分享三个事例，希望能与书友共鸣。

调研工作务求"深、实、细、准、效"——《之江新语》2003 年
2 月 25 日首篇评论

这是一段我深刻的记忆。

大四那年，我由导师推荐在乡镇实习，我接到的第一个任务，是
帮助辖区企业申请各类政府奖补。作为一名新人，我有十足的干劲，
不仅很快熟读了文件，还用 PPT 将申报流程作了梳理归纳，发到企业
群里，鼓励大家积极申报。在我的设想中，奖补申报既能为企业带来
经济实惠，又能作为一种荣誉激励企业开拓创新，大家应该会踊跃参与。
可出乎意料的是，申请时间过半，提交资料的企业居然屈指可数。

看到我的工作陷入困境，师傅主动提出带我去企业走走。第一站，
我选择的是辖区一家上市公司，在我心中，这是最符合奖补申报条件
的企业。在会议室，我见到了总经办的负责人，当我简单说明了来意
后，对方抱歉地告诉我们，企业不准备申报这次奖补，因为文件中要
求企业需提供近三年的财务报表，但是作为上市公司，每年业绩的披
露都有严格要求，如果提前公开将有泄密的可能。从企业出来，我感
慨万千，这个原因是我坐在办公室里万万想不到的。

之后我们又来到第二家企业，这是一家纺织印染厂，也就是我们
所说的传统产业。来之前我很不解，政策都说要"腾笼换鸟"，要扶
持高科技产业，师傅为什么还带我来这么一家"老古董"调研？进了
企业大厅，我才发现里面别有洞天，一个个展厅挂满了色彩绚烂的布
匹，面料不光有传统的棉麻，还有抗静电、保温、防紫外线等等功能
的新型高科技纤维，根据工作人员介绍，其产品远销欧美等发达国家，
每年能为国家创汇上亿元。我被这个数据深深地折服了，没想到传统
产业插上科技的翅膀，竟也能涅槃重生，振翅高飞！

跟着师傅跑了一天的企业，我为之前自己的想法感到愧疚。早在
宋代，诗人陆游就说过"纸上得来终觉浅，绝知此事要躬行"，我总
以为在工作上付出更多的努力就会有收获，不承想，这次在解决问题

的源头上就偏离了方向。回到办公室,我静静回味,猛然发现今天的所见所悟,不就是我剪报上第一篇《之江新语》的评论——《调研工作务求"深、实、细、准、效"》一文所要阐述的精髓吗!

绿水青山也是金山银山——《之江新语》2005 年 8 月 24 日评论

这是一番我亲历的变化。

我的第一份正式工作是在诸暨一个小村庄里当"村官"。在那里我一干就是三年,三年里我们村子不停发生着变化:第一年,村里的石子路变成了水泥路;第二年,因为新农村建设,公交车通到了小村口;第三年,我回绍兴,发现竟然可以高速路直达了!

岁月沉淀情绪,也能发酵心底的念想。2021 年春,我因一次培训巧遇了之前的同事庄姐,她神秘地给我展示了一组照片,画面上绿树成荫,有小桥流水、亭台水榭,一幢幢农家小院粉墙黛瓦,错落有致,让人赏心悦目。

"这是哪里?"我忍不住好奇。

"就是咱们村呀!"庄姐的话里是掩饰不住的自豪。

"咱们村不是主攻养殖业吗,怎么改种树了?"我打趣道,记忆中浮现的是成片的养殖水塘和灰扑扑的砖头水泥房。记得每到珍珠的采收季,作为村里的年轻劳动力,我都要搬着小板凳,挨家挨户帮村民做"小工",有时是帮着开贝取珠,有时是修补网箱,但最让人费神的还属残珠分拣,既费神又费力……我深知村民的日子好起来了,但大家挣的都是辛苦钱。

所以,是什么力量让村庄发生了这样翻天覆地的变化?

带着疑问,我随庄姐回到了诸暨,回到了我曾经工作过的小村庄。漫步其中,我才真正地体验到了什么是"榆柳荫后檐,桃李罗堂前",记忆中水中成片的养殖场早已不见,取而代之的是碧波、游船,以及导游悦耳的讲解——村庄致富的"秘密"就蕴含其中:根据新农村建设规划，小村被列入了特色小镇改造，村里为了实现产业转型，特地从杭州请来老师教村民设计制作文创产品，原先出产的珍珠都当原材料论斤卖，现在结合传统纹样设计，做成有"金文身"的首饰，或是镶嵌成五彩的项圈、手链，连之前只能低价处理的异形珠，经过设计师的手也能变成一只只憨态可掬的小动物，深受市场青睐。丰厚的回报带动了村民集体的积极性，很快，村里出了公约，现有的珍珠养殖场合约到期后要缩面，交由有经验的专业团队管理，村民则主攻文创产品制作。这样，把自然的还给自然，把经济发展交给技术和创新，人和环境都得到了和谐发展……

导游的讲解娓娓动听，我却被村庄发展深深折服。站在柳荫下，我展目四望，南边是村委会的小楼，楼前有一块电子屏，上面一行大字耀眼夺目："绿水青山也是金山银山"。

一个党员就是"一面旗"——《之江新语》2005 年 4 月 27 日评论

这是一段我见证的历史。

2021 年底，一场突如其来的疫情打乱了古城的平静生活，一场没有硝烟的战斗开始了。12 月 11 日，上虞区实施全域交通管制；12 月 18 日，上级部门发起了志愿者召集；12 月 19 日，我随单位 120 名党员干部一同奔赴上虞区曹娥街道。

疫情就是命令，岗位就是战场。每天 5 点我们就要起来，钻进防护服，全副武装地奔向各个驻扎点，而我的任务是协助社区开展居民需求登记。上岗前，比我提前到岗两天的"前辈"递给我一杯浓茶，并笑称这是延长人体续航能力的顶级秘方。我嫌苦，只浅尝了一口，没想到这就是我一个白天喝的唯一一口茶水，很快电话那头的居民需求就如流水般源源不断地涌了进来。

一位滞留宾馆的妈妈在电话那头焦虑地哭诉，封控前宝宝喝的奶粉没有囤够，顶多再坚持三天就要断粮了，怎么办？我在电脑前一边快速地记录，一边脑子飞转：周围最近的母婴店在哪里？如何联系上老板？幸好，党员志愿群里有一名超市负责人，他很快安排出一箱奶粉，就等运输车辆送达。

又一个电话进来，是位老爷爷，他为难地向我们提出，家里的煤气不够用了，社区能不能帮他叫一罐煤气？联想到我所在的是一片老小区，居民普遍使用罐装煤气，于是我汇报给社区主任，看能不能联系煤气公司，运一批煤气罐备用。需求再次得到了响应，很快相关部门的党员先锋队将一整车煤气罐运抵小区，远远望去亮橙橙的一片，就像冬日里灿烂的暖阳。

这样快节奏的运转一直从早持续到晚，每个志愿者都是披星而来，戴月而归。这样高强度的工作苦吗？累吗？答案是肯定的，但身处此时此地，我们心中都燃烧着一团火苗——我是一名共产党员！我要站成一面旗帜！

万物得其本者生，百事得其道者成。回顾人生四十载，我亲眼见证了中国经济社会的飞速发展，也亲身参与了多项保障民生的工作，而《之江新语》就像一座无穷的思想宝库，能让我时时从中汲取养分，永葆接续奋斗、砥砺前行的动力。宋代王应麟在《三字经》的结尾有言曰："人遗子，金满籝，我教子，唯一经"，我虽没有文豪的学识，但环顾斗室，有这四本剪贴本，也足够留给后人细细品读、感悟！

收获来自潜移默化的激励

王明忠

    某日闲暇整理书橱，当发现《钢铁是怎样炼成的》陈列其中时，第一次遇见此书的情景立刻浮现在眼前。

    时光拉回到 20 世纪 60 年代初，当时居住的小山村既偏僻又荒凉，还处于煤油灯时代，不要说赏名著、读长篇，在村里找一本完好无损的小人书都很难。

    此时我在邻村小学读四年级，某日到刚迁来不久的表姑家串门，见床上放着一部《钢铁是怎样炼成的》，城里读高中的表哥见我翻阅，说道："书是我在图书馆借的，内容非常励志。想看就拿去，但两天后我返校时必须带走……"

    见表哥不像开玩笑，我连连点头，寒暄片刻拿起书回家阅读，因晓得时间仓促，可谓争分夺秒翻阅，即便煤油灯火苗如花生米粒大小，不仅昏暗还拖着长长的灯烟子，灯下看书两个鼻孔都被熏得黢黑，但表哥回城前总算将此书从头至尾看了一遍。

    尽管囫囵吞枣般阅读《钢铁是怎样炼成的》，我依然了解到保尔·柯察金在瘫痪和失明之后，仍以其超常的毅

力和顽强不息的意志，克服了悲剧命运给他带来的磨难，使其认识到唯有生命才是最宝贵的，不仅成为他做人的基本原则，也认为只有这样，回首往事才不会为虚度年华而悔恨不已、亦不会因碌碌无为感到羞愧……

尽管我看《钢铁是怎样炼成的》时仅十余岁，而且是匆匆浏览，但阅读之后依然感触颇深，但随着时光流逝，此书慢慢淡出了记忆。

时光荏苒、岁月匆匆，不觉间度过快乐的小学时光，跨越无忧的青葱岁月，当人生步入而立之年时，有幸借改革开放的春风走出偏僻的小山村。

新环境新气象开启了人生新纪元，无论工作和家庭可谓都称心如意。常言说福兮祸所伏、祸兮福所倚，几年来一向顺风顺水的日子突遭不测，不仅使平静的生活陷入困境，一段时间内意志也消沉到了极点。

这期间港台各种书籍风靡神州，金庸等人的武侠小说更为盛行，无论城乡都刮起武林风，许多人沉浸在武侠小说里自我陶醉，有人甚至到了"走火入魔"的程度。

或因情绪极度低落、或武林风来势凶猛，我每天沉溺于武侠小说里难以自拔，抑或在书中寻找摆脱痛苦的"秘籍"，或者说以此冲淡不测带来的折磨。

尽管如此，情绪依然十分消沉，某日到朋友家翻阅书柜，陡然发现多年前看过的《钢铁是怎样炼成的》，立刻想起顽强的主人公——保尔·柯察金，书中描写他与悲剧命运顽强抗争的画面，犹如走马灯一般于脑海里旋转不止。临走便将《钢铁是怎样炼成的》带回，边阅读边对近期的行为反思，继而结合目前困境和保尔进行比较，审时度势地分析消极思想的根源，同时酝酿改变困境的途径……

有些事情往往出人意料，通过再次阅读《钢铁是怎样炼成的》，潜移默化中受到保尔顽强的精神激励，不知不觉低落情绪得以改善，一段时间后最终走出心理误区。

　　时间如白驹过隙，不知不觉又过去二十余载，这年又一次遇到人生不如意，茫然无措时想起《钢铁是怎样炼成的》，找到此书认真阅读之后领悟，保尔能够在逆境中如此不凡，说到底靠他顽强不息的意志，自己这种不如意和保尔比算得了什么？认识到这些悲观情绪逐渐得以转变，不如意也很快随风而逝。

　　忙碌中，几年时光一晃即逝，某年秋季平静的日子再起波澜，这次不仅经济遭受严重损失，打击之大感到人生已失去意义，亲人安慰、朋友劝说统统无济于事，一时间陷于万念俱灰的阴影而难以自拔。

　　某朋友见我情绪低落痛苦不堪，将一部《钢铁是怎样炼成的》放到床头，以为我不曾看过此书，循循善诱进行开导："看过这部书吗？要仔细阅读和认真领悟主人公那些事迹，你这点儿打击和人家比算得了什么……"

　　或欲以《钢铁是怎样炼成的》冲淡心理阴影，或不愿和朋友解释屡次阅读此书，抑或这部书确有其独到之处，再次阅读不仅又被保尔顽强意志所触动，同时也深深感到了震撼，继而认识到自己受到的打击和保尔比确实狗屁不是。

　　在保尔顽强不息精神再次激励下，通过亲友不失时机地开导，万念俱灰的阴影随着时间推移逐渐淡化，思想转变后看生活不再暗淡无光、品人生亦非穷途末路……

　　初读《钢铁是怎样炼成的》是 20 世纪 60 年代，半个多世纪的时光匆匆而逝，其间不仅屡次被这部书深深触动与震撼，也认识到一个人存在的价值，学到很多做人道理的同时，也获得了无法衡量的收获。

悖论

——读《围城》有感

余昱瑶

"围在城里的人想逃出去，城外的人想冲进来，人生的愿望大多如此。"这句话一道出，世间众人都知晓这是出自钱锺书先生的著作《围城》。这样的围城，婚姻也罢、事业也罢，不过是一个个选择困境的悖论而已。

初读此书，是因为《围城》的名气，好奇心驱使着我去阅读，去瞧瞧围城里的人们。可是到头来却是耐着性子啃下来的，并非书不好，只是生活在象牙塔里的学生，看到这些丑角上演着接连不断的滑稽故事，内心总有几分不快，不相信世间会像书中这般光怪陆离，让人心生畏惧之感。而近日来经历些烦心之事，才觉得自己像生活在"围城"里一般。

听到过一句话"人人都厌弃方鸿渐，人人却都是方鸿渐"，我深以为然。方鸿渐作为围城里的主人公，书中描写皆是他经历的，都是从他眼睛里看到的，然后折射在我们心中。作为主角，他显得如此无用，令人生厌。

于爱情方面，我们对于方鸿渐的

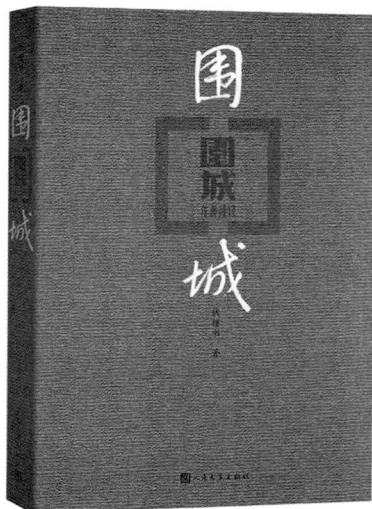

厌弃或许是最大的。一句"你像我的未婚夫"便被鲍小姐引诱，当了情欲的俘虏。一方面主动追求唐晓芙，另一方面却与苏文纨暧昧不清，最后落得求爱不成，惨遭厌弃的结局。经历了这般颠簸的情感，最后却因孙柔嘉的示弱之术，因为无意识的男权思想进了婚姻的围城，落得一地鸡毛的代价。如此反复，让人心力交瘁，让人"哀其不幸，怒其不争"。

故事的最后，钟表的打铃是夫妻破裂的哀鸣，在那迟来的五个钟头，原是方鸿渐的服软与孙柔嘉的让步。他们原意是和解而非破裂，即便婚姻并非建立在牢固的感情基础上，他们之间总是有几分旁人比不了的情爱，可到底是什么促成了如此？

是孙柔嘉脱下柔弱外表，一步步暴露自己想要掌握实权的野心；是方鸿渐在父母与妻子之间的两难选择、是内心自卑的愤慨；还是那每况愈下的社会环境、是"贫贱夫妻百事哀"这般必定悲凉的结局使然吗？

答案我却不知道是为何。或许是经历得过少，少了时间的积淀，少了磨难困境，如何体会小说里作为主人公方鸿渐的小半人生呢？我们是如此厌恶方鸿渐，但是在生活中我们却也像方鸿渐这般"你不讨厌，但毫无用处"。

对比现实的我，作为学生，勉勉强强地学习，每日忙碌，可在夜深时却不知忙什么，感到时光的荒废。兴趣爱好全无，大抵又是另一个"方鸿渐"罢了。这般妄自菲薄倒也不对，因为我还年轻，我还有热血，生活在大学的温馨里，看不到世间的残酷，不知天高地厚，但这也是作为年轻人独有的资本。

回归《围城》，我总是会有这般疑惑：这围城是谁造出来的？又为何我们要如此反复跳出又进入围城呢？愈读《围城》，这样的疑惑就愈大。那一个个表里不一的人物，里面藏着人间最丑恶的灵魂。虽然小说中也不乏少女情怀的唐晓芙，聪慧热心的赵辛楣，但是"恶"

的人却充斥着这本书的每个角落，让人喘不过气来，最后只能道出一声哀叹，一丝恍然。

书能读完，其中的意蕴却读不完，书的韵味也长存在我们心中，久久未消散过。

走进曹禺大师（组诗）

张增伟

读《雷雨》

天空中乌云密布，先是闪电
然后雷声滚滚而来
现在看不出白天还是晚上
天地间混沌了
仿佛一切都回归到蛮荒状态

在雷雨的淫威之下，草木将受到
摧残。狼群依旧集体出动
它们要延长黑暗的时间
饱食终日。它们吸收萧瑟
增加表里如一的厚度

天空中并不是没有阳光
它只是暂时被乌云包裹着
云层很厚
它要一点点壮大自己
为暖春的到来做准备

阳光穿透云层，穿透了黑暗的
衣甲，让两面人无处躲藏
阳光照到田野上，冰雪就融化了
阳光照到人的心上
坚硬的石头就软了

读《日出》

肉体是肉体，心灵是心灵
它们是不相干的并行存在的两个小东西
肉体适合在黑夜中沉浮，适合交易
是欲望的奴隶
仅有的一点月光是飘零到家之间的梯子
心灵适合在阳光下晾晒
让它吸收光，吸收热

包围被黑夜诱惑的肉体
填平陷阱，驱赶魔鬼
启明星是一道分界线
是日出的先行官。那些告别夜生活的
生物，在白天趋于平静
它们缝补受伤的身体，放松僵硬的笑脸
找回影子，让自己不再孤单

舞台上的那些人
一部分见到日出会欢欣鼓舞
另一部分则躲躲闪闪
怕阳光太盛，刺伤眼睛

读《原野》

这是一个生机勃勃的春天
原野上的野花开得正艳
野草也夹杂在其中
个别高大的，挺拔起头颅
接受春风的摧残

这是一株有着坚强意志的野草
它爱身边的同伴，爱雨露、爱阳光
它被牛羊啃食过，被脚踩踏过
甚至连一块小石头也在它头上
作威作福。可是它的根还在
吸收着父辈的身躯
化成的给养
以一种不可抑止的力量
跨越了季节的更替

这也是一株悲剧的野草
还没到秋季
它就被人连根拔起
没有种子，也没有化成养料的荣光
原野还是那么广袤
谁也不会记得这株野草的故事

读《北京人》

那座城堡已经出现了裂痕
阳光从空隙处照进来

让里面的人呼吸到了新鲜的空气
还能听到三月的歌声
比冬月的歌声更加悦耳

破旧的世界与新时代发生碰撞
酥软的石头被淹没在新浪潮里
成为一首绝唱
那个两面人先是被浊水托起
又被清水洗出本来面目
那本残缺的线装书在风中呻吟
丢失的那部分正在炉灶里发挥余热
灰烬很轻，驮不住一个
病入膏肓的身子

那座城堡一定会倒塌
会有殉葬者
更多的人会在倒塌之前
昂首从大门里面走出
看盛开的花朵，看流动的溪水

遇见

陈杰

> 即使我们成不了太阳，也要向着光的方向。
>
> ——题记

我是山里人，山是我的胎盘和摇篮，也是我最初的生存课堂。山里的月是我儿时看见的最慈祥的脸；山里春天早晨的风景是最柔软的手；山的身影是多么高大啊，让我无限痴迷、无限崇敬。当我读第一本书的时候，入迷得躲在山脚，对母亲的呼唤充耳不闻。忽然书页暗下来，才看见，山一直围在我的四周，山也在看书？《平凡的世界》也让它着迷了吗？

一个声音低吟着："我们是出身贫困的农民家庭。"

"永远不要鄙薄我们的出身，它给我们带来的好处将一生受用不尽。但我们一定又要从我们出身的局限性解脱出来，从意识上彻底背弃农民的狭隘性，追求更高的生命意义。"

后来我逃跑般地离开了山。也许山还记得我对它的埋怨：闭

塞、贫困、落后，挡住了我的视线，使我看不见人生的莽原和思想的大海。

　　杭州，这座被世人赞誉为天堂的千年古城。这里有闻名天下的西湖，有悦如梦境的烟雨小巷，有月上柳梢的深深庭院，更有难以言说的梦里情怀。如梦江南永远像梦境一般落在我的心上。工作之余，总会情不自禁地爱上在烟雨小楼间踱步的闲情，爱上午后阳光下打盹的慵懒，爱上一剪流波的浪漫……

　　有人说，爱上一座城，是因为城中住着某个喜欢的人。也许是吧。犹记得与他的第一次遇见：他拿着一本书，正一本正经地在纺织厂的验布机旁认认真真阅读。听人说，他是高中生，在一边上班一边读函授，因为宿舍太吵，所以跑到车间这个僻静地。雨果说："谁虚度了年华，青春就将褪色。"是啊，青春是用来奋斗的！贫穷不可怕，怕的是思想的贫瘠。我不免向他投去了一个欣赏的目光。正在这时，他也抬头看了我一眼，尽管谁也没有说，但实际上说了。

　　只有爱了，才会闻风柔软，看雨生情；只有爱了，才会"感时花溅泪，恨别鸟惊心"。

　　经过三年的不懈努力，他如愿以偿拿到毕业证书。他那颗不甘的心解救了那个太多无奈煎熬的自己。同年，我与他也一起步入了婚姻的殿堂。

　　走入婚姻后，两个人为了生活不停地忙碌起来。世界上唯一可以不劳而获的是贫穷，唯一可以无中生有的是梦想——这是我们俩共同坚信的。路遥说："生活不能等别人来安排，要自己去争取和奋斗，不论其结果是悲是喜，但可以慰藉的是，你总不枉在这个世界上过一场。"有了这样的认识，你就会珍重生活，而不会玩世不恭。同时，也给人注入一种强大的内在力量。《平凡的世界》里的少平、少安、晓霞仿佛都微笑着，为我们的美好未来加油鼓劲呢！

　　还记得那一天，下班回家，看见爱人在书桌上留下的一张字条：亲爱的，见字如面，我匆匆到家，又匆匆地离去。下午我想早点去，到绍兴书店去买一本原材料分析方面的书,这方面我还是欠缺的。我要兑现我曾经说过的话,用尽我一生的努力,使我们过上比较幸福的生活,我这性格搞工艺应该是比较适合的……还没看完字条,我的眼泪早已流满了脸庞。

生命,是一树花开,或安静或热烈,或寂寞或璀璨。日子就在岁月的年轮中渐次厚重。

就这样,我们在分分聚聚的日子里,努力生活着。这么好的社会,生活从不辜负每一个努力的人。2005 年我们有了可爱的宝宝。2010 年我们有了一个代步的工具,一辆锋范。2015 年有了在这个城市属于我们三个人的幸福温暖的家。

时光,是一位最负责任的刻录大师,总不急不慢地将人生的分分秒秒真实铭记。一天天,一年年,不知不觉从指缝间悄悄流逝,心头总会不自觉地涌上无限感慨。回眸凝望,那些美好的时光依然泛着馨香的气息。我们浅相遇,薄相知,淡相守,终难忘。我们都是普普通通的平凡大众,但我们永远被《平凡的世界》这本书温暖着、激励着努力向前。三毛说:“人活着还真是件美好的事,不在于风景多美多壮观,而是在于遇见了谁,被温暖了一下,然后希望有一天,自己也成为一个小太阳,去温暖别人。”即使我们成不了太阳,也要向着光的方向。

初读一本好书像遇见一位好友,再读这本好书像老友的重逢!感谢遇见了你,在我最美的年纪。

我与孩子同看一本书

张廷赏

    那天晚上我正在聚精会神看《平凡的世界》第一部，在一旁写作业的孩子突然问我看了几页了，我头也不抬地说，看到第二十四章孙少安在父亲的催促下，去山西找媳妇了。她马上说，她最喜欢第四卷了，还兴致勃勃地与我聊起部分情节，我发现她好久没有与我聊得如此热火朝天了。

    她这个 00 后，居然对这部 20 世纪 70、80 年代为背景的小说，毫无隔阂感，还讲得如此头头是道。实话实说，我原先对于这样厚如砖头的书籍，是不屑一顾的，偏爱那种短平快、娱乐化、快餐式、碎片化微信式的阅读，另外我爱人也和我一样臭味相投。而她自己虽然不爱看书，却给孩子一股脑买了诸多名著，包括科幻《三体》等等，客厅书橱里摆得满满当当。可喜的是，孩子是个书虫，每本书都看得如痴如醉，常常是写完作业，又在被窝里沉浸书的海洋中到深夜。

    而这部《平凡的世界》，我也是在孩子无意中启发下才一口气看起来的。首先是喜欢路遥那种很朴实无华

的叙事方式，处处流露的真情，触动着我的心弦。我还由衷地从书中找到自己的影子，利用下班几个晚上的空隙，手不释卷坚持每日阅读，那种完全被带入小说中的完整阅读，让我终于又体验了一次酣畅淋漓的阅读快感。而且我本身也酷爱写作，结构上采取闲话家常的方式，谈自然，谈社会，谈人生，且多取温馨的回忆题材，不离亲情人伦之美。而路遥即是用朴实的文字述说身边的故事，写出最有感触的东西。

我看书习惯性的是第一遍注重故事情节，有的章节先笼统地一扫而过，而后再杀回马枪的深入感悟精读。见我一目十行看得飞快，几天时间就飞跃到第三部了，其实孩子她也是刚刚读到第三部的前几页，她每天放学后依旧是有做不完的作业，刷不完的题，看书有点顾此失彼，静心读书仿佛是一种奢望。她见我要追上来了，嘴里便不甘心地说："我要把书藏起来让你找不到。"

当我囫囵吞枣地看到尾了，忍不住想给她分享一下故事的结局。小说的最后，有着远大的理想和梦想，不断地挑战自己的孙少平，因救人受伤了，他的脸上有一道长长的，连他自己都不敢看的疤痕。还又回了矿上，经过多年的拼搏，最终还是难逃脱"平凡"，永远成了一个煤矿工人。这样的结局出乎我的预料，隐隐有点大失所望，我多么希望少平能有更好的传奇式经历，也如他哥哥孙少安一样成就一番事业哦。

也许这正是这本书的魅力所在，一系列的悲剧，凸显出世界的平凡，它平凡到一个平凡的人，永远都会过那种平凡而真实的生活，而不去追求华而不实的东西。而我们又何尝不是一个平凡的人，走过平平常常的一天天，走过平平凡凡的一年年。

然而当我一张嘴，她的头犹如拨浪鼓似的，大声抗议着说："你不要说，不要说，我要自己带着好奇与神秘去看结尾，那样才有意思。"我当即欲言又止，支持她这种带着好奇心去看书。

女儿正读初一，原本乖巧可爱的孩子，也许正处于青春叛逆期，自我意识显著提高，常常以自我为中心，不再像以前那样可爱了，还总爱和我们对着干。有时候我们说什么，她都无动于衷，听不进去，并且我们说一句，她有十句，犹如机枪似的来回顶撞。越来越不愿意和我们聊天、交流、沟通，仿佛产生了深深的"代沟"，原先那个曾经对我们如此依赖的，即使散步也要想方设法挤在中间生怕被丢似的，还没完没了缠着讲故事的小丫头，现在变得那么遥不可及。

我发现通过看女儿看过的这本书，从平凡的生活中找不平凡，发现不平凡的意义，她不时有话无话想与我说点什么。《平凡的世界》让我成为女儿的好朋友，寻找到了共同语言，从原先被动的灌输道理，转变为主动体验式的敞开心扉，在交流碰撞中启迪思想，在同频共振中产生共鸣，提供互相了解的机会。当然一旦看她再看哪本书，我还要继续锲而不舍的跟风。

因而我要建议不爱读书的爱人，也要捧起一本书，或者通过其他方式，与孩子建立真正的友谊，认真、及时地聆听孩子内心的声音，分享她的快乐，体会她成长中的各种收获，理解她青春期的处境，帮助她塑造自信、自强、乐观向上的良好性格品质，高质量的陪伴才是最好的教育。

捐躯赴国难，视死忽如归

——读《护边战将袁崇焕传》

袁传宝

公元 1630 年 9 月 22 日。明末。北京。

守辽名将袁崇焕被凌迟处决，时年 46 岁。14 年后，李自成攻入北京，崇祯帝吊死，大明灭亡。

袁崇焕因何而死？大明朝廷给他定下的罪名是："付托不效，专恃欺隐，以市米则资盗，以谋款则斩帅，纵敌长驱，顿兵不战，援兵四集，尽行遣散，及兵薄城下，又潜携喇嘛，坚请入城。"

袁崇焕死后，有多人批评指责，口诛笔伐。明末清初著名学者朱舜水称袁崇焕为"卖国贼"；明末将领徐石麒认为他表面主战实为议和；明末清初史学家计六奇更是罗列袁崇焕十二条罪状杀毛文龙的行为，如同秦桧以十二道金牌杀岳飞。

而读完文史军事研究专家吴凡千积万累、历时两年的著作《护边战将袁崇焕传》一书后，我对袁崇焕有了全新而深刻的认识。为了写作此书，吴凡深入典籍查阅资料，引经据典还原真实，搜集整理了大量丰富翔实而

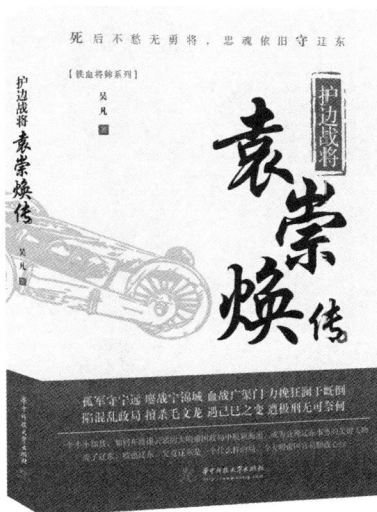

又确凿可信的原始资料，特别是《明史》及众多明末清初与袁崇焕生活的年代较为接近的历史人物的记载。

更为难能可贵的是，吴凡仔细研究了袁崇焕的大量诗文，透过字里行间，袁崇焕这样一位伟岸高大、清正廉洁、文武双全、忠心耿耿的英雄人物跃然纸上，既有儒家的"修身齐家治国平天下"的崇高理念与不懈追求，又有兵家的重民心轻妄动的作战原则，更有"捐躯赴国难，视死忽如归"的一腔爱国热忱。

明朝末年，政治腐败经济萧条，党争激烈官员倾轧，内有烽火燎原的农民起义，外有虎视眈眈的辽东女真。可谓内忧外患、风雨飘摇，国家存亡系于一线。

此时的大明朝廷文武百官，对于攻讦纷争各有千秋，对于内理朝政外拒敌犯却是畏而远之。

国危思良将。此诚危急存亡之秋时，袁崇焕挺身而出主动请缨，上书陈事镇守辽东，这该是何等壮举！在大明帝国摇摇欲坠之际，袁崇焕受任于败军之际，奉命于危难之间。

督师蓟辽期间，袁崇焕曾多次以少敌多击败强敌，击败后金军的强大进攻，获宁远大捷、宁锦大捷等胜利，阻遏后金军南下。崇祯二年（1629），后金皇太极亲率大军避开袁崇焕精锐防区，攻下河北遵化，直逼北京城下。袁崇焕闻讯率部星夜驰援京师，进行京城保卫战，先后获得广渠门大捷、左安门之捷、南海子袭营，力解京师之危，迫使皇太极未敢再犯京师。一生无一败绩的袁崇焕，被敌人称为前所未有之劲敌。

但是，昏庸的崇祯帝却听信阉党余孽谗言，中了皇太极的反间计，反将袁崇焕逮捕下狱冤杀。

悲哉悲哉！国家危机如累卵，生死存亡于一朝。确如后人所言，袁崇焕真无能力、爱慕虚荣，岂能舍生忘死亲临边塞？岂能屡次迫使努尔哈赤、皇太极损兵折将望而生畏？岂能在后金大军逼近之时力挽狂澜？确如后人所言，袁崇焕通敌谋反，他怎么会傻到让整个家族继续当官、经商，且将母亲、妻子、女儿放在老家，孤身一人自立为王？

欲加之罪何患无辞！此时，玄之又玄的风水之说粉墨登场。袁崇焕不能不死成了崇祯皇帝的旨意。崇祯皇帝知道：既然没有足够证据证明袁崇焕通敌，自己裁决不了的事可以交给风水来裁决。

将袁崇焕下诏入狱后，崇祯皇帝又派国师到袁崇焕的家乡查看风水。结果发现袁崇焕的家乃"飞凤饮水"之格局，其祖父袁西堂恰好葬在凤凰岭"飞凤含珠"之佳穴，此为人杰地灵之地。巧合的是，袁崇焕的祖母恰好葬在贵能出天子的潆江"帅地"。从风水上看，袁家是要出帝王的。崇祯皇帝大惊失色，阉党小人巧言令色，说袁崇焕之名的谐音就是重新换代，就是换掉崇祯。

于是乎，生性多疑的崇祯皇帝"相信了谣言，于 1630 年 9 月 22 日在北京杀了他最有才能的将领袁崇焕"。（《剑桥中国明代史》）

四百年风云变幻，读完《护边战将袁崇焕传》，我感慨万千。作为文臣，袁崇焕的政治策略无人赏识；作为武将，袁崇焕没有死于沙场马革裹尸。袁崇焕死于猜忌怀疑、死于无耻谰言、死于内斗攻讦、死于谋逆凌迟，"命刑部会官磔示，依律家属十六以上处斩，十五以下给功臣家为奴。今止流其妻妾子女及同产兄弟于二千里外，余俱释不问"。

更有甚者，行刑当天，北京民众对袁崇焕的态度却是恨之入骨拍手称快。明末著名文学家张岱在《石匮书后集》中记载："遂于镇抚司绑发西市，寸寸脔割之。割肉一块，京师百姓从刽子手争取生啖之。刽子乱扑，百姓以钱争买其肉，顷刻立尽。开膛出其肠胃，百姓群起抢之，得其一节者，和烧酒生啮，血流齿颊间，犹唾地骂不已。拾得其骨者，以刀斧碎磔之，骨肉俱尽，止剩一首，传视九边。"袁崇焕暴尸于野，惨不忍睹。

公道自有人心，正义终将来临。

袁崇焕死后，有志之士、文武大臣纷纷写诗悼念。明末爱国将领、民族英雄、东阁大学士、兵部尚书孙承宗在《闻袁自如（袁崇焕号自如）被逮》诗中悲叹："甘泉烽火彻重帏，信手提戈护九扉。一缕痴肠看赐剑，几行血泪洒征衣。凤惊鹤表丁威去，雪满鹅池中令归。闻说长杨枝上雀，羞同胡马向尘飞。"

与王夫之、黄宗羲、顾炎武并称明末清初"四大著名启蒙思想家"的学者唐甄将袁崇焕和孙传庭、卢象升并列为明末三大良将。

就连清朝乾隆皇帝也认为袁崇焕是忠臣："袁崇焕督师蓟辽，虽与我朝为难，但尚能忠于所事，彼时主暗政昏，不能罄其忱悃，以致身罹重辟，深可悯恻。"

曾任第十五届中央政治局委员、中华人民共和国中央军事委员会副主席的迟浩田将军说："袁崇焕就是我们中华民族的一个伟大英雄，我们的岳飞、袁崇焕都是在中华民族历史上有褒有贬，经历坎坷，但是最终一条，人民的眼睛是雪亮的，历史是公正的。"

时间是暴君，将历史震得支离破碎，以至于历史成为任人打扮的小姑娘。但是我们不要忽视：时间虽然是暴君，但是敌不过历史的公正，历史终究厚待忠诚之人。

袁崇焕战胜了他的时代，也战胜了时间的粗暴举动。袁崇焕这位明末著名的军事家、政治家、文学家、抗清（后金）名将、民族英雄注定名垂千古。

"一生事业总成空，半世功名在梦中。死后不愁无勇将，忠魂依旧守辽东。"

读着袁崇焕的绝笔诗，我想到了陆游的《示儿》："死去元知万事空，但悲不见九州同。王师北定中原日，家祭无忘告乃翁。"

四百年毁誉参半，今朝袁崇焕可瞑目九泉。

新时代"忠义"的正确打开方式

——《水浒传》读后感

徐嘉晨

  从孩提起，我最喜欢听爸爸给我讲《水浒传》的故事，随着识字量的增加，我最喜欢看的书还是《水浒传》，从绘本读到简写本再到"啃完"线装版原著，书香一路伴我成长。每一次读《水浒传》都如同在大海里游泳一般酣畅淋漓，我仿佛穿越了时空，与梁山好汉们一起快意恩仇，"路见不平一声吼，该出手时就出手，风风火火闯九州……"在作者施耐庵的笔下，每一个角色都是那么的活灵活现，每一个情节都是那么的惊心动魄，每一个故事都是那么的引人入胜。

  《水浒传》是我国四大名著之一，主要讲述了北宋年间，一百零八位好汉不堪忍受暴政欺压，揭竿而起，聚义于梁山，行侠仗义，替天行道的故事。梁山好汉在受到朝廷招安后，齐心协力破辽兵，除方腊，为国尽忠，却最终被奸臣陷害，起义彻底宣告失败。

  全书围绕北宋末年"官逼民反"的背景展开，"忠义"是《水浒传》中一百零八位英雄好汉的真实写照，每一个鲜活的人物都在用生命轰轰烈烈地书

写"忠义"一词，可以说，"忠义"是全书的精髓所在。书中最典型的"忠义"形象就是人称"孝义黑三郎"的呼保义宋江。宋江本是郓城县（今山东菏泽）的一个小官，为人正直，忠义双全，当他得知忠义之士晁盖等人犯罪时，他冒着生命危险，快马加鞭给他们报信，这是为兄弟赴汤蹈火、两肋插刀的兄弟之小义；梁山聚义后，面对朝廷招安，宋江说服众兄弟，北战辽兵，南破方腊，这是为国尽忠，舍我其谁的国家之大义。放眼望去，全书内忠义之人、忠义之事，不胜枚举。我想，正是全书对"忠义"一词的生动诠释，才使得《水浒传》广为流传，更是让广大的读者对书中感人至深的忠义故事百读不厌。

　　而如今，"忠义"一词，新时代也赋予了它新的意义。长辈们总是说我们是最幸福的一代，确实，我们生在新时代，长在红旗下，我们今天美好的生活是千千万万个"忠义"之士在党的领导下经历艰苦卓绝的奋斗而来。放眼华夏大地，满目皆"忠义"。疫情之下坚守在救死扶伤一线的"大白"们、加勒万河谷壮烈牺牲的"陈祥榕"们、三十二年如一日的"守岛战士"王继才们、中国核动力事业的"垦荒牛"彭士禄们，他们铁肩担道义、奋发以自强、勇担新使命，用自己独有的方式为我们的国家建设尽一份"忠义"，他们何尝不是舍小家、舍"小义"而成就国家之大"忠义"呢？他们是"新时代"的好汉！这一个个令人感动、令人敬佩的身影汇聚而成的是激励我们每一位中华儿女团结一心、砥砺前行、报效祖国的"忠义"之魂！

　　每每读完《水浒传》，我对"忠义"一词所包含的深意都会有新的感悟。我也一直在思考：自己怎样才能成长为"新时代"的好汉？少年壮志当凌云，从《水浒传》中我深深懂得了"忠义"一词所蕴含的力量，从"朋友小义"到"国家大义"，不断激励着我努力学习，练好本领，为实现中华民族伟大复兴的中国梦时刻准备着！

请在墓碑前放一束花

——读《献给阿尔吉侬的花束》有感

徐城坤

顾城说："人可生如蚁而美如神。"可是如果只给你三天的时间辉煌灿烂，优美如神然后便残忍收回，留下的那个品尝过天堂的甘饴而重返尘世的你是否还会接受现状？是否会面临更加坚硬的绝望？《献给阿尔吉侬的花束》一书的主人公查理·高登就遭受了这一从凡尘到天堂再回凡尘的历程。查理有先天智力缺陷，但一场脑部手术实验让他在短时间内智力得到飙升，从一个人皆可欺的傻瓜变成别人触不可及的天才。然而，智力的提升并没有匹配查理情感的进步，查理在拥有高智商的同时受困于他幼稚的情感思维。最后由于实验效果无法持久，查理的智力开始减退，又变回了智力障碍者。

这是少有的一本能让我看完陷入如此长久悲伤情绪和沉思状态的小说。阅读并不是只会看到美好的事物，完整的阅读体验一定是还有撕开的伤口和沉重的思考。作者借查理之口，对高速发展的现代科学加以反思，对医学伦理的界定发出疑问，也把是选择短暂的光

明还是永远的黑暗这个问题留给世人讨论。

　　32 岁的查理智商只有 68，仅相当于一个孩童。查理自幼被父母抛弃，平时在一家面包店里做杂工，备受身边人取笑，可他却毫不知情，反当大家都是朋友。在纪尼安小姐的成人低能班上，查理表现出最强烈想"变聪明"的渴望，也正因为如此，他被比克曼大学的尼姆教授和斯特劳斯博士选中，进行一场脑部手术实验。这个手术的目的是大幅提升查理的智商，此前该手术已经在天竺鼠阿尔吉侬身上试验成功。实验初期的效果果真符合他们的预期：查理的智商大幅上升，达到大部分人仰望的程度。然而，智商提高后的查理却认识到了一个不同于他以前认为的世界。查理智商的增高被身边的人视为一种背叛，面包店里以欺侮查理为乐的伙计们开始害怕并讨厌他，并最终合伙将他驱赶了出去。之前在查理看来像巨人一般的教授和博士们也渐渐显露本质：他们不过是一群见识短浅、追名逐利的凡人。令人始料未及的是，一直与查理相依为命的天竺鼠阿尔吉侬在数日的焦躁和低迷之后死去。查理在悲痛之余愈发清楚地了解到，这项不成熟的医学试验终究难逃失败的命运，自己也必然会像阿尔吉侬一样经历智商退化的过程。最可悲的是当发现自己智力退步的查理试图同抛弃自己的家庭和解时，老年痴呆的母亲见到他后歇斯底里地赶他出门，妹妹见到他表现出来的不是面对失而复得的亲人的喜悦，更多的是如今被报纸大肆报道的变成天才的哥哥可以帮她分担照顾老年痴呆母亲的解脱。而在理发店工作的父亲对待他就像一个普通的顾客，直到离开也没能认出他。随后一段日子里，查理虽然挣扎着不愿遗忘，想留住自己的智力。但还是逐渐失去了各项语言技能和推理能力，直到最终再次成为一名智力障碍者。故事复归平静，查理还是查理，忘记了他经历的一切，就像他从未触碰到他曾经向往的天堂的大门。

　　小说的表现手法很新奇，可以说是我第一次见。整篇小说由 17 篇日记形式的"进步报告"组成，对应故事中教授们让查理跟随实验进程写的进步报告。从一开头查理的进步报告错字连篇，标点只会用句号，到第一篇学会用逗号的报告，再到可以流利表达自己想法的报告，最后又因实验失败变回最开始的状态，作者用这种巧妙的方法侧面表现了查理智商的变化。读完查理的故事，你能感受到的是一种化不开的悲伤。作为智力障碍者的查理是孤独的，父母从未给过他想要的温柔和爱并最后将他抛弃，面包房的伙计只会以捉弄他为乐，教授们只是将他作为另一只阿尔吉侬来获取学界的成就，纪尼安小姐更多只是同情他。但这些作为智力障碍者的查理都不知道。而当查理变成了天才，他也是孤独的，伙计们因为害怕将他赶走，看透了教授们的本质后与他们闹翻，与纪尼安小姐坠入爱河却困于自己的童年梦魇而挣扎。查理坐上了在智慧之海徜徉的小舟却发现自己也没了落脚之地。当唯一与他在灵魂上沟通的阿尔吉侬死掉后，查理也已经明白了这个世界的冷漠，在他为阿尔吉侬立下墓碑并献上花的时候不知是不是会有一瞬间想回到之前的自己，逃离这个蔓延着冷漠和猜疑的世界。

查理的不幸是从他智商的改变开始的，那难道知识和科技的进步是带来灾难和不幸的源头吗？显而易见不是的，只是没有人性情感的调和，智慧和教育才显得根本毫无价值。古希腊的阿波罗神庙上就有一句"认识你自己"的名言，可以看出人类在几千年前就开始苦苦追寻人性的光芒。小说《猎魔人》中的主角杰洛特可以因为人性的一念之恶化身"布拉维坎的屠夫"，也可以因为一念之善保护村民。可见人性是具有多面性的，是善变的，就像书中面包房的面包师金比，因为查理变聪明后会联合其他伙计将他赶走，也会因为查理智能退化回来面包房后因新伙计欺负查理而动手教训他，并告诉查理"如果有人想要找你麻烦或者占你便宜的话，你一定要告诉我、乔或者法兰克，我们会帮你摆平的！记住，这里的人都是你的朋友，不要忘了！"在面对未来社会膨胀进步的科学技术时，只有坚守住人性的光芒才不至于迷失在黑暗森林中，失去了人性调和的人类一定是会被科技给奴役并吞噬的。

柏拉图的"模仿说"认为文学是对现实生活的模仿，的确，文学就像是一面镜子，反映的是现实。《献给阿尔吉侬的花束》只是文学作品中一个代表性的医学与伦理之间出现冲突的事件，而作为医学生的我却对医学伦理学问题了解得更多。一切为了科学和人类进步而不择手段违背伦理的行为都是应该被抵制的。如果不以尊重生命为准则进行人类活动，那人类一定会被自己无限膨胀的欲望给摧毁，面临的将会是人类最大的敌人——无序。

最后想思考的问题是上天带给查理短时间的智慧却又将它很快收回对查理是否太残酷？如果让查理以一个"智力障碍者"的身份无知地度过一生，会不会更好一些？有人替查理难过，觉得查理本可以忍受黑暗，如果他不曾见过光明。但是我觉得查理见过的光明反而成为他蛰伏于黑暗，未来重见世界的力量。就像一群生活在洞穴中的人，只见过篝火的光芒，当其中有一个人偶然见到了太阳的光辉，虽然回到了洞穴，他也会为了再见一次太阳而努力。你曾经拥有的光明只会是你曾经美好的留存，绝对不是你重新被打入黑暗后自怨自艾的对象。

如果我们可以，请都在阿尔吉侬的墓碑前放一束花吧。

《人生海海》：没脚的人用命走

陈赫

　　我曾经在我们县城里，经常看到一个人。他只有一只腿，坐在一个自己制作的破木板上面，木板下面有四个轮子。每天他总是用手滑着他的"车"，往返于各个垃圾桶之间，我如果料想不错的话，他的食物就来自垃圾桶。

　　经常在上班的途中遇到他，我心想，是怎样的变故使他到了如此田地，难道他没有儿女亲人吗？没有一席之地可以让他容身吗？他常常是左手一个破烂的酒瓶，右手一支将要燃尽的烟头。两者看来，一个是从垃圾桶里翻出来的，另一个是从地上捡起来的。

　　每次见到他这样情形，我难免有恻隐之心。想要买点东西送给他，但是我却始终鼓不起勇气。曾经目睹有人给他一些食物，他摆了摆手，拒绝了食物，礼貌地表示了感谢。贫贱如斯，尚且不收馈赠，宁可自己翻垃圾桶找食物。

　　就算是这样的生活，每次见他的时候，他的脸上也是堆满笑容。我知道，他心里有股傲气，即使生活把他压得已经接近佝偻，他仍然用仅有的尊严，向命运吼一声不服。

最近，我读完了麦家的一部长篇小说《人生海海》，仿佛更加明白了，如他这样人生的坚韧。

不同于麦家以往的谍战小说，这部书并没有那么浓的谍战氛围，多的是每个人的思考。围绕着一个身上带着很多谜团的上校展开，以一个十岁小孩的视角展开叙述。主人公上校颇为神秘，他不出工，不干活，却整日过得十分舒坦。他当过国民党军队的上校，一边被斗争，一边又被巴结讨好，村里人有捉摸不定的事总要请他拿主意。就是这样的反常，这样的古怪勾着我总想一探究竟。

随着故事深入，秘密也慢慢被解开。原来上校曾经是一个卧底，带着任务混迹于汉奸之中，为了任务，上校的肚皮刻上了他一生都不敢示之以人的耻辱。因为这个耻辱，上校不得已伤人逃命。最终彻底疯了，智商变成了一个只有几岁孩子的样子。

书中有一段发人深省的话："记住，人生海海，敢死不叫勇气，活着才需要勇气，世上只有一种英雄主义，就是在认清了生活真相后依然热爱生活。"《人生海海》是一个残酷的故事。主人公绝对可以称之为一个英雄，但是因为某些无奈，自己只能忍受一些常人异样的眼光，忍受着无尽的屈辱。这样的经历，换作任何一个人，几乎都没有活下去的勇气，但是上校依旧勇敢地活着，像一朵向日葵，笃定地寻找太阳。

很小的时候，我就听过海伦·凯勒的一句话："我一直哭一直哭，哭自己没有鞋子穿，直到看到有人没有脚。"上校和我遇到的流浪汉都是"没有脚"的人，他们都在用命活下去。而我作为一个有鞋子的人，却时常在抱怨人生。我应该努力看见美好，努力去活好生命。这是《人生海海》教会我的道理，这也是流浪汉给我的启示。

后来，我曾经为遇到的流浪汉写过一首诗：《半腿流浪者》。

一半的腿突兀，没人关心，还会不会野蛮生长
别递过来食物，摆摆手，我会给你个不屑的目光
破木板底下装上四个轮子，那就是我的飞行，滑翔
滑过每一座城市，划破每一条马路
沟壑，裂缝
不能填满，不能愈合，任其嚣张

亲爱的垃圾桶，蓝色的巨人，碰到他，跪着施礼
膝下没有黄金，跪了
才算国王，剥开他的肚子——恶臭，浑浊
甘甜，清香
敛出一根烟屁股，点上
云山雾绕，仙佛茫茫
只这一刻——诗歌、王位、太阳
人间我便为王

酒瓶中破碎的黏液
百倍胜过梦里的温柔乡
舌头割破，搅拌着血，醉的
才更香，倒下了，倒在了我那最大的床
九百六十万平方公里，比这还多，还大的床
盖上匹配着的棉被
被面上的图案，星星，月亮，一动一动一闪一闪
像我蠕动的身体
这一半飞驰
那一半死亡，却又重生

　　读罢此书,我已然明白生活的真谛。就像《人生海海》这本书名的含义那样:人生像大海一样变幻不定、起落浮沉,但总还是要好好地活下去。

爱是宿命般的相遇与别离

——以张爱玲散文《爱》为例

岑少薇

　　张爱玲的散文创作一直以悲剧为突出内核，辞藻华美，文风清冷，字里行间都透露着对人性的尖锐批判。而在本篇散文中，张爱玲却用寥寥数笔，温暖细致地描绘了一个女子从豆蔻年华到耄耋之年的一生。"于千万之人中遇见你所遇见的人"，从桃树下的一眼万年到被拐之后的颠沛流离的一生凄苦生活，原来爱是宿命般的相遇与别离。爱而不得、情不知所起而一往情深方为爱情的本质，只不过在某个夜深人静的时刻的你辗转反侧时仍残留着记忆中的清香与不自觉地回望。

一、《爱》中唯美意象的分析

　　《爱》中有很多经典且唯美的意象，尤其是桃花这一意象尤为突出。自古以来，桃花都象征着美人与爱情。《诗经》中"桃之夭夭，灼灼其华"就写出了女子含苞待放的状态，这其实也是张爱玲对初恋最初的悸动，那是怦然心动无法忘怀的惊鸿一瞥，温暖了她苍凉的一生。散文中男主人

公之于女子就是如此，他的一句话让女子回味了一生。

　　爱情是人类创作的永恒主题。桃花因为与女子的密切关系，所以美好的爱情故事也总是相伴相随。崔护的《题都城南庄》历来被称为是用桃花比喻女子的经典。"去年今日此门中，人面桃花相映红。人面不知何处去，桃花依旧笑春风。"两人于春光灿烂中相遇，那一眼胜却人间无数。女子倚靠在桃树下，面带羞涩地与男子对视，连桃花都羞红了脸。只是那一次的相遇竟是一生的别离。桃花依旧绽放在枝头，可男子等待的女子却再也不会出现了。后来，世人大多以"人面桃花"代指令人心驰神往的美丽女子与一往而深却无法触摸的爱情。张爱玲便是如此，她对胡兰成倾注了所有的爱恋，最终却是一腔真情错付，而这段恋情也成了张爱玲最沉痛的回忆。

　　桃花盛开象征着爱情的美好，而桃花的凋零也象征着爱情的零落。李贺曾用"况是青春日将暮，桃花乱落如红雨"来感叹年华易逝，青春不再！刘禹锡也曾以"花红易衰似郎意，水流无限似侬愁"来感慨花开花落，郎君无情。再美的花朵都会有凋谢的时候，零落之后满是枝丫的惆怅。曾经的海誓山盟被湮没在时间的长河中，不复存在。

　　陆游在《钗头凤》中以"桃花落，闲池阁"来比喻自己与唐婉的爱情悲剧。寥寥数字尽显真情，缱绻之情跃然于纸。再美好的相遇终究是抵不过别离。陆游与唐婉在分别后，各自组建了家庭，当初的情谊也只能深埋于心。只是，唐婉在沈园目睹了陆游的《钗头凤》后陷入回忆不能自拔，最后郁郁而终。在爱情中，受伤的似乎总是女子。曹雪芹在《红楼梦》中也赋予了林黛玉桃花般的绚烂又短暂的命运。黛玉的《葬花词》更是句句泣血："尔今死去侬收葬，未卜侬身何日丧？侬今葬花人笑痴，他年葬侬知是谁？试看春残花渐落，便是红颜老死时。一朝春尽红颜老，花落人亡两不知！"在《葬花词》中，桃花与黛玉的命运早已紧密相连，花落象征着黛玉生命的枯竭，爱情的谢幕。古往今来，桃花在文人的熏染下早已具有了爱情的深意。张爱玲的《爱》

亦是如此。两人的故事开始于桃花树下，结束于女子回忆中的桃树下，独留一声喟然。

二、《爱》中感情价值的深度解读

（一）穿越时空的爱恋

在《爱》中的时空穿梭不仅体现于被拐女子的跨越时光的追寻，更体现在张爱玲的身上。《爱》记叙了一女子从青涩到迟暮，从朝气蓬勃到垂垂老矣的暮年，其中艰辛只用寥寥数笔勾勒。这就是张爱玲独有的魅力。张爱玲的情感极为细腻，她可以敏感地捕捉到生命的细节，所以对于胡兰成的改变，她自然明白，她其实早已预测到两人的结局不会美满，却仍是一意孤行。张爱玲的时空感表现于她跨越时间的预测。对于两位的结局，要么是水到渠成的结合，要么是轰轰烈烈的破碎。显而易见，他们的爱恋终究是熬不过时间，拗不过人心，最终被烽火扼杀。她和胡兰成的悲剧不是天人永隔的苦痛，而是人心易变的悲哀。在《爱》中，张爱玲不是那个被拐的女子，而是那个男子。对于胡兰成来说，张爱玲只是他人生中的一个过客，最终不过是在他人生长河中留下的只言片语。

（二）爱情的常态——聚散无常

情之一字最为难以捉摸，正如刘禹锡所说："东边日出西边雨，道是无晴却有晴"。爱情似乎来去匆匆，正如《爱》中的女子与男子爱恋的萌芽一般，只是桃树下的一眼，便惊起心中波澜，但是终究抵不过岁月无情，最终这份难以言明的悸动只能深埋心间。爱情本身就是一场豪赌，赌赢了，便是一辈子幸福；赌输了，便是一生愁苦。《爱》中的男子是爱女子的，但是可能碍于现实，抑或是他的懦弱，他不敢表达。这次错过，便是一辈子的遗憾。这一次的相见也不过是为了最后的别离。"人有悲欢离合，月有阴晴圆缺，此事古难全。"来日方长，长到蹉跎了女子的一辈子。美丽的女孩熬过了所有艰难的时光，回首往事，她依然保留着那份单纯，正如张爱玲一般，她虽然离开了胡兰成，但仍旧是她自己。

（三）人生的悲凉

张爱玲的这篇散文透露了她对爱情的理解，对生命本质的理解。张爱玲理解的爱是爱而不得，是恰好赶上。在茫茫人海中遇到一个爱的人本就不易，如果能跟你爱的人相爱相守一生更是难上加难，这本就是生命的一种无奈与悲凉。张爱玲相信爱情，渴望爱情的来临，但是当爱情真正降临的时候，她又退缩了。因为她害怕那不过是黄粱一梦，梦醒之后，空留一人独自悲怆，生命本就无常，爱情更是缥缈。但是，爱情是人生最重要的篇章，即使会被伤害，即使害怕，仍旧要勇敢地跨出第一步；即使时间、地点、人都不对，但是那一刻的怦然心动是真的就够了。有缘无分是爱情的悲歌，但即便是情投意合也不一定会有圆满的结局。人生本就如此：迷惘又悲凉，繁华落尽徒留悲叹。

三、结语

纵观张爱玲的创作，悲凉是一以贯之的。这与她敏感、孤高的性格有关，与她的生长环境有关，更与她独特的生命体验有关。清冷、孤僻是她作品的代名词，而她作品中悲凉的情绪给读者带来的是无可奈何的意味深长的彷徨与深思。人在命运面前显得是如此的微不足道，无论她们怎么斗争，终究是逃不过命运的罗网。悲凉、哀婉是张爱玲散文的基调，她的散文浓缩着她的一生。

《爱》最大的魅力是在于它在悲凉、哀婉的文字中营造了一份凄清的美感。那是她曾不顾一切地相信爱、追求爱的青涩时光；那是爱情最本真的质朴模样；那是千帆尽后的深切体悟。散文中体现的爱不正是张爱玲一生命运的写照吗？但是，张爱玲的表达不仅仅只局限于悲凉的怅惘，更难能可贵的是，她在看透爱情的虚无时，仍能用温暖的笔调勾勒当初的美好，不论是非对错，不对两人作任何的褒贬评价，她的文字透露出的只有遗憾的曾经。因为懂得、理解，所以悲悯。正是因为张爱玲的这种情怀，才让读者更加深刻地理解：爱情是命运的馈赠。

盛夏·蝉鸣，城南旧事

——读《城南旧事》有感

杜蘅妤

临着晨曦，听耳边蝉鸣聒噪，看门前那条青石板路，依稀记得繁华时人来人往带起的滚滚尘埃。不知今年是否能听到骆驼的铃声。

我仿佛看见那个穿着卡其蓝布上衣、黑短裙的英子从远处缓缓走来，招手，又隐逸在须臾之间了。初读《城南旧事》，已经记不清是多少年前了，感兴趣的是那篇关于骆驼的，和《我们去看海》。大抵是天真烂漫的小孩子，大都相似，感兴趣的事也差不多。那时的我，和英子一样天真无邪，也觉得英子天真无邪，但或许是出于本能，总觉得那个城南弥漫着一股淡淡的、莫名的、违和的忧伤。坐在门前的台阶上，托着腮，期盼着什么时候也能看见骆驼，对它的牙齿分布和咀嚼动作兴趣盎然。也期盼着看海，不知从哪儿听来，在海边捡一只海螺，带回家便能听见大海的声音。后来再大一点，关注点变在了小桂子和疯子秀贞阴阳差错的凄凉故事上了。那个年龄的我，因西方美好童话故事等书的影响，一时不能接受。小桂子和秀贞寻寻觅觅，如此多年，一朝相认，

奔赴美好生活，却最后双双在火车下魂散神归的悲惨结局。令人潸然泪下。至今想来，在那个年代，这种故事不过是人间常态。而母女最后能在死前相认，了却一桩心愁，也是万苦中的一点蜜，极好的了。想来在那个时代，母女至死无法相认于床头，了了此生的比比皆是。

现在看《城南旧事》，却也理解了很多，比如为什么爸爸的花落了，我却长大了，爸爸的花和我的成长之间千丝万缕的联系。现在也能理解，那莫名违和的忧伤了。为什么违和？因为那本不该是一个那样年纪的孩子该有的感情啊。那是一个大人通过手中的笔，将自己记忆中的童年解封，那个孩提时代的自己的眼睛去看世界，去留存、追忆那天真烂漫的童年，去弥补那时的后悔。

小时候，我们常常埋怨大人什么都不告诉我们，其实我们什么都看见了，只是不知道背后的含义罢了。长大的林海音回忆起自己的童年，了解了那时不懂的是经历了半生炎凉，体会到那时天真烂漫的弥足珍贵。极力以孩童的视角看世界，但尽管捂住了嘴巴，悲伤也从眼睛里溢了出来，读到另一个七八岁的孩童在读这本书时感到了违和。

在书的最后一章，花儿谢了，林海音长大了，而那个代表着童年天真的英子消失了。几次读完这本书后，我也长大了。20世纪80年代的那个女孩儿和现在新时代的我缔造了一种跨越时间上的和谐。我通过文字看着她，而她透过书页看着我。时光若白驹过隙，忽然而已，时代也成长了。

《城南旧事》通过英子的眼睛形成了一个世界，那个世界有花有草，有鸟，有人生，有人亡，有人悲，有人喜。那个世界是在那个时代下老北京社会的缩影。我们看着书，感受那个时代，为那个时代的不公而悲愤，而不知多少年后，我们的故事写成了书，是否也会有人感受我们的爱恨嗔痴，为我们的过往而流泪？当我们也成了历史，我们的时代交由后人来评价，我们无法左右后人的看法，我们只能尽自己的努力完善这个世界，减少一点不公，至少不要让后人以我们对上个世纪的评语来评价我们。我无法说是这个时代的见证者，因为我没有见证整个时代，这个观念过于宏伟壮观；我也无法说是这个时代的受益者，因为我没有切身体会过上个世纪的悲凉，那个时代的惊心动魄，我无法评价，也没有资格评价，所以不能泛泛而轻飘飘地说一句受益。于我，于你，于他，于每一个出生于新时代的人，我们只能成为这个时代的参与者，并为时代尽自己的一份绵薄之力。

百年风尘雨如烟，没有人永远年轻，却有人正年轻。远处传来一声袅袅的驼铃声。

每个善良的灵魂都值得纪念

——余华《第七天》读后感

刘效仁

　　"浓雾弥漫之时，我走出了出租屋，在空虚混沌的城市里孑孓而行——我得到一个通知，让我早晨九点之前赶到殡仪馆，我的火化时间预约在九点半。"余华《第七天》的开篇，既给读者留下巨大的疑惑，也流露了深痛的哀伤。

　　当你终于掩上书卷，哀恸会从心底流溢，灼伤你。"才下眉头，却上心头。"想起清代曹雪芹的"满纸荒唐言，一把辛酸泪！都云作者痴，谁解其中味？"《第七天》满纸鬼话，何止荒唐？终为鬼故事，又岂止辛酸？

　　诚如小说腰封所说，这部作品比《兄弟》更荒诞，比《活着》更绝望。暴力拆迁、瞒报死亡人数、医院将死婴当垃圾、贫困无助、屈死冤死等等。现实越是如此荒诞，悲哀，作家笔底更深层次的揭露、批判与哀叹，才力透纸背。只是，荒诞背后依旧有真诚，绝望背后依然有希冀。那些至死恪守善良，与人友善，消弭冤仇的灵魂，尤其让人敬畏和感念。

　　《第七天》的主人公杨飞，不幸被

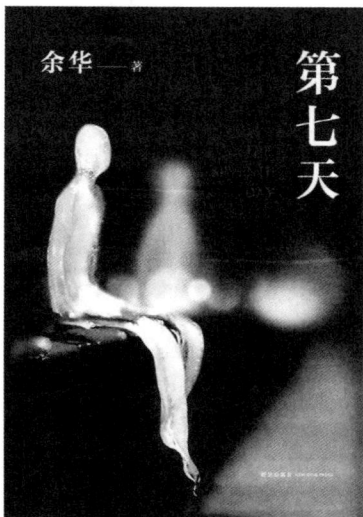

遗弃于铁道上，为扳道工杨金彪所捡起，从此相依为命。杨金彪，即是善良的化身。对杨飞的爱超越了爱，也超越了生命本身。为了杨飞，决然放弃爱情，一生未娶；虽然曾有过犹疑，把杨飞送到城市幼儿园边的石磐上，可最终还是把他领了回来。患重病的他，为减轻杨飞的负担竟悄然离家。一路蹒跚，走向当年曾丢弃杨飞的地方。只有在倒下的那一刻，或许才能释怀吧！死后之所以选择在殡仪馆做志愿者，依然是为了将来的某一天，父子再次聚首。

杨飞也曾回到亲人身边团聚些日子，不久即告别新家庭，重回已患重病更需陪伴的养父身边。当杨金彪不辞而别，杨飞带着深重自责与悔恨曾四处找寻，直至死后相聚。余华对父亲的描写是细致而温柔的，没有什么能比一个男人独自抚养弃婴更具理想主义情怀，也没有什么能比一个儿子抛弃了一切，在冥界游荡只为找到父亲更动情。

杨飞有过一段短暂的爱情。李青之所以爱他，完全是源于他的善良。当同事向李青表白被拒，颜面尽失，迅疾裸辞，成了全公司的笑话，是杨飞默默收拾同事的物品，悄悄送下楼，那一刻的温厚、体恤，成了李青眼里的宝贝。虽说两人注定不可能一生相守，可死后两个善良的灵魂之所以不约而同再次来到曾经相会的地方，依然是因着爱。可即便重相依偎却也物是人非。读此，让人未免感伤。世事难料，人生无常，自当珍惜拥有，珍惜当下。

本就瘦弱的李月珍，放下嗷嗷待哺的女儿，执意乳养杨飞。几十年的付出，只是出于一个女性、母亲本能的善良。这种善良，也使她对医院遗弃婴儿十分愤懑，从而演发了一场悲剧性的新闻事件。及至横遭车祸，李月珍成了最悲剧的主角。那 27 个被当作医疗垃圾遗弃的婴儿，从此成了她的孩子。孩子们夜莺般的歌声，成了那个世界中最感人的音乐。

"鼠妹"刘梅的爱情，给人一种甜蜜的酸楚。"她那么漂亮，很多人追求她"，可铁了心决不去坐台，依旧跟着男友伍声过穷日子，只能栖身于地下室当"鼠妹"。或许有一天，爱情终会变得从容、宽裕、舒心。她之所以选择"跳楼"，并非一定要那款心仪的手机，而是怨恨男友不该用山寨机来欺骗。她容得下贫穷，而容不了欺骗。

伍声用卖肾的三万元为她买了块墓地，却因手术感染丧命。可怜的是，当他去那个世界寻找刘梅时，她却在净身后回归安息。最让人惊悚而震撼的正是那场盛大的净身仪礼。数不胜数的善良灵魂，静悄悄地排着长队，为刘梅掬来净水，洒在她的身上，为之洗去一生的穷苦，一世的不幸。

余华用超然的想象和博大的悲悯，营造了一个美好的地方——死无葬身之地。竟然有那么多的灵魂因种种缘故，无所归依，飘荡流离。好在他们的行走是自由的，灵魂之间彼此怜爱与尊重，再也没有了歧视，没有了贫穷，也没有了事故，没有了横祸，没有了仇恨，也没有了怨艾。

《第七天》虽说如此悲苦，却依然读到了余华的抒情。婴儿歌唱的夜晚，自我悼念者的篝火集会，净身的庄重场景——只是那么多的抒情片段，穿插在残酷的死亡故事中，烘托着生命的凄美，他一定也绝望极了。好在余华笔下的另一个世界里，盛放了所有的善良、希望和美好。李青死后忏悔，承认丈夫只有杨飞一人；郑家夫妇无辜，不过有个最坚强、懂事的女儿；饭店老板谭家鑫至死也没有夺走快乐的希望，"一家人能在一起，到哪里都是好"；扫黄警察张刚与李姓男子的仇杀恩怨，死后也一笑泯恩仇，成了最好的棋友。

正是这份温良，暖着读者的心，终不至绝望、崩溃。

寻觅生命的微光

——读《活着》有感

葛叙颉

　　"活着"？初闻此题，所感受到的是一个疑团，究竟是什么样的境遇，经历了怎样的人生坎坷，才会让人发出"活着"的感慨呢？

　　带着好奇心读完整本书，我也找到了自己的答案。《活着》以第一人称讲述了一位名叫福贵的老人的一生。他原先是徐家的阔少爷，却不慎沾上了赌博，彻底输光了徐家全部的家产，一夜之间成了穷光蛋。可纵然如此，我依然看见了福贵生活中的微光：妻子家珍不离不弃，福贵痛改前非。故事继续发展，解放军的出现救出了福贵和战友春生。不过，生活却未因福贵的回归而有所好转。母亲去世，女儿凤霞因为一场高烧变成哑巴，唯一能够聊以慰藉的便是儿子有庆已经出生。虽然生活依旧清贫，但日子总算因为有庆有了盼头。谁知天不遂人愿，为了给县长夫人献血，有庆失血过多离世。正如莎士比亚所说："世界只是一座舞台，生命只是一个可怜的戏角。"上天似乎跟福贵开了场天大的玩笑，女儿凤霞、妻子家珍、

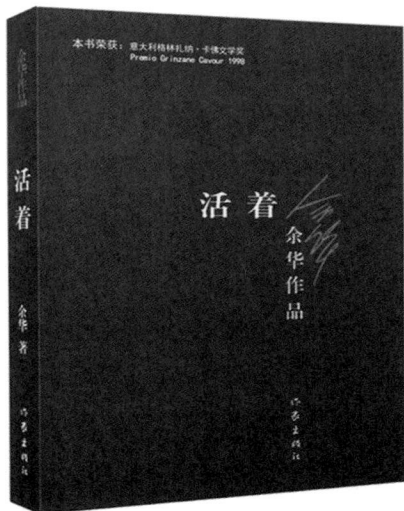

女婿二喜、孙子苦根一个接一个离他而去。

全书读毕，最大的震撼便是情感上的共鸣。虽然我的生活幸福安康，但每每看到福贵遭遇祸患，依然会情不自禁泪润眼眶，为他悬着一颗心、捏着一把汗。而奇怪之处也在于此，明明福贵的境遇出奇地悲惨，但阅读过程中，我却始终感受到了一股无形的坚定的力量——生命的力量。或许这就是文字的张力，字里行间传达的不是苦难中的消极与颓唐，而是"穷且益坚，不坠青云之志"的坚韧与顽强，虽说福贵的一生也颇带些悲剧的色彩，但这也从侧面反映了当时社会的百姓生活：在一个动荡的年代，每天都有人在无辜死亡。或许只有在这种境遇下，人们才更懂得活着的珍贵。书中关于春生的一段描述给我的印象最深：他咬着牙狠狠地说："我不想活了。"这是绝境下最无助的呐喊，春生终究没有信守"活着"的诺言，失去了生的意志。但我却清晰地看到了福贵的蜕变：从纨绔少爷成长为一个能独当一面的顶天立地的男人，他虽然曾有过种种恶习，但在当时的社会中还是学会了如何生活。我想这是生活意志的胜利。

我们的生活有时也不能一帆风顺，也会遇到许多困难和挫折，这次疫情所造成的负面影响成为很多行业"不能承受之重"，的确令人难以忍受。然而想想福贵，他经历了无尽的灾难却依旧感恩生活的时候，我们是否会自惭形秽。亲身经历了去年12月一场突如其来的疫情，让我深刻领悟到花开的过程需要等待，期待花香，就需要熬得住等待的过程，总之，别气馁。生活总是这样，会有出乎意料的惊喜，会有不期而遇的温暖，会在某一刻给你熄灭灯光，让你在黑暗中前行，却也会在天空留有星光，照亮你接下来要走的路。或许迷茫彷徨是生活的常态，但只要我们有战胜它的勇气，坚持不懈，笑对生活，就一定会迎来花香。就像余华所说，"人是为活着本身而活着的，而不是为了活着之外的任何事物所活着"。黑暗是生活的必然，苦难却并非生活的全部。没有停不了的风雨，自然也没有跨不过去的坎。余华的《活着》

用近乎夸张的手法，教会了我心向朝阳，去寻觅生命的微光。

很多时候，那束微光努力想要照亮我们的晦暗生活，是我们自己闭锁了心门，是我们自己拉上了窗帘。打开窗户，去寻觅那些点滴美好吧。对于我们来说，更应该从福贵一家的经历，感知生活的不易，生命的无常，不要去抱怨，我们要学会去承受所有的不幸，这才是生活的本质，去珍惜现在所拥有的一切，这才是活着的价值。请你相信，精神的力量可抵挡一切风浪。若是你身处漆黑，不妨抬起头来，去自己的身边，或是心里，找一找那独一无二只有你自己才能发现的微光。

"名为纸上之辞，却是躬行之获"

——苏沧桑最新散文集《纸上》读后感

应红梅

　　作者一开篇就将冰河上定格春信的秒针与写作者类比，精准而诗性正是作者对自己文字的期许。

　　《纸上》全书由七篇散文构成，记录了七个江南非遗——桑蚕丝绸、传统造纸、草台戏班、茶农生活、养蜂人家、古法陈酿、西湖船娘，每一行当都代表着一个绝活和一种江南的独有文化，与我们当下的生活依然密切相关。

　　田野调查是她采集素材的基本方法，她将自己投身于现场，在行走中不断观察、体验、感悟、思考、记录。如同一只深海的贝，虽龟缩在硬壳之中，却总想去刺探和眺望"外面的世界"。如同爱尔兰诗人希尼用人生中第一首诗"掘"开了他人生经验的矿脉，一个写作者用他的笔来"挖掘"他的血缘，他的根和那个在成长后独立的"我"。

　　为了创作《跟着戏班去流浪》，呈现民间戏班不为人知的生存状态和思想情感，她回到老家玉环海岛，

深入越剧草台戏班，与演员们同吃同住同演戏，深度体验原生态民间戏班的真实生活状态；为了创作《牧蜂图》，她追寻养蜂人的足迹，从杭州到新疆，走过乌鲁木齐、奇台县、江布拉克、碧流河、伊犁河谷、果子沟、赛里木湖；为了创作《春蚕记》，她亲身实践，自己养蚕，记养蚕日记……

这是一个生命的好奇，这也是一个写作者的初心，一种真正的野心或雄心。"腹有诗书"赢得笔力的自由与从容；成为劳动者的一员，你就有写不完的心声。这是创作者的根与魂。

于是在《纸上》，我们看到了她对七个劳作人物一笔一笔的真情书写，与她一起直面真实与艰辛，比如采茶女工不敢上厕所，捞纸浆的手特别粗糙，船娘的胳膊一边粗一边细，下一代人不愿意做了的喟叹，感受到对传统文化一种关注的愿望。

作家陆春祥评论《纸上》说："写作者不写自己的人生，但可以把别人的精彩人生写出来。《纸上》写的这些人物与故事，不仅仅是挖掘梳理文化，更让读者知道，那些伴随我们几千年的老行业老行当，其实仍然和我们的生活发生着紧密的联系。你看看出土的四五千年前的丝绸，就知道养蚕有多大意义。现在的互联网飞速发展，但它养不出蚕，造不了丝，织不成绸。"

正是这样，在"传统文化"与"古老行当"日益衰落之下，有这样一个怀着热情的人将他们书写下来，更加令人动容。

更不用说《纸上》堪称写作范本的价值无可争议，单就文学表达上，其可供写作者汲取之处也是数不胜数！关于表达，作家苏沧桑是这么说的，"我已经完成了我最想要的表达，唯美与真实，全部是自然而然的表达……"

以下浅谈我个人的三点感受：

一、善用对比与闪回的手法，多头并进的时间线表达，给人一种开阔性文本的阅读体验。

养蚕，一百条蚕和十万条蚕的互相印证，体验式养蚕和最后的养蚕人家的辛劳日常，江南与西北及曾经的时光之选；唱戏，作者与戏班同吃同住和粉墨登场的双重体认，民间与官方、今与昔、杨佩芳个人史及越剧诞生以来一群人的印迹；与茶，作者完整的十二时辰的劳累和感同身受……在跳跃的当下时间线中，其他个体的生命时间也在流淌交织。《冬酿》里，山村的时间，即酿酒时间是一条当下时间线。苏沧桑的时间线，姨公的，祖父的，父亲的，诗人张一芳和酒吧老板的时间线，诸多的过去时间线和当下时间线交织前行，构成了一张巨大的时间之网。时代变迁，人心流转，尽在一网之中。

又巧妙将纸上时间作为过去的一条隐隐约约的时间线，交织在当下时间中。《春蚕记》中《御制耕织图》里的时间，《纸上》中《天工开物》里的时间，《跟着戏班去流浪》中越剧史的流动时间，《船娘》中则是志书、笔记、诗词歌赋里的时间。诸如此类，如草蛇灰线延伸而来。至此，当下的时间成为她自身参与的独特个体记忆，纸上时间又成为她的体悟和感受，水乳交融，各自成为复式叙述的一脉，共同构建了宏大的交响诗篇。

二、一个无数意象堆叠的诗意空间，充盈着想象和柔情。

作者在《春蚕记》中，对正在三眠中的蚕问道："它会做梦吗？会做什么颜色的梦呢？梦里，它是游弋的丝绸？鱼的尾翼？溪中的云影？深潭的波光？半截月光？光年之外的星云？女人的腰肢？猎猎风中的旗？一段古老民族的传奇？一句诗里的泪滴？还是，剥去层层意义后最普通的一条虫？"

作者写船娘或自己眼里的西湖："春天的清晨，白雾慢慢升起来，太阳慢慢升起来，几只小鹧鸪互相追逐，拍打起一长串浪花。夏日空闲的午后，将船躲在阴凉的桥洞下打个盹，常被偷偷游泳者的跳水声惊醒。秋天叶落时，杨公堤旁的西里湖聚集着数不清的白鹭和夜鹭，光秃秃的树枝上全是黑乎乎的鸟巢和白乎乎的鸟屎。下雪的时候，船犁开薄薄的湖冰，湖冰碎成片片翡翠。"

还有许多。

作者善用通感、跳跃、留白等技法，追求陌生化表达效果，使得阅读时刻新鲜。也正是这些准确入微的语词表达，将那些漫谈、追忆、沉思，赋予了动人的力量。

三、一些小故事的切片，看似闲笔，却带出更广阔的空间，使得诗意陡增。

于两个毫不搭界的事物中，"找到"惊人的相似之处。这一种"发现"的眼光，可谓犀利和独到。

《序：春天的秒针》里

切片一：前述已提到，阿拉斯加腹地塔那诺河冰川解冻使得钟摆的秒针停住的一刻，即预示着春天到来。写作者，就像冰河上定格春信的秒针，精准而诗性。

切片二：古脊椎生物学家将 2.8 厘米的杨氏鱼头颅化石连续磨片，最终将其切分成 540 多片，如此是为追溯谁是人类最早的祖先。与此类比，"我"在生活的矿井，执着地截取着一个个时光断片。多年以后"我"不在了，一代代人不在了，无数记录者的文字还在，未来的人读到时，依然能从中触摸到一双双人民的手，听到更接近天空或大地的声音，看到始终萦绕在人类文明之河上古老而丰盈的元气。

《后记：鸟鸣》里

切片一：日本作家盐野米松等合著的《树之生命木之心》，对日本三代宫殿木匠持续十年的采访笔录呈现了传承 1300 年的匠人之魂，里面有很多工匠口诀：

"营造伽蓝不买木材而是直接买整座山"。

"树木的癖性也是树木的'心'。堂塔的木构不按寸法而要按树的癖性构建"。

"要按照树的生长方位使用，长在东西南北的树应按它们的方位使用，长在山岭上和山腰上的树可用于结构用材，长在山谷里的树可用于附件用料"。

——以此来与什么类比呢？

当然是《纸上》所传达的，从未吝啬过自己的努力的那些人，是他们每一份最原生态的劳作。那是劳作中的诗意江南。

在著名评论家、沈阳师范大学特聘教授孟繁华看来，苏沧桑同时发现了不一样的江南。

过去，人们理解的江南是白居易的《忆江南》，是张若虚的《春江花月夜》，苏东坡的《望江南》。在文人墨客的眼里，江南草长莺飞、花团锦簇、诗意无限。

苏沧桑则在民间和生活中看到另一个江南。

这个江南同样诗意无限，与历史脉络、风土人情和华夏文明息息相关。但是，维护、传承江南文明的人们，不是在花前月下或茶肆酒楼，而是在生产实践和劳动现场。苏沧桑书写的江南生活方式或生产方式，于今天来说，是只可想象、难再经历的过去。然而，一门古老的手艺或活计可能不可避免终将消逝，但一个民族的工匠精神绝不能消逝。

切片二：双耳失聪的贝多芬完成了《F大调第六交响曲》（《田园交响曲》），他曾对朋友说，周围树上的金翅鸟、鹑鸟、夜莺和杜鹃和他在一起作曲。第二乐章结尾处，他用木管乐器模拟的"鸟鸣"声，在当时引起了很大的争议。囿于古典乐派的传统观念，人们认为如此粗糙的声响，根本不宜用在交响乐中，甚至不能被称为音乐。音乐鬼才柏辽兹为贝多芬辩护，纷至沓来的时光和后人为鸟鸣声辩护。

——《纸上》是作者走向民间的真实体悟，是作者与自己的书写对象有了同呼吸、共命运的情感联系。也是写作者深入生活现场的书写收获到了社会肯定的声音。人们不吝赞美《纸上》是"以美文的形式抵达如此宏大深邃的主题""其真切、细微，非在书斋中所能完成。那些我们身边被忽略的现实人生，在挣脱了概念化的存在后，变得如此鲜活且意味深长"。世上有多少人如那一声"鸟鸣"？有多少梦是那一声"鸟鸣"？作者希望用这本散文集里的文字"模拟"的"鸟鸣"，是这时代恢宏乐章里一个小小音符，能给读者诸君带来深刻的愉悦。

人间五味总关情

——浅谈汪曾祺先生的饮食文章

周汝嘉

　　从年少时起，就喜欢读汪曾祺先生的文章，而今已有 20 年了。他笔下的文字从阳春白雪到下里巴人，从民俗风土到花草鱼虫，无所不有。特别是写饮食的文章，更是让人齿颊留香意犹未尽。那质朴、流畅的文字，仿佛是一位可爱的老人家，半倚在躺椅上，从从容容地在给你讲故事，把那些过往讲给你听，并在不知不觉间绘就了一幅饮食长卷。

　　汪先生是高邮人，那里对于他来说是魂牵梦萦的地方，他把故乡的山水、风土、乡人写进文章，当然也少不了故乡的美食，无论身处哪里，尝了些什么，总要跟老家的东西比一比，比如——鸭蛋。高邮是水乡，盛产鸭子，鸭多，自然鸭蛋也多，且品质很好，腌出的咸鸭蛋更是名声在外。所以，汪先生虽然对其他地方的人每每提及高邮都会说一句："哦，你们那里出咸鸭蛋！"颇有些不大高兴——"好像我们那穷地方就出鸭蛋似的！"但他紧接着又这样写道：不过高邮的咸鸭蛋，确实是好，我走的地方不少，所食鸭蛋多矣，但和我家乡的完全不能比！曾经

沧海难为水，他乡咸鸭蛋，我实在瞧不上。这质朴率真的语言，让人读来，还真想尝一尝高邮的咸鸭蛋呢。

除此之外，品读老先生笔下的家乡饮食，能够很深切地感受到浓浓的思乡之情。比如在散文《故乡的食物》中提到的咸菜茨菰汤，汪先生小时候对这吃食是很不喜欢的，因为只要一下雪，家里就会喝咸菜汤，且茨菰并不好吃，激不起一点食欲，所以他在文中便这样写道："我小时候对茨菰实在没有好感。这东西有一种苦味。民国二十年，我家乡闹大水，各种作物减产，只有茨菰却丰收。那一年我吃了很多茨菰，而且是不去茨菰嘴子的，真难吃。我十九岁离乡，辗转漂流，三四十年没有吃到茨菰，并不想。"

可是，也正是因为这数十载光阴的"久违"，让人由此及彼，让人生出了许多思乡之感，所以作者便在这一节的末尾处写道：我很想喝一碗咸菜茨菰汤。我想念家乡的雪。

除了家乡的饮食，先生笔下的美食地图遍及大江南北，国内国外，涉猎之广，口味之繁，让人钦羡。说起不同地域的饮食特点更是如数家珍。比如，他在散文《五味》中，对全国各地不同的口味偏好进行了细致的盘点，他写道："山西人真能吃醋，还爱吃酸菜，雁北人尤甚；无锡炒鳝糊放那么多糖；北方人初春时吃苣荬菜。苣荬菜分甜苣、苦苣，苦苣相当苦；云南佤族有一种辣椒叫'涮涮辣'……"可以说，汪先生是真正做到了读万卷书，行万里路，品万种食。正如他在文章中说的那样，一个人的口味要宽一点、杂一点，"南甜北咸东辣西酸"，都去尝尝。对食物如此，对文化也应该如此。

四方食事，人间五味，无不蕴含着人们对养育了自己的这一方水土的无限深情，先生笔下那为数众多的地方美食，恰似一碗碗让人无比眷恋的人间烟火，阅读这些充满烟火气息的文字，在让人感觉到亲切的同时，也是一次大快朵颐、美餐一顿的终极享受。

挚爱

倚着角落里堆积的干草，趁着这彻夜不息的光，我翻开杂志折叠着的那一页，轻嗅沁人心脾的馨香，津津有味地读起来。这本书辗转了千里，然而颠簸过的文字似乎更有清雅的质感。

我与何其芳非同寻常的邂逅

李文山

　　万籁俱寂的深夜，只有我踏着月光上路。

　　乡村的旷野归于平静，房屋的灯火也不再眨巴眼睛。脸朝黄土背朝天的农人干活太累了，都想在梦里看看那些享受"电灯电话"的"楼上楼下"住着哪路神仙，我就一个人从徒有四壁的斗室出发，孤零零地走在兴隆河堤上，手里拿着一封信，尽显旁若无人的恣意。

　　在黄岭小村离家向北约三里路的地方，有一个名叫黄场的小街，与我们耕种的田园阡陌紧密相连，那里的供销分店门前悬挂着一个绿色邮箱，正是我寄托希望的所在。当我把那封信郑重地投入进去，我分明看见了暗处生光的缪斯女神轻启樱唇，在朝我这个不知天高地厚的傻小子微笑致意，信件落箱的声音似要酿出香醇的美酒。

　　准确地说，我不是在投递一封信，而是要去和一个梦中的诗人幽会，这个诗人就是何其芳。当然，在这个 1978 年的秋夜，我根本不认识何其芳，也不知道这个可敬的诗人已在一年前溘然长逝。

　　我之所以要与他幽会是源于我的初恋，女友就住在这个小街上。我们同窗四载，她是城镇户口，我是农家子弟，同样是高考落榜，但她能进入城镇谋一份比较体面的工作，而我却只能在回到摇摇欲坠的人民公社种田打土块，铜墙铁壁般的城乡二元分割体制严重束缚着手脚而咫尺天涯，我们只得忍痛分手。

　　时隔 43 年，我至今依然记得非常清楚，我们分手那天是 1978 年 7

月 24 日，高考梦断的第三天，也恰好是何其芳的周年祭日，这是巧合，还是天意？只是当时我们都浑然不觉，懵懂无知。

女友掏出一支钢笔和一本薄薄的旧书，在旧书上方留白处龙飞凤舞地写了几笔，递给我说是作个纪念。我接过来一看，书是没有封面也没有封底的那种，书页已经泛黄，她和我都不知道书名，内页倒还算保存良好，用仿宋二号字体注明了"献给爱好诗歌并希望提高鉴赏力的同志们"，只不过上面多了她那熟悉而隽秀的字迹。

这是一首四行新诗，字里行间都带有那个时代明显特征："茫茫大海任友行，大风大浪好征程。不做燕雀学鲲鹏，展翅高飞入九重。"

如果我不甘心成为一只蓬间雀，我就必须练就一番直入九重的本领。而正是捧读这一本女友留给我的旧书，让我做起了一个鲲鹏梦。

如同许多生于 20 世纪 60 年代的中国诗人一样，"林江之乱"结束后，社会生活的突变为文学创作提供了非常丰富的素材，"文化启蒙"思潮成为当时的主流，文学期刊在全国各地如雨后春笋般出现，文学分担了对时代命运进行思考和构想的重任，诗歌创作也出现了前所未有的井喷黄金期，北岛、舒婷带着心灵上的伤痕，带着幽怨、苦闷和压抑开始诗歌创作，无疑为我树立了人生的标杆。

躬耕垄上之余，在一盏昏暗如豆的煤油灯下，我捧读这本无头无尾的旧书，看到作者时常借用一些例子具体地讨论如何欣赏诗歌，以帮助如我这样的诗歌爱好者提高鉴赏能力。全文分为十二节，以大跃进民歌和少数民族歌谣为例评析群众诗歌起首，以李白、杜甫、白居易、李贺、李商隐的诗为例评析中国古典诗歌为铺垫，以郭沫若、闻一多、未央、闻捷的诗为例评析中国现代和当代新诗为重点，最后是全文综述，深入浅出，耐人寻味。我猜想它应该是一本启蒙读物，很适合我这种爱诗和初学写诗之人阅读。

经历了"文革"沙漠的漫长跋涉，猛然接触到这本薄薄的旧书，我以为作者向我展开了一个璀璨而又全新的诗歌世界。它是华丽的，却也是质朴的，质朴得就像一记记重锤，锤在我的心尖上，一如作者评价老诗人未央的作品："在我所读过的描写抗美援朝战争的诗歌中，要算未央的《枪给我吧！》和《驰过燃烧的村庄》给我的印象最深了。读后使人不能忘记，这是古今中外的好诗的共同之处。难得的是它们的特点突出。这种特点用一句印象式的话来说，就是它们里面好像有一种火一样能够灼伤人的东西。"

书读久了，揣摩也就多了。一份份带着原始冲动的稿件，就这样一夜夜地踏着月光上路。夜雨连绵不便出行，月黑风高我也不会投稿，我总是等待着皓月当空的子夜或是繁星满天的三更出发。

这是一段几乎渺无人烟的寡路，只有兴隆河堤上成排成排的水杉列阵为我壮胆，天上或是一钩弯月或是一轮玉盘与我相伴，皎洁的月光透过树桠枝叶的缝隙筛落在地面上，俨然跃动的片片银箔。松软如毯的路旁夏季多是鸣唱的蛐蛐，偶尔还有土蛤蟆之类的小活物跳出来助兴。

踏着月光上路，这便是我乡村生活中最美妙、最惬意、最幸福的时光。

月华如水，如冰雪之色。我的肩头有一片月，我的脚下也有一片月，我的前方依然是一片月，我就在月光下做着我痴痴的梦。

在一条马路也没有的偏僻乡村，做所谓的诗人梦就是不务正业，就是不合时宜的另类"败家仔"。我白天在太阳底下割麦插禾，没有时间写作，也不敢将自己的爱好示人，只有在夜半三更才可以"明目张胆"，贸然在月光下采取悄悄的行动。

异想天开是要付出代价的。家里常常穷得揭不开锅，做诗人梦也没有温床。稿纸匮乏，真正是"吟罢低眉无写处，月光如水照缁衣"。我就把别人扔掉的烟盒当成宝贝，买不起一分钱一个的信封，就用别人丢弃的水泥袋纸自己糊，或者在接到编辑部回函后将信封翻转过来反复使用。八分钱的邮资在我看来比天还大，好在当时向大小报刊寄发稿件都不需要粘贴邮票，邮政工作者的无私付出，让我们的思想天高地阔。

应该承认，在我最初写作的那些稚嫩而粗糙的文本里，也存在着许许多多图解式的倾向。在某些应景之作中，乡土不再是真实地在土壤上生长树木禾苗的大地，农民的主体行为不是生龙活虎地表现出来，而是可以被随便加减的符号。因此，我痴痴的诗人梦，总是在早晨醒来时破灭，当然也有在踏着月光上路的夜晚。

"刳肝以为纸，沥血以书辞"，我对文学的爱还是那样的偏执、专一，甚至狂热。

也许经历了太多的失望，上苍给予了我些许慰藉。在漫长的十一年等待中，我终于等到了"白日不到处，青春恰自来。苔花如米小，也学牡丹开"的日子，幸运地走出了那个"连一条马路也没有"的黄岭小村，通过图书馆调阅了多方资料方才弄明白，我读到那本薄薄的旧书，是何其芳关于诗歌艺术欣赏的长篇讲稿，书名叫《诗歌欣赏》，为"爱好诗歌并希望提高鉴赏力"的读者而作。1962年由作家出版社付梓，而这一年"天灾人祸"刚去，恰巧是我呱呱坠地的日子。何其芳为什么偏偏选择在这个时候写下这么一本书，是不是在冥冥之中他的命运与我要有一种别样的交集？

当我读到他的代表作的时候，何其芳已先一年匆匆走过他65年的光阴，诗人蒙冤久矣，中国虽然还有理解他的人，但却没能让他继续活下去。我至今都还在思考，我的初恋女友为什么会在那样一个特别的日子送我一本旧书，让我与诗人开始了不同寻常的邂逅？

月华如水，还如冰雪之色。时光荏苒，先生千古，我的肩头有一片月，我的脚下也有一片月，我的前方依然是一片月，我在月光下仍然做着我痴痴的诗人梦，梦见何其芳先生通过对古典及现当代诗歌的深度鉴赏，在帮助我和我一样的诗歌爱好者更便捷地步入诗歌的神圣殿堂。

岁月深处的共读时光

张雷

　　童年如青灯，等待梦中电光火石的一瞬，点亮岁月深处的斑驳记忆，复原生命中散逸的光芒。

　　20 世纪 80 年代，我在村里上小学。每天放学回家，趁着黄昏夕照做完作业，偷偷地翻出藏在书包里借来的连环画（乡俚俗称为"画书"），靠在墙上有滋有味地看起来。在父母眼里，这些都是闲书，是要没收查禁的，乡下孩子又怎么能奢望更多更丰富的书本阅读体验呢？然而机缘巧合，一次家庭经济决策让我有了不一样的童年生活经历，也接触到更多的书籍，让我在课本之外，有幸阅读到人生中第一本文学刊物。

　　刚上小学时，父亲担任大队会计，兼村办窑厂的负责人。由于不满主要负责人的作风，父亲辞职回家，自筹资金办窑厂。只请了两个帮工，在离家不远的旷野上垒起了砖窑。青砖与黄土层层叠叠，垒起一个家庭的支柱，也垒起清苦的日子。从此，砖窑成为家庭劳作的核心。春夏秋冬四季流转，父母亲不分昼夜地操持忙碌，年复一年煅烧淬砺岁月韶华。

　　孩提时，总喜欢去砖窑玩，似乎是得到了父母的默许。砖窑有着无穷无尽的乐趣，似童话中的古堡，镇守着不可言传的秘密。最让我牵挂的，是可以以陪伴为名，待在窑洞里看书。

　　父亲与一个远房叔叔轮值换班，夜班也必须整夜值守，全神贯注把控火候，随时添加燃料。漫漫长夜，唯恐瞌睡误事，他们的消遣靠抽烟和看书。有时抽香烟，但更多是抽水烟台，毛边纸卷成长长的火媒堆成一堆。不知道叔叔从哪里运来一摞书，码在窑洞角落。不抽烟的时候，他们就看书，打发烟熏火燎的时光。

当我看到这摞书，真感觉两眼放光，印象中只有学校老师的宿舍里才会有这么多书。大开本的是好几期的文学期刊，让我第一次了解到除了课本和连环画之外，还有期刊这样的书。我坐在窑洞里的小板凳上翻看那些期刊，新奇地打量封面。印象中，期刊封面以人像为主，神情或冷峻如山，或黯淡如灰，或趾高气扬。我猜想这些不同的神态一定是对应了期刊里那些文学作品中的角色，构写了扣人心弦的故事情节。印象最深的是一个戴墨镜的男人，傲然凝视远方，这是我在露天电影里常看到的特写镜头。表情和衣着打扮有一种不可言传的神秘，仿佛是去进行一项秘密行动，执行某项事关全局的任务，带着神圣的使命感。封面上艺术体刊名鲜艳夺目，在简陋的窑洞里散发炉焰一样的光辉，闪烁着特有的风韵。年幼的我尚不能理解其中蕴涵的深意，只是想当然地认为红色有着热烈的视觉冲击，与乡野春风浸染的花，秋霜酿制的柿，擎举火炬的椒异曲同工，天然营造一种莹润雅致的意趣。

秋夜，寒月凝露。炉火熊熊的光焰闪烁其词，窑洞里温暖如春，混合着柴草、煤炭和煅烧土砖的炽烈味道。窑洞顶悬置一只5瓦的灯泡，微弱的光亮在炉火翻江倒海中浮沉。倚着角落里堆积的干草，趁着这彻夜不息的光，我翻开期刊折叠着的那一页，轻嗅沁人心脾的馨香，津津有味地读起来。这本书辗转了千里，然而颠簸过的文字似乎更有清雅的质感。深夜的窑洞里炭火闪耀，散发蒸腾的气息，陈列在角落里的水瓶、陶瓷杯都在变幻着影像。窑壁上晃动着坐在炉火前的人的巨幅剪影。那一摞书也仿佛被炉火引燃，蹦跶着人间烟火。为了生存，人们辛苦劳作，寻求可资生活的来源。阅读，恰恰是日常的疲惫挣扎中的那一缕光芒，有一种润物无声的力量，让人看到"苟且"之外的"诗和远方"，前往更广阔的天地，探寻未知世界，存留一份超越平凡的美好期许。书，在困顿彷徨中坚守一份沉静，向灵魂深处摆渡与漫溯。

尽管时隔数十年，但我至今仍记得和父亲共读的窑洞时光。父亲寡言少语，不苟言笑。一窑砖瓦的品相与成色，一季收成的丰稔或荒歉，一个家族的赓续与传承导出的全部的重压，砌筑了父亲这个角色最生动的表情，镌刻岁月的风刀霜剑，塑造了家庭顶梁柱强毅力行的风范。这种风范，体现在他抽烟的姿势与神态上。他总是猛吸一口，眯着眼睛缓缓吐出迷离的烟圈，吐纳焦灼与茫然。夹持烟卷的手保持不动，长久地悬停。幽蓝烟雾缭绕成许许多多的问号，需要他来斟酌、判断、决策。或许他并不是为了过烟瘾，只是利用轻盈烟雾隐没的玄幻，思考生活中那些阴魂不散的难题。

只有在看书的时候，父亲才会偶然舒展眉头，暂时忘却纠缠不清的愁绪。有几次，他甚而会笑出声来。我猜想，那本书里的文章一定是描述了他熟悉的场景，点破了似曾相识的心境，引发一个乡民语境里的共鸣。我总会在这个时候，放下自己手中的书，凑过去瞅他手中的书。他好像也乐于分享他自认为有趣的章节，急于向我讲述人际交往中种种险恶的际遇，并传授如何成功避开陷阱圈套的经验。很遗憾，一个少年只需要应付同学之间鸡毛蒜皮的争执，最多要与老师"斗智斗勇"，以我当年的"历练"这些都不在话下。父亲的一番教诲，并没有换来我的心悦诚服。见我不以为然的样子，他只得长叹一声："你现在还不知道天高地厚。"

天有多高地有多厚？恐怕没有绝对的答案。这个高度和厚度，似乎是随着年龄增长、阅历的增加和情绪的波动而不断变化的。及至不惑之年，才懂得了人生是不一样的烟花，人生至高境界是烟花绚烂后的平静安详，如同月朗星稀的夜空。

懵懂的年纪，尚不能够体悟人世的艰辛苦涩。然而父亲的感喟，也让年少的我隐隐知晓一本书对于成长的意义。一本书能让一个农民感慨，这是书里隐藏着的智慧。大地孕育丰饶之境，四季更迭万物生长，无论是浸含农人劳作汗水的庄稼，还是自由生长无人问津的野草，都蓬勃着旺盛的生命意志和自然大道。作家们以赤子之心和对生命的敬畏俯察自然万物，并内化于作品之中，弦动别曲，叶落知秋，蕴含着朴素的东方自然观和艺术观，为生活在低处的人们，点亮一盏红艳艳、亮晶晶的灯，拒绝平庸、蒙昧与阴暗，守望文化原乡与精神家园，给予尘世间芸芸众生以眷恋与慰藉，让平凡生命闪耀动人的弧光。

"文学是对时光的一种挽留"。那一摞期刊，我一直保留了很长时间，封存一段温馨的记忆，不忍舍弃。多少年后，当我回老屋清理旧物，又看到角落里的书册，仿佛打开了一扇时光之窗，依稀可辨识往日的欢欣与愁绪。光阴，总是不经意地流徙，无法把握，阅读帮助我们记录生命中那些逝水流年。许多时候，不知是我在读书，还是书在读我？书籍观照了人生，读取跨越时空的人生交集，读取感同身受的唱和共情，读取心照不宣的默契神会。一笔一画，字里行间，浸润了一个少年最初的阅读记忆。书页里的折痕，页面上的笔迹，不经意保留了阅读的节奏和读者的心迹，泄露了阅读的秘境，与夹在书页里的银杏叶一起，被岁月风干成金属质感的书签。览阅那些斑驳的文字，仿佛与多年前的自己一次次重逢，握手言欢。

方寸空间，封印了时光。那些青涩潦草的日子，任书中的忧伤和快乐拨弄心弦，隐匿在旧书里，无声无息。唯独页面上的一幅黑白木版画，却愈加清晰地呈现出与众不同的格调。"当世界失去色彩时，黑白却依然展现出无限潜能"。黑与白凝固的艺术，仿佛游离于光阴之外，掺杂着天然木质的纹理和香气，只用极简的线条与色彩，便囊括了世间的繁缛与缤纷。

我想，等我再搬新家时，仍然会留一个角落给这一摞书。

循着记忆的脉络，触碰岁月深处沉寂的斑斓。窑洞共读时光绚丽隽永，如仰望野外星空，那一眼万年的交汇，映射历久弥新的纯银光泽，绽放生命中不期而遇的璀璨，为乡村清幽寡淡的生活增添了一抹灵动，斟满岁月浓俨的陈酿。

　　珍藏起生命中必读的章节，聆听岁月拔节的声音。那一缕清幽的书香，跨越千山万水，萦绕着刻骨铭心的思念，值得用一生来回味。

纸页上的文庙

徐显龙

翻览《绍兴县教育志》，一幅木刻版的建筑平面图印在泛黄纸页上，简素、轻盈、对称、规整，犹如一只展翅的花斑蝴蝶。图上，四方围墙围合着一个中式院落，从仰圣门而进，沿中轴线排列着棂星门、泮池、大成殿、明伦堂、尊经阁，左右还有教谕衙、训导衙、乡贤祠等。它们轻盈地立在河流环护的土地上，旁有图注：《会稽县学图》。

会稽县学建于宋崇宁二年（1103），兼着双重功能：祭祀孔子的县级文庙（孔庙）、教育会稽子弟的学宫。思想家、教育家马一浮说："古之立学者，必严先圣之祀。"孔子住在学宫里，也坐在学子们的心头。拜孔子，往往是古时童子入学的第一课。从中央到地方的一级级学宫，都会在大成殿塑有孔子像，而没有条件塑像的私塾也会立相应的牌位。

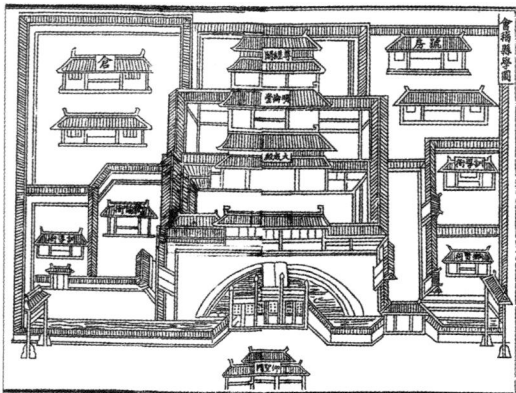

吾乡一位上过私塾的老人回忆，上学第一日，先生便令拜孔子，"可我左看右看，也没有见到孔子像，顺着先生目光望去，原来中堂立着'天地君亲师'五个字"。遂向中堂鞠躬执礼，从此就是孔子门生、圣贤子弟，怎可不朝夕惕厉？

　　王阳明儿时在私塾，曾问先生，何谓人生第一等事？先生说，人生第一等事情就是读书考科举做大官。王阳明却说："人生第一等事是读书做圣贤。"他最终从祀文庙，坐在了孔子身边——在孔子的目光所视之处，适合出发和抵达。

　　到了晚清，各级学宫、书院改为新式学校，如绍兴蕺山书院更为山阴县学堂（今蕺山中心小学），长沙岳麓书院改制设立湖南高等学堂（今湖南大学），教授实务，以图富国强民。然而，会稽县学并未改制成近代学校，只保留了文庙的祭祀功能，琅琅书声绝于宫墙，徒留几炷冷清的香火。民国建政后，改会稽县学为绍兴县文庙。1921 年 6 月，绍兴遭遇台风，文庙殿庑尽圮。翌年 8 月，在乡绅的倡议奔走下，文庙修葺完工。"坏者复完，敝者更新，宫墙弈弈，笾豆有守"。马一浮感到欣喜，撰《绍兴县重修文庙记》，并以隶书书丹，刻碑。

　　但文庙教育功能的丧失，还是令他感觉惋惜。他认为，教育的目的是养成君子人格。而新式学校"缲射不举，弦诵不闻，言化则未遑，语教则异施"，是一种功利化的教育。

　　马一浮精通外语，曾游历美日诸国，一番考察下来，认识到了西学的局限。"古之教人以敬，今之教人以肆。古之学者为义，今之学者为利"。他叹息道："此先圣所恫而后学之惧也。"

　　他曾梦想成立一所融会中西文化的"通儒院"，"聚三十岁以下，粗明经术小学，兼通先秦各派学术源流者一二百人"，不但研习传统学术，也要兼通西方语文，延请中外学者分别指导，这样"庶几中土学者可与世界相见"。

　　在他看来，自性与仁心是本自具足的。在《绍兴县重修文庙记》中，他笃定道："道之垂在'六经'者，如日月之贞明。"那些儒家经典，就是帮助人明心见性、拨云见日的。写下此句后的十余年，他多方奔走，终于在四川创立书院，名为"复性"，意在"讲明经术，注重义理，欲使学者知类通达，深造自得，养成刚大贞固之才"。按他的设想，这种新型书院，本身是从传统书院制度中生长出来，又吸收若干西方教育的长处，将成为中西文化会通和发展的制度基础。可惜，1948年秋，由于经济崩溃，复性书院也正式宣告结束，此时离书院的开始筹建，正好十年。

确认绍兴县文庙的遗址位置，是个复杂的过程。问了稽山中学的老师，他们说稽中是更高一级的"府学"旧址，而非县学。后来，文史学者孙伟良翻出《绍兴地名典故》，在"学坛地"词条下，找到了"1974年，在学坛地遗址上建立绍兴剧院"句，才破解了疑问。

多年前，我还是初到绍兴的"背包客"，住鲁迅故里的老台门青年旅社。每天早上打着伞，到绍兴剧院附近的面馆吃一碗青菜汤面，再开始一天的游荡。对这个城市的印象，尚处于浪漫的想象与虚拟的文学图景之中。直到见到绍兴剧院门口的"江浙沪闽越剧大展演"的排期表，才发自内心地建立起具体的憧憬。后来，在20公里外的柯桥定居，晚上特意乘坐公交车来到绍兴剧院看越剧。票价也不贵，30块钱一张。散场后，回看夜色里的剧院，很像意大利电影《天堂电影院》里的故事发生地——影片最后，轰隆一声，承载着记忆的电影院被爆破拆除，主人公的童年少年时代也轰然结束。

我未曾想到，这块"学坛地"本身，也有如"天堂电影院"般的沧桑身世。在民国年间，文庙先后成为通俗教育馆、民众教育馆。1941年为日本侵略军所毁。而那些越剧中的才子士人，竟然确是在旧日庙堂之上表演，他们折扇轻摇、步履款款、言笑恂恂，俨然在孔子目光的注视之处，也在马一浮的许梦之地——"举中国为庙堂，进会稽于邹鲁"。

越剧里的才子，总是学富五车的，也总会在考试夺魁后迎娶美人。而翻览马一浮的生平，竟也有如此传奇故事。1898年，第一次离开会稽山脚下后庄村的16岁少年，便在县试中夺魁，名动绍兴——他是否依照古礼，在县学的泮池中采撷水芹，插在帽缘上，以示文才？——

而闱卷流传时，被曾任浙江谘议局议长和浙江都督的汤寿潜看中，将马一浮招为快婿。可惜，没过几年，汤女病逝，马一浮立誓终身不娶，并蓄须明志。于是，在他留下的照片中，总是神色肃穆庄严，俨然巍巍碑石，如如不动。

马一浮晚年定居西湖蒋庄，临近西湖十景之一的"花港观鱼"。

1966年，红卫兵们携带暴风雨来了，烧焦了庭院里两棵高大的玉兰，折断毛笔，摔碎砚台，撕毁大量书画珍品。在被限期搬出蒋庄那一晚，马一浮只穿单衣，独自凭栏西湖很久很久。他大概会想起民国时期投昆明湖而死的王国维，投积水潭而死的梁济——这两位宿儒，都是为共同坚守的古老文化而殉葬。

翌年，马一浮胃部大出血，去世。诗人汪漫这样写道："（花港观鱼景点里）荷花下热烈游荡的鲤鱼身上，斑斑点点鲜红，如血——我想起马一浮的胃。"

这堪比杜鹃啼血。蜀王杜宇失国而死，其魄化为杜鹃，日夜悲啼，泪尽继以血，哀鸣而终。而马一浮曾感慨，可惜中国人都不读古书了，自己与人交谈时，引经语，人不能喻，需多方翻译，他只好"日日学大众语"，遗憾"在祖国而有居夷之感"——他是一名祖国的陌生人。

但临终时的马一浮，是泰然的。他写下《拟告别诸亲友》绝笔诗："乘化吾安适，虚空任所之。形神随聚散，视听总希夷。沤灭全归海，花开正满枝。临崖挥手罢，落日下崦嵫。"

他带着完满、从容的自性，离开了这个不完美的世界。

旧日里的文庙，也犹如一只只脆弱的蝴蝶，在时代的浩劫里飞走了，消失了。徒留下纸页上的版画，拓片上的碑文，供人们怀想着。

善良积攒书八百

徐志光

我的书房不大，十多个平方米，藏书也不多，一横一直的七层书架上，八百多册图书。平日里，朋友莅临站着看书脊，会发现大部分是地方史志、民间故事、习俗民风方面的书籍，往往问："这些藏书，费了不少心思，花了不少钱吧？"

"心思倒费了一些，钱却花得不多。"我答。

读书人，尤其是喜欢写文章、做学问的，或多或少要在家里放几本心仪的书，可现在的书"贼贵"，藏书有压力。当得知眼前的书并没有花多少钱时，来人的目光几分羡慕，几分疑惑。

羡慕算了，疑惑总是要解一解的。

七八年前，夏日午后，我骑车从一栋大楼前经过，见门口堆着一摊旧书旧报，一个中年男子给书报打捆。

旧书堆中，几本品相不错的书引起了我的注意，停好车，走过去拿起一看，一本是《村官志》，一本是《民国人物传记》，另外一本是《中篇小说集》，本地一名已故作家所写，签着名。

无疑，这些都是赠书，现在受赠人要换办公地点，就把它们"清理"了，论斤卖了。本人出生在小山村，几十年来，务农、教书、扫大街……一直在县域的土地上转着圈，骨子里有着浓浓的乡土情结。

这书别人不要，我要！

中年男子姓于，河南来的，夫妻俩以收废品为生，一对儿女在老家读高中和初中，由孩子的爷爷奶奶照看。聊天过后，进入正题，我指着手中的书问，怎么卖？于师傅也没看我，随手接过掂了掂，报出了一个数。显然，这个数比收价要高，不过书是正版的，比书店里、网上要便宜得多。

废旧物品收进卖出，本来就是赚一个差价，我二话没说付了钱，书放进车篮里。

这时，我忽然想到，书房里安放了新书架，于师傅每天都要出门，要是他能留心，将"本乡本土"的旧书分拣出来，转卖给我，那书架上不是"丰富"了？我走到他跟前，说了自己的想法，望能互留号码，以便联系。

于师傅从袋里掏出手机，边打开，边自言自语，说他的手机不用月租，收费是单向的，接电话免费。我明白话中的意思，外出谋生不易，收废品是辛苦活，小要培养，老要赡养，一分一厘都要计算。于是，我与他约定，如果有书了，就打我电话，响几下就停，我看见后会回拨过去的。于师傅觉得这方法好，点头同意了。

没过几天，我的手机响了，停了，见是于师傅的号码，我随即按下了回拨键，得知有几本书，叫我过去看看。

他在城东，租了当地农民的一间平房，屋前是一片空地，围墙内堆满着废铜烂铁、塑料制品、旧家电等。

于师傅夫妇正在给纸板箱打包，等会儿出售，有人来运走。围墙大门里摆着一台大磅秤，一台电子小秤，旁边的小桌上放着一摞书，是给我准备的，我挑了六七本，喊来于师傅称了一下，本想空话几句，见他们实在是忙，就付款告别。

就这样，或二十天或一个月，我就要去一趟城东，"淘"到了好几本一直想拥有，却一直未能如愿的图书。如：《××百年——妇女运动史》《××环卫志》《××镇乡土文化读本》等。记得那年，有位老师写了一本散文集，我与他没什么交情，就托朋友去要一本，不料他说要按定价购买，这事不急，我就拖延了下来。具有戏剧性的是，在于师傅这里我得到了，连塑封都还没拆呢。

若于师傅夫妇手头活不多，我不急着走，与他们拉扯家常。每每这时，于师母总要提起儿女，说儿子调皮，女儿懂事，读书成绩都还可以。说再过几年，等毕业找到工作了，他们就回老家，为的是有更多的时间与家人在一起，老家发展快，也能找到赚钱的活。

四季，在不知不觉间悄然轮换。

几年下来，我的藏书多了。心静时，抽一本看上一阵；写作时，找几本考证一下。与于家也从陌生到熟悉，也许，在他们看来，我不是刁钻之人，小桌上的书，总是我称了算数，他们很少来过目。后来，于师傅用上了微信，联系和转账更方便了。

这天清晨，我来到书房，整理前些天买来的那捆书，这是每次都要做的。解开缚绳，发觉一本书中好像夹着什么，打开一看，是两张百元大钞。以前的旧书，有过"大红鹰"的烟壳纸、全国粮票等物件，钞票还是第一次。是原书主的，还是于师傅的？有一点可以肯定，不是我的。

不是自己的东西，不能要，这是徐家的家训。

第二天中午，我抽了个时间来到城东。于师傅刚从屋里出来，见到我，显得有些突兀。我微笑着，把书交给了他，并打开，看见钞票，他突然"啊"了一声，直拍脑袋。

那天，有几台旧电脑卖给别人，现金交付，师母出去了，于师傅随手把它夹在书本里。要不是我送来，他说什么也记不起来。于师傅拍着我的肩膀，说以后的书，按收购来的价钱。路归路，桥归桥，这怎么行呢？我说什么也不答应，于师傅拗不过我，憨厚地笑了。

接下来的日子，价钱还是原来的。有书了，过秤时于师傅就抽出几本，结算后再放回，真拿他没办法。

我与于师傅非亲非眷，因"书"结下了情谊，打交道多了，潜移默化中，我对旧货旧物也来了兴趣。走在街路上，看到垃圾桶里的泡沫箱、废纸盒等，就会想起于师傅的三轮车。去城东的路上，看到路旁有丢弃的矿泉水瓶、易拉罐，会把它们捡起来，放在车篮里，权当是给于师傅的"见面礼"。

去年十月，楼下的邻居要做酒生意了，他租了一个地下室，用来当酒窖。地下室里杂乱地堆着跑步机、健身车等训练器材，邻居知道我在环卫部门工作过，就托我去喊几个人清理一下，打扫干净，杂物当工钱。那些器材大都是铁，分量重着呢，肥水怎能往外流？

我给于师傅通了电话，夫妻俩门一关就来了。运了几车，卖了多少，我没有去过问，只是第二天一早，于师傅在电话中跟我说，要么给我介绍费，要么以后的书不再收钱。我知道，这话不是冲动所说，而是他们夫妇夜里商量后的决定，出自内心，在实诚人面前，如果我一味坚持自己的立场，对他们是不尊重。

我选择了后者。于师傅干力气活，喜欢喝几口，我会带上老家自酿的米酒，或者几件半新不旧的衣服，也算是礼尚往来吧。

对读书人来说，藏书不怕多。我的收藏方向狭窄，有好几次，于师傅去同行那里替我找书。有人劝我，可以适当扩大范围，如名家名著等，我想也是，决定到时跟于师傅商量一下。

就在一个多月前，于师傅发来信息，叫我过去一趟。走进围墙大门，发觉道地上空荡荡的，杂物全没了，包括磅秤、电子秤。于师傅穿着洁净的衣衫坐在廊檐下，见到我，站起来指着一旁的椅子，示意坐下。"怎么，要换行当了？"我问道。

这时，于师母捧着两杯茶从屋里出来，放在小桌上，笑着说："我们要回老家了，明天就走。"

说走就走，有什么要紧事？我不由亮起眼睛，望着他俩。经于师母的解释，我才得知，两个小的大学毕业了，儿子读的是财会，这次通过了事业单位的公开招聘考试，马上要去报到。女儿初中毕业后，读了 3+2 的护理专业，最近也被一家私立医院录用。

孩子有出息，做父母的吃最大的苦也值，我为于师傅他们感到高兴。高兴之余，心里不免怅然，他们走了，我的藏书该结束了。

于师傅看出了我的心思，打开微信，发来几张"名片"，说是河南同乡，在城里收废旧物品，都是老实人，已跟他们说了。

河南同乡我没有急着去联系，我得整理一下心情。这段时间，饭后茶余，我几乎都待在书房里，书架上，一本本，本本都倾注着于师傅的心思。抚书沉思，是什么原因让我与于师傅从熟悉到信任，从信任到朋友，从而积攒了这八百藏书？

答案有一个，就是善良。他是，他们是，我也是。

法国著名的思想家、哲学家卢棱说过："善良的行为有一种好处，就是使人的灵魂变得高尚，并且使它可以做出更美好的行为。"

书香的诱惑

唐樟荣

说起读书，感慨良多，真是一言难尽。

我出生在 20 世纪 60 年代初期，正是国家遭遇暂时困难的非常时期，物质生活的贫困自不待言，解决温饱也是奢望。除了几个传统节日如过年、端午、中秋可以吃点荤腥以外，其他时候，经常饥肠辘辘。与物质生活的贫困相映成趣（灾）的是，精神文化生活也是一片苍白。从上小学开始，我就感到自己就像生长在贫瘠土地里的野草渴望阳光和水分一样，渴望得到知识的滋润。当时小学语文课本都是政治口号，第一课是《毛主席万岁》，第二课是《我爱北京天安门》，诸如此类，不能满足我的求知欲望，我就经常独自一人爬上我大哥家尘埃满目的堆放废弃杂物的小楼上，因为在那里我发现了"文革"前的语文课本，那里有《东郭先生和狼》《农夫和蛇》等故事，蕴涵哲理，引人入胜，让我读得入迷！这也算是我接触课外读物之始吧。从此以后，我一发而不可收拾，把借阅和购买课外读物作为自己业余唯一爱好。

不久，一位整个家族中唯一称得上读书人，原来以赤贫且目不识丁的青年农民身份，志愿参加抗美援朝战争，在涉水渡河中，被严寒冻伤腿部、并获得功勋的堂叔，由部队保送去杭州大学数学系读书（以他这样的文化基础，当时怎么会进杭州大学数学系这样的高等学府，我一直以为是个谜），暂时困难时期，又未完成全部学业被遣回农村老家务农，他将 5000 元安置费，全部购置了图书，其中有古典文学作品，也有高等数学、英汉词典等农村稀罕之物。后来他从村中公房（大队屋）被赶回山上祖居，与已经成家的兄弟同住，他把自己所购置的图书放在箩筐里，整整挑了数十次才搬完，那情景在当时农村中可称豪举，对大多数目不识丁的农民而言，那几十箩筐图书几乎与砖头同等价值，如果说砖头可以建造房子，那么书籍只可以作引火之资，或者夹鞋样，覆盆而已，所以他们也没有专门的书橱书架堆放这些图书，而只是杂乱地堆放在地上或床上而已，真正的斯文扫地罢了。他的兄嫂还要埋怨说，什么甜的不能吃，咸的不能吃，怎么会买这么多书回来，真是个书呆子！但对我而言，则是成为饕餮大餐的豪客，有事无事，我都会拐进他的卧房兼书房，从书山中寻找我所能看懂或者有兴趣的读物，古典诗歌从诗经到唐诗，大学语文等几种文科教材，是我当时所喜欢涉猎的，但比起《铁道游击队》《前驱》《红岩》等小说而言，诱惑力不算最大，如果有小说好读，我就去得少了。当真的无书可读时，才想到他的藏书，他也半信半疑，以为我看不懂这些书籍，但总是很大方地说，你喜欢看什么，就拿去吧。这算是我的启蒙书友。直到我考进大学（我与他读的是同一所大学），他还高兴地送我一本《英汉双解词典》，真有砖头那么厚，可惜我没有读好英语，辜负了他的一片期望。

黄泽镇，是古剡溪上游三条源头江之一黄泽江旁的古老集镇，也是嵊东大镇，距我家约五里路，集镇上有家新华书店，在横板桥头，其旁就是卖小笼包的饮食店。我手里难得有几分钱或者几角钱时，总会抵挡住小笼包的诱惑，但抵挡不住书香的引诱，而不自觉地去书店看看。当时书店不是超市式的开架服务，营业员也是一副冷面孔，有时因为怕自己口袋里的钱不够买下自己看中的书，又不敢叫营业员贸然取下书来看看，便经常徘徊在书店玻璃柜台前，或者蹲下身子，从玻璃挡板上看书的定价，确信自己有足够的钱买下那本书时才敢开口。一次，我口袋里只带了四分钱，心想这次买书是不行了，但去看看书的封面，也是一种享受吧，就进去了，结果，当我仔细地从玻璃挡板往上看图书定价时，居然看到一本连环画，定价只要四分钱，真是一阵激动！赶忙叫营业员为我取了书，付了四分钱，高兴而归。回家路上，有一段长满竹林的长长的沙堤，是我边走路边读书的好地方，那本连环画，我在回家路上就读完了。至今我还清楚地记得，这是一本讲述浙江南堡大队的社员在特大洪灾面前，不抢自家家具而只抢了毛泽东画像仓皇逃难的故事。这当然也是当时极"左"路线的产物。一次，去黄泽镇，买到一本杨朔的《三千里江山》，是写抗美援朝战争的，当时我已经买到了杨朔的散文，觉得他的文章写得真好（当然，从今天眼光看来，这种文章算不得上乘），看到有这本小说，也如获至宝，毫不犹豫地买回来了，这是要几角钱吧，反正也是巨款，可能是卖了什么黄鼠狼之类的土产才买到的，一路上边走边看，在沙堤上倒也平安无事，到了黄泽江，要涉水过河了，我赤了双脚，走在已经有点寒意的河水中，水中的鹅卵石很滑的，我还在边走边看书，这次倒霉了，一脚踩到结满青苔的卵石上，直接滑倒在水中，连忙爬起来，去抓书本，可惜它已经被水浸湿了，衣服打湿倒在其次，心痛的是这本没有看完的书，成了废品，使我痛惜了好几天。

后来看到汉朝朱买臣也喜欢读书，还在去打柴路上高吟所读之书，身份低微而做出异乎寻常的举动，让路人侧目，也让他夫人感到难堪，我理解朱买臣读书不辍，但反感他读书而让路人皆知，太矫情了。我之所以喜欢读书，完全是一种不足为外人道的个人爱好而已，当然朱买臣读书让他身登龙门，成为会稽太守，这不是我读书的目标。

为了借书，我还结交了一些大朋友，有看管桃园的，叫德苗，他曾经借给我《宏碧缘》《激战无名川》《前驱》等，另一个看桃园的（桃园在我家隔壁，搭了个草棚晚上睡那里）叫启杜，还给我在晚上讲《铁道游击队》《烈火金刚》，我们因此成为忘年之交。最让我看得着迷的还是《铁道游击队》《青春之歌》《红岩》《水浒传》等，真令人废寝忘食。有一次，轮到为生产队看秧田，就是把成群结队从四面八方赶来偷吃刚播下稻谷种子的麻雀赶跑，几乎要不休息地看住秧田，而我因为带去一本小说，赶麻雀不够尽心尽力，被生产队长批评了。

有句俗语，雪夜闭门读"禁书"，不亦快哉。"文革"年代，"禁书"甚多，连《水浒传》也是，到批林批孔批水浒政治运动席卷全国之际，才可以光明正大地读到，但我读水浒，还是喜欢在冬夜，在山居于啸天龙岗山厂时，雪落无声中，看林冲的逼上梁山，看柴进的招贤纳士，看公孙胜的呼风唤雨，看喝醉酒的武松在景阳冈打死老虎，在快活林醉打蒋门神，飞云浦、鸳鸯楼大开杀戒，写下杀人者打虎武松也！何等酣畅淋漓，大快人心。至于后来看到全传，宋江投降以打方腊，两败俱伤，实在令人憋气，难怪金圣叹要腰斩之而后快。

读大学以后，我的购书借书欲望一发而不可收，当时杭州解放路、延安路书店及杭州大学图书馆成为我的寄身之所，并开始有目标地买了鲁迅、周作人著作（以鲁迅为主，周作人的还不多见），因爱书而经常山穷水尽，连购菜饭票的助学金也经常用尽，而以酱菜下饭，以此让我买到鲁迅全集中大部分单行本，买到不少俞平伯、朱自清、黄裳等人著作，毕业回家时总算带回满满两大箱闲书，在旁人看来，实在一钱不值，一无足取，但我自觉安闲而自足，有时人不识余心乐之慨。

回首购书读书乐趣，话题拉长，无休无止，权且于此打住，白头宫女，闲说玄宗，这到底是不足与外人道者，也许还令人生厌。如此则对您说声抱歉！

追光而行

疏泽民

人生在世，总有一束光，将我们的心灵照亮。

照亮我心头的那一束光，源自童年时母亲讲述的故事。

月光如水，流萤轻舞，乡村的夏夜格外浪漫。吃过晚饭，洗完澡，我躺在门前的竹床上，看天上被月光刷暗了的银河，母亲拿着芭蕉扇，一边赶蚊子，一边讲故事。故事发生的时间、地点不同，但都是革命战争题材，故事的主人公有红军，有解放军，有爬雪山时被冻死的军需处长，有视死如归的刘胡兰，有小英雄雨来，有面对敌人残暴酷刑面不改色的江姐……我被故事里钢铁般的英雄气概所感动，觉得他们非常了不起，一个个在我脑海里闪出一道光。

一天又一天，在故乡露天凉席上，在老屋门前桂花树下，在冬日里的火炉前，只要母亲闲下来，我们兄弟妹妹像一群小鸟，叽叽喳喳地缠着母亲讲故事。母亲是一名老党员，以前在生产大队当过宣传员，肚子里装着许多故事，讲也讲不完。有时候，隔壁小伙伴也跑过来听，庄子里的大娘大妈也围过来听，大家歪着脑袋，想象着故事里的画面，想象着革命战争的残酷，想象着烈士宁死不屈的英雄气节，全都沉浸在故事里。

我问母亲从哪里装来这么多故事。母亲说，好好学习，多看书，把书装进肚子里，你就有故事了。

"把书装进肚子里"，这是我们家的家风。那时候乡下穷，学校里也没有图书室。好在哥哥有办法，不知从哪儿陆续借来了《林海雪原》《地道战》等革命战争题材的书籍，还有电影剧本、连环画。我像"饥饿的人扑到面包上"，灶膛前、牛背上、枕头边、煤油灯下，都留下我读书的身影。读着读着，我觉得书本上、文字里，隐着一束束光，虽然看不见，但只要阅读，便能感受得到。

文字里的光，让人敬佩，让人景仰。

月色溶溶，稻床上的几堆稻草垛，静立成秋夜的童话。我和几个小伙伴，在稻床上玩起了八路军打日本鬼子的游戏。草垛是很好的掩体，从书本上读过的"地雷战""地道战""埋伏阻击战"，被我们活学活用，模仿得活灵活现。顶着一头乱草，从草堆窝里成功抓住扮演的"敌人"，觉得自己成了英雄，一股革命军人的豪气油然而生。读书真好啊，要不是那些红色经典课外书，我哪知道八路军怎么演？

踏着晨光，我读完小学、中学，走进省城一所中专学校。在校图书室、阅览室，我像春天里的一棵小草，尽情吮吸着校园里的雨露阳光，读书笔记摘抄了一本又一本。每逢周六，学校操场变成露天电影放映场，《烈火中永生》《飞来的仙鹤》《自古英雄出少年》等一部部感人的故事片，让我浮想联翩，观后感一口气写了十几页。那年秋天，我根据童年在稻床上玩过的站岗放哨、信守诺言的游戏，写了篇《誓保江堤》参加华东六省一市中学生作文大赛，获得优秀奖。捧着获奖证书，我就知道，一定是书本中的那束光，给了我灵感。

1984 年 7 月，怀揣中专毕业证书，携带摘抄的读书笔记和一箱行李，我来到山区一个偏僻的农机站。没有电视，没有电影，没有书报，基层的生活枯燥乏味。坐在农机站门前的石凳上，仰望满天星斗，我寻找那束亮光。光是一种指引，它让我珍惜眼前，不能虚度光阴。工作之余，我报名参加了汉语言文学专业自学考试，三年寒窗苦读，拿到了大学专科毕业证书。凭着对读书和文学写作的一腔热爱，我和农机站的年轻人创办了青年文学社，并自办刻印纯文学期刊《乡村文苑》。

我把文学社和《乡村文苑》当作学习和磨炼的平台，十分珍惜。几年下来，我刻印了数百张钢板蜡纸，推出了十八期文学交流内刊，结交了许多志趣相投的文友。我不曾想到，在精神文化生活匮乏的乡村，竟然还有许许多多像我这样喜爱读书的人正在寻找光源。我们创办的文学社和《乡村文苑》，为乡村文学爱好者提供了创作和文学交流的平台，这样的平台，也成了他们眼里的另一束光。

与书为伴总是有趣的。调回县城后，我每年都自费订阅几份报纸，定时到邮局边的报亭购买《清明》《收获》《十月》等文学期刊，在新华书店购买新出版的文学著作，后来学会了在网上淘书。下班回家，坐在窗前品茗夜读，从不间断。一分耕耘，一分收获。书读得多了，内心渐渐地通透、敞亮，心胸和眼界渐渐开阔。每当心有所感，我都及时记录，写成文字。书读得多了，文字写得多了，灵气就来了，投出去的文章陆续见诸报端。后来，我陆续加入了市级和省级作协，成为其中的一名会员，还有幸当选市（地级）报告文学学会副会长、市（县级）作协副主席，经常参加文学采风活动，宣传和推介当地涌现出的先进典型，为时代放歌。这些年来，我采写的新闻稿件见诸人民网、新华网等主流媒体，根据我编写的剧本拍摄的微电视《映山红》、微视频《引擎》《法在身边》《唱支歌儿感党恩》在新媒体播映，弘扬主旋律，传递正能量。源于生活，散发着尘土芳香，我的文字和微电影微视频作品，也成了一豆萤火，在茫茫的人海里发出微弱的光芒。

时代在发展，我的阅读也与时俱进。为纪念抗美援朝70周年、庆祝中国共产党成立100周年，我阅读了有关抗美援朝方面的史料和著作，阅读了《中国共产党简史》和一些红色经典文学著作，并将阅读应用于实践。这期间，我多次带队，组织采访小分队长途跋涉，翻山越岭，深入老军人、老党员居住地，听他们讲述革命战争年代的战斗故事，讲述抗美援朝战场上鲜为人知的经历，听烈士后人讲述烈士生前抛头颅洒热血的英勇事迹。炮声隆隆，硝烟弥漫，刀光剑影，冲锋陷阵，我仿佛走进母亲讲述的那些故事里，许多情节和场景有着惊人的相似，那一束束光又在我的眼前重现。采访归来，我和队友根据录音和搜集的资料，创作出一篇篇人物通讯、报告文学，致敬老兵，为英雄立传，为老党员画像，为时代放歌。那些革命军人、优秀老党员，在我们的文字中鲜活，活成人们敬仰的高山。2021年6月，我参加当地市委组织部电教中心采访革命伤残老军人老党员，制作的精品党课视频《烽火炼初心》，献礼党的百年华诞，被推荐到当地各级基层党组织集中收看学习，受到广泛好评。

一路追光，一路阳光。不知何时起，我追寻的那束光已集成火炬。我手捧火炬，不断从新发现的光束中汲取能量，让它越烧越烈。

擎光而行，越走心头越亮堂。就在上个月，我参加文学志愿活动，和十几位志愿者一道，将几捆革命传统教育和励志教育的图书送到一所小学，并推着轮椅，邀请我采访过的共产党员、伤残老兵，为孩子们讲述渡江作战、解放南京、进军大西南和抗美援朝战场上亲历的舍生忘死的故事。教室里鸦雀无声，孩子们睁大眼睛，认真聆听，一如小时候我听母亲讲故事的场景。

我知道，那束光已被孩子们承接，举起，越来越亮。

一张发黄的借书证

李冬梅

晚上空闲时我总喜欢到书橱里找一本书翻上几页，今天拉开书橱玻璃时，从里面掉出来一个红色的小本。

捡起来一看，原来是一本借书证。这本借书证，只有巴掌大小，封面上的字迹已快看不清，颜色也不再鲜红，有些发黄发暗。翻开来，里面贴的照片上是一个面目清秀、戴眼镜的女子，微卷的短发，弯弯的唇角，一抹淡淡的微笑。照片下面写着她的名字：刘继慧。照片和字迹都已经泛黄，照片上的女子是我高一时期的语文老师。

那是 20 世纪 80 年代的时候，我刚升入高中。开学不久，下午第二节课的上课铃声响过，她才姗姗而来。秋日的傍晚，她着一袭白底碎花连衣裙，从教室外婀娜地走来，那一刻仿佛是从张爱玲笔下走来的白流苏。

我们都忘了责怪她的迟到，她站在讲台上，给我们读徐志摩的《再别康桥》："轻轻地 / 我走了 / 正如我轻轻地来 / 我轻轻地挥手 / 作别西天的云彩……"

新学期的第一次作文，她给我的批语是："这是你自己写的吗？如果是，太诗意了！！"问号和感叹号同样用红笔描得很粗很引人注目。于是，我满腹委屈地去找她，向她申辩。她微微笑着问我平时喜欢看什么书，叫我去图书馆办个借书证，不要只看一个作者。

我那时喜欢看三毛的散文、琼瑶的小说、席慕蓉的诗歌。她却要求我多看经典名著，我不知图书馆在哪里，她便放学后带我去找。

记得我们穿过现在的老干局，经过几条窄窄的巷子，绕过一排排矮矮的居民房，终于找到图书馆。那时的县图书馆坐落在如今的通达市场那个位置。只有一间房子，从中间隔开，隔墙上开了一扇窗户。工作人员坐在橱窗里面，橱窗外面竖着两个柜子，柜子有一排排小抽屉，抽屉里放了许多小卡片，那些小卡片上写着书名。我们就翻阅那些小卡片，选择自己想借的书籍。

图书馆有前后两个门，办好借书证从另一个门出来，才发现我们绕的是图书馆后门。大门相对宽敞一些，门外是一排台阶。后来，我经常借了书就迫不及待坐在台阶上看起来。

由于只能看到书名，有时候选的书很薄，或者自己不喜欢，以至于我坐在图书馆外面的台阶上就看完了。想进去还了再借，工作人员以为我没看，态度就有些不耐烦。

图书馆规定一次只许借一本书，期限是 15 天。我那时候好像一只缺水的海绵，一头扎进书堆里，不管是小说、诗歌、散文还是杂文、传记，囫囵吞枣，拼命地吮吸。经常是一口气读完一本，走路时读，吃饭时读，课间短短的 15 分钟我也舍不得浪费。

读书带给我无限的快乐，我的思维在文字的大海里纵横游荡，在文字里跨越万水千山。有次语文课上，我忘了拿课本，就捧着那本《红与黑》看着。刘老师叫同学们朗读课文的时候走到我桌前，只轻轻问了句："看的什么书？"我有些惊慌，装着镇定地抬头问她："为什么一次只能借一本？"她却只说了一句："明天我把我的借书证也给你吧。"

第二天，又到语文课时，刘老师把一个借书证放在我的课桌上。我翻开红色的封皮，她唇角微扬含笑的下巴上，那红红的印章还湿润着，里面的日期也是当日的。我没有说话，只紧紧握着那小小的借书证，从此她微笑的模样便印在我的脑海里。

　　我常常拿着两个借书证，借了书就坐在图书馆门前的台阶上，就着夕阳的余晖，静静地看书，直到夜幕笼罩看不清书上的字才舍得回家。

　　但是，我们的班主任却反对学生读课外书，他认为读课外书会耽误学习。他经常在下课间隙，大家忙着去厕所，或者课外活动不在教室里的时候，跑到教室里抽查我们的课桌。凡是被他发现的课外书，直接被没收。被他没收过两次课外书之后，我总是提心吊胆，只要离开教室，我都会把课桌锁上。

　　刘老师经常在讲完书本知识后，给我们读舒婷的《致橡树》，冰心的《寄小读者》，三毛的《万水千山走遍》《梦里花落知多少》。而我们的班主任是数学老师，他每每听到刘老师在课堂上给我们读这些，就会站在教室门外，愤怒地瞪着刘老师，甚至出口嘲讽。据说还到教育组去投诉。有一次上课，我们发现刘老师红着眼睛，有人说她被领导叫去谈话。

　　后来，刘老师不再上课时给我们读诗了。放暑假时，刘老师把我带到她家，说要给我布置读书任务。我站在她家的书房门口，看着她在书橱里寻找要给我看的书。她一边找一边问我："《西厢记》看过没有？卡夫卡的作品看过没？《老人与海》你要看的，《飘》有三本，可能花时间些。看完能写几篇读后感？"

　　我看着她把一本本书放进一个硕大的塑料袋子，欢喜地说不出话来，唯有连连点头。

　　这本小小的借书证陪伴我度过了整个高中时光。工作之后，我成了书店常客，经常把心仪的书买回家，家里储存了越来越多的书。后来，渐渐不再去图书馆借书了。

　　十八大之后，国家越来越重视阅读，还提倡"全民阅读"。本地作家协会也组织了好几次"书香进校园"活动，到初高中校园去"寻找小作家"。为培养文学小树苗，专门办了《郧阳文学·好少年》杂志，自己还担任了杂志执行主编。在杂志上发表作品的孩子，除了得到一本样刊，还会给学校送喜报和稿费。每次望着那些孩子欣喜地捧着杂志阅读的模样，我就依稀看见自己的影子。

去年需要查一个资料，有老师建议我去图书馆找。原来的图书馆旧址建成了一栋四层楼的市场。现在的图书馆是新建的一栋五层楼，每一层房间里，书籍都靠墙摆放整齐，中间是一排排长桌椅，供借书人坐在那里阅读。房间的四面都有窗子，阳光穿过玻璃，照射得那一本本书都仿佛闪着光。

那一刻，我的眼前闪过当年自己借书时的情景。只是，这样的喜悦却不能分享给刘老师了。刘老师给我们代课其实只有一年，第二年她就调到她丈夫所在的城市去了。听说不再当老师，改了职业。我很惋惜，这样的一个好老师。

三十多年过去了，我自己的那张借书证早已遗失，而刘老师的这张借书证我却一直珍藏着，每次看见就仿若看见她当年的模样。

时光无痕，这张小小的借书证，见证了我曾经年少时的梦想，也牵引我走上文学的道路。

《冼星海歌曲选》伴我走戈壁

钟志红

"风在吼，马在叫，黄河在咆哮，黄河在咆哮，河西山冈万丈高，河东河北高粱熟了……"这一天，当我乔迁新居时，一本封面无存的歌曲选集，从箱底落出，那一行行歌词跃入眼帘，使我浮想联翩、感慨万端。

上个世纪末，我从企业下岗困居在家，心情如窗外腊月的冻雨。半年后的开春时节，我无奈地听从旧友的召唤，前往克拉玛依的戈壁滩油井，成为一名普通的务工者。

位于准噶尔盆地边缘的"克拉玛依"，在维吾尔语里意为"黑油"。这里的戈壁滩干旱少雨，夏天炎热难当，冬天冷如冰窖。每每站在油井平台上，望着"平沙莽莽黄入天"的世界，后悔和心悚成为我撵不走、杀不死的幽灵。

我师傅在长年日照风吹的作用下，猪肝色的脸颊深纹纵横，与一对习惯眨巴的小眼睛组合，给人以老态龙钟的形象，比他的实际年龄显老十岁。他喜欢吸一元钱一袋的莫合烟，颗粒状的烟需要自己裹卷；喝的劣质白酒，偶尔让他的面色有了久违的红润。油井上大都是重体力的活计，可对于师傅而言如玩游戏般的轻松，这都缘于他有惊人的食量。我们果腹的主食是面粉制成的馕，师傅一顿能吃下三大张，抵上我一天的食量。

戈壁的春季时有沙尘暴殷勤光临。那天午时，师傅手捏安全帽吊在眼前，测了测风速后随口道："大伙儿都歇着吧，大风快来了。"不待话音落地，工友们纷纷丢下手中的工具，作鸟兽散。师傅见我无动于衷，吼道："你不要命了？！"一杆烟的工夫，铺天盖地的黄沙果然来临，戈壁上的阳光普照瞬间被天昏地暗所替代；钻台上竖立的钢管在撞击中"叭叭"作响，木条相隔的电线也纠缠在一起，"噼里啪啦"地冒着一团团紫蓝色的火球；不待我撒尽一泡尿，扑面而来的飞沙走石，把尿液一股脑儿地倒灌回来，喷上脸、溅入嘴；一粒粒细沙，比针扎还厉害地直往身上戳，蜇得我拼命地往沙窝里逃窜……一场浩劫的沙尘暴过去，被"活埋"的工友们从沙窝里纷纷钻了出来，猴子表演般地抖落着身上的沙砾。以后再遇沙尘暴时，我只能学师傅将塑料袋罩在头上，老老实实地龟缩在最深的沙窝里。

塑料袋还会在夏天派上用场。当霞光褪去之机正是蚊虫倾巢进犯之时，它们摆开集团军进攻的阵势，让人顾头却顾不了尾。要知道，集体操作的活计无法时时腾出手驱赶蚊虫，让头钻在只有出气孔的塑料袋里，不失为有效的防范措施。只是，在地表温度可达六七十摄氏度的戈壁滩上，汗如溪流、头闷得几近爆裂也是可想而知的。

恶劣环境下的业余生活可想而知，打牌喝酒自然成为排遣单调的主旋律。

这天，恶劣的天气不见转好迹象，我们蜷伏在房内无法出工。塑料桶里的酒见了底，生活供给车也因气候恶劣而延后驶达。没有酒喝的师傅也没了胃口，早早地躺在床上假寐。我给师傅卷了一支莫合烟，递去时才发现向内侧躺卧的他，正在偷看一本不厚的书。我说："还是师傅您会打发时间，可以借给徒弟看看？"或因一支烟的功劳，换来了师傅的恩典。

这是一本薄不足百页的书，残缺的封面已失去本来面目，纸张呈烟熏后的暗黄色，脆弱得仿佛稍不小心翻动，它就会粉身碎骨。

我问师傅："就这么一本破败的书，您还当宝贝？"他没好气地甩来一句："爱看不看！"身边的工友悄悄告诉我，这本书跟随师傅来油井十五六年了。

我翻了几页，它是那么的熟悉，虽然著者因书名的破烂而无存，可我还是从"黄水奔流向东方，河流万里长。水又急，浪又高，奔腾叫啸如虎狼"的文字中，读到了"熟悉"二字。

我没想到与《冼星海歌曲选》的第一次逢面，竟出现在"美味飘来都有馊味"的戈壁滩上，唤醒我的久违和久仰的情结。我兴奋地一页页翻动，同时注意到这么一个细节，在飞白处有一行行墨汁褪去的字迹，让人实难辨认。工友揭露道："这是你师傅写下的'黄沙如黄河'的感言！"一句话憋出了师傅的笑声，他粗言粗语道："谁让戈壁滩就像抗日战场，我们就如八路军在与大自然作战。"此话一出，惹众人嬉笑大作。

诚然，我虽不知道一本歌曲选，给文化不高的男人们带来怎样的乐趣，但不可否认，书的破损程度足以让人揣测，冼星海的文字和旋律给荒凉的戈壁捎来了一抹亮丽色彩，给孤寂的男人递上一份温暖的守望、一缕踏实的期许。

那天，屋外的狂风如群狼嗥叫；屋内，在没有酒精催化下，工友们仍亢奋不已。"黄河！我们要学习你的榜样，像你一样的伟大坚强。这里，我们要在你的面前，献一首长诗……"人人争先恐后地吼上两句，给一个小天地营造着愉悦的气氛。

他们虽然无力深悟画意、融入诗境，可我分明感受到他们在歌集前的憨厚和虔诚。我读着眼前这群男人们，触摸到他们情和爱的脉动，不禁为之动容和心醉。

如今，当我手捧这本《冼星海歌曲选》时，那一个个往事的细节历历在目：离开戈壁的最后一夜，当我接过师傅送的这本歌曲集，借用艾青的"为什么我的眼里常含泪水？因为我对这土地爱得深沉"相答时，戈壁上没有一丝一缕的风，只有一颗流星匆匆滑过，宛如一粒微不足道的沙砾，勇敢地展示潇洒的瞬间，指引我昂头挺胸，去努力寻找大爱的芬芳、人生的坐标……

文字的快乐和疼痛

武保军

有时想离文字远一点。

急切地离开，但是脚步迈不开，因为文字在心上，每扯动一次就会心痛，猛然割舍，实在是有欲裂的感觉，便安慰自己还是慢慢地割裂吧。

割舍不掉。

这点，自己深深地明白。

随着年龄的增长，也随着自己写的文字相对来说越来越少，就常常劝自己别写了，把文字束之高阁算了，可是文字已不在书本上了，无法挥挥手诀别。

年少时，鬼使神差，也许是莫名其妙，或是信奉"书中自有黄金屋，书中自有颜如玉"，抑或是想做个文曲星，总之，少年不知风儿疾，踏上马就会奔驰天下，抬头望天，低头看路，看到的是前方深入天际的大路，即便有风有雨有泥泞，自认为凭着自己的脚力，累了，小憩后精神就会复原，少年不知愁滋味，一头扎进了文学里头。从读《艳阳天》开始，那时自己正在农村接受再教育，1976 年 2 月到的农村，负责管理知青的带队干部从知青办弄来了许多的书，我抢到的就是这本，两年半后回了城，这时书多了起来，一切似乎是从头开始，令人眼花缭乱，便开始了大量地读书，同时也买书，陡然开阔了眼界。

东北有文学讲习班，自己连续报了两年，学到了不少的东西，同时也不顾一切地写东西（只能称其为写东西，就是现在自谦为码字，也称不起），如今回头看过来，那时也真是不顾脸面，写的东西可以说是狗屁不如，就是连自己手写的字像是蜘蛛爬的一样，难看得也跟自己的模样一样，现在每每想起来都会脸红耳热。

无奈那时自己就是着了魔，对写东西一腔热血，说实话，那个年月人们对文学有着一种敬畏和虔诚，对作家也是极其向往和崇拜，自己倒也混了个爱好文学的美名，只是"名实不副"而已。

写东西就要往外寄，寄就需要邮票，邮票是票子，买书得花钱，时常入不敷出，后来在我市的工人俱乐部办了借书证，这里好书如云，自己大概是借书、还书时间最快的了。

同时去书店也是腿脚勤快，一次看到了一套苏联作家肖洛霍夫的《静静的顿河》，心里痒痒，爱不释手，翻阅一会儿售货员就不乐意了，可是囊中羞涩，用现在的话调侃：兜里的钱和脸一样干净。没到发工资的日子，只能等待，其中几次去书店查看，生怕没货了，去了就翻翻读读，售货员记住了自己，再要翻看时人家脸色不好看：光白看呀，几次了？又不买！现在的新华书店已是读书的好地方，有沙发，供直饮水，我这篇文章就是坐在幽静的书店里用手机打出来的，没人打扰。

当时感觉自己的面子掉进脚下的尘土里被人来回踩踏，脸红了，低着头离开，我们单位是每月 20 号发工资，美其名曰：中发薪。

发了工资，四点下班后第一时间去了书店，直接走到文学柜子前，先扫一眼架子上的书，《静静的顿河》还静静地淌（躺）着，如同一条平原上的细狗瞅见了兔子一样，心情既激动又贪婪，还是那个对自己小觑的售货员，我早已知道了价钱，麻利地把钱掏出来，底气十足地说："买书！《静静的顿河》！"女售货员认出了是我，看我有些激动，麻利地把书递给我："那边交钱！"

我这次倒沉住了气，仔细地查看有没有破损，多少有些故意："另给拿一套！有点毛边！"

现在想来，自己那时就是年轻、毛愣，何必呢，多理解就是了。

读书、爱书，日积月累，自己也存了不少的书，回想起来年轻时存书的速度最快了，慢慢地买书少了，到现在买书虽然没有断，但是一年下来买不了几本了，也许是岁月的烟熏火燎给自己的教训次数多了，也许脸上的皱纹深了，容纳了时间长河里的一些碎片，没睿智起来，倒也多了一些磕碰后的经验和顿悟，加上自己也写了和读了不算少的东西，感觉好书越来越少，没有了懵懂时好赖抓起来就读那如饥似渴的劲头了。

生活就是文学，文学就是生活。

经历过了，对一些肤浅小说中的生活，就会感到无感或是无味，人老了变得固执。

本人喜欢书，做不了藏书家，就是存了一些，这是阅读后的"残存"，但是对这些残存还是喜爱有加，书柜里的书最怕被人借走了不还，据说鲁迅先生一个版本的书买三册，一本自己读，一本作为藏书，另一本则用来借出，可见其爱书之深。

自己也遇到过朋友借书不还的惨事儿，那是曾经和自己在农村一道下乡的知青来家里玩，临走时拿起茅盾先生的《蚀》说看几天，这书借出去了，就像是豢养的小鸟飞走了，再也没有飞回来，心痛，没办法，亡羊补牢犹未为晚也，就制作了一个标签，贴于书柜上：概不外借。

自此再也没有借书的了，自己硬着头皮做个吝啬鬼，后来朋友间都知道了我的书不外借，省去了许多的麻烦。随着现在网络的兴起，看纸质书的人也在下降，加上串门做客的习惯已经不流行了，有事一个电话，这些书便养在深闺无人识了。

那些年，我们这里开着一家不小的旧书店，说是旧书，其实有一部分是出版社的尾书。自己开始淘书，所谓淘书就是去旧书店，一是便宜，二是随心所欲，可以到处乱翻，寻找自己心仪的书，在这里淘到了全新且全套的《赵本夫文集》，不是二手货，心满意足。经常光顾和老板也熟了，时常问他什么时候去进货，货来了门店外面就支上架子，把新来的书摆上去。爱书的人们趋之若鹜，像是秃鹫发现了肉，一个盘旋落下来，越聚越多，淘书比去书店直接交钱买要有趣味的多，关键是"探宝"的过程，你如果有这样的经历，就能真真切切地明白淘书中这个"淘"字用字的准确。所有淘书人不管戴眼镜还是没有戴眼镜，无论是男是女，是老者还是年轻者，或把淘到的书夹在胳肢窝或把书放在身边，或多或少，都把书放在离自己身体很近的地方，抑或是脚旁，这是自己淘到的金子，护着防着怕被别人"掠去"，而另一只手在不停地翻找自己的喜爱，离去时抱着一摞去结账，脸上带着满足。

惊喜，有时就在无意的邂逅中。

一次，我一进旧书店迎面就看到了厚厚的、上下册的《鲁迅文集全编》（国际文化出版公司1995年12月第一版，标价265元），眼前一亮，急忙三步并作两步把书取下来，欣喜之情溢于言表，正版，印刷精美，像是随随便便地问："这书多少钱？"

老板进书去了，他的母亲守摊子，回答说少了150不卖。我说，您说个实在价，到底多少钱，给你80。她说做不了主，于是就给儿子打电话，万万没有想到竟然同意了，我感觉自己发财了，比捡到了一块金子还要快乐。

我对鲁迅先生的作品可以说喜欢得无以复加，高山仰止，内心一直想买齐全套的《鲁迅全集》，因为财力不逮，没能如愿，这个心愿始终放在心里头，一直是个缺憾，但也"贼心"不死，常戚戚，心心念念。这次是踏破铁鞋无觅处，得来全不费功夫，虽然和全集不是一个版本，只要是全部的文章就慰藉了自己，安抚了一直以来的缺憾，快哉！

读书的乐趣很多很多。

写东西也是内心的一种冲动。

这些年下来写了二百多万字的东西（称不起作品），倒也在《奔流》等杂志和报纸发了一小部分，同时有九本集子收有自己的文字（这是自己的欣慰），在全国各地的内刊发了不少，也多次获全国小说征文奖，这就不多赘述了，想想也是汗颜，发表的太少了，自愧玷污了自己的喜爱。

现在想慢下来，少写，确实也在少写，有时也发狠，养生吧，不写了，可总是放不下，一个多年的爱好，不仅仅是爱好，已是生命中的一部分了，如同那刻骨铭心的爱，带来的是欢乐和疼痛。

哎！我读我写，故我在！

夜读屈原，眼中始终闪着泪光

温勇智

此刻，我想解剖你，用最犀利的笔。

你，依然那么孤傲，一如荒石上的孤竹，嶙峋却不盘曲。

——你改悔了吧！

有种声音穿透时空，似乎要渗进你的骨髓。站在兰舟上的你，转头眺望那恣睢漫漶的楚地，你大脑产生了缺氧，我看到了你的趔趄。我看到了你内心隐隐的疼和彻骨的凉意，血般的残阳在猥琐的鸟和一群斗大的嘴中悲戚——要么是清白，要么是妥协。

风，刮起，飞沙走砾。

那群大嘴，借助风的强势，疯狂的扭曲，如藤蔓如杂草漫山而至，似乎要吞噬这人间最干净的一块净土，让人无法逃遁。

你，真的无法逃遁！

在水面之上敲下的那些字，譬如菖蒲，譬如艾草，譬如龙舟，譬如宫廷，譬如昏君，譬如奸臣，譬如理想，譬如信仰，一切都似星象的占卜术，是你不得不承认的错觉。

旋律突然迸裂，碎石子要走进流水的册页。雨从四面八方赶来，舟子掩藏那本可以高歌的嗓子。会遇见朋友，还是仇人？

流水应该不会像楚王一样染病。众鸟们的繁华聚会，每次都压得我十分心虚，像一条江分割着旷野和高山要找到人间的丰美。昨夜的那场雨，浇淋过不屈的亡魂。枕于一叶扁舟划出河流的忧伤，楚地只适合被五月润色。

还发天问不，你看着自己，一只水鸟划过虚空，天问是他为自己找到的一种安慰大地的方式，就像我们的头顶悬着一把明晃晃的刀，不回避，不战栗，也不呐喊。与隐喻的山水对视，尘世的心跳是那么苍白无力啊！

从五月寄来的风，腰佩一柄长锋利剑，鸟声和流水开始集体失声，云翻动大地，要扒开厚厚的岩壁。

"薄暮雷电，归何忧？厥严不奉，帝何求？伏匿穴处，爰何云？荆勋作师，天何长？悟过改更，我又何言？"信仰和理想扑向汨罗的身子，像一只蝴蝶在翩翩起舞。我曾想，假如您对昏聩的君王也和其他大臣一样迎合，也隐瞒自己的内心，粉饰太平，迎合楚王的喜好，不哀民生之多艰，视国家前途落入秦国和一帮国内小人设计的陷阱而不顾，凭你的才能和声望，会不会封侯拜相、官至一品？但你究竟是你，是一个不怕鬼、不信邪的你，是一个有着凛然正气和献身精神的你。纵使两度流放，数次遭贬，你依然要发出最强音："宁赴常流而葬乎江鱼腹中耳，又安能以皓皓之白而蒙世之温蠖乎？"

是的，你怒吼了，山崩地裂的訇鸣划破长空！这污浊的世界！这污浊的世界！！你宽大的叶节坚挺，你依然要傲视穹空。

我，是看到你眼里的泪了，是看到你眼里的怒火了，是看到你那颗欲焚的心了。有形的长剑未伤及掘地的饥鼠，而无形的长剑把你劈得遍体鳞伤。

注定，是要离去了，要一去不复返了！在遥远的水源深处，在贱草蔓延不到的地方，会有一块理想的梦境。就让，就让这群大嘴，这群饥鼠，这群太极高手生活于光影斑驳里吧，让他们去流芳千古。

摇摇荡荡地，在月下，我看见了你那叶孤舟，正驶向汨罗深处，我的心被深深攫住了。

注定，我也会被你带进千年之前的洁净的天空。

此刻，草香鸟啼挂在门楣，一部形销骨立的《离骚》叮当作响，似一个人长袖舞动，启开生命的另一种美。许多事情已无需遮拦，包括所有的理想、耻辱、荣光，流水会真切切开一个人的思想，即使要经过峡谷险滩，那个走向汨罗深处的人，扯起一片片浪花。波光涟漪，爱汨罗抑或爱你的人和快乐的游鱼一样，唤醒一个节日的内核，抑或一个民族的钙质。

黉夜已过，我依然手捧《屈原评传》，胸中难以平静。曾经沧桑的水，已过了汛期。湘楚大地，满是治国理念和诗文经典。殿内杀气逼人，你的笔底却波涛汹涌，足以击溃一个朝代的心堤。多少时光已逝，但湘楚还在，文化还在，灵魂还在，静静地等待我的靠近。我们对局，斟酒，高吟，狂欢，把流水踩在脚下，而你和汨罗正好是一个敬畏的高度。

点一盏灯去阅读

黄鹤权

开卷有益，是我这些年来对自己读书之道最深、最彻悟的体会。从古人的"万般皆下品，唯有读书高"到今人的"书籍是人类灵魂进步的阶梯"，无不看出读好书丰厚的好处。借助书，能让我们养成精神贵族，感知到脚下这片土地的深厚和广袤，也让我们能感知头上星空的浩渺与神秘。

生活中，随着工作节奏的加快，很多人说"快餐式""鸡汤"阅读已逐步成了部分年轻人的选择。事实上，这种说法还不够严谨，据我观察选择这条路的人更多，已超过50%的比例。坦白说，我也是其中之一。最初开始读书的目的是比较功利的。希望能从中学到一些什么当成跳板，借以在通往成功的路上更好爬升。但后来，在真正沉下阅读的过程中，我真切觉得读好书是一种享受。

正如海明威在《流动的盛宴》里写道："如果你在青年时期到过巴黎，看到那里的繁华，它会让你毕生难忘。"那是海明威游荡欧洲时的感受。我清楚地感知到这些文字带给我的触动以及那些十万分贝的鸣叫。它们是那么的震撼而又神秘，在我的阅读中复生，包含着太多的喜乐悲欢。让我明了阅读的要义不在于储备了多少见闻，不在于以此炫耀而是在打通时间的长廊与"故人"开启心灵的对话。除此之外，通过读书阅读，其实还能晓得许多名人的生活方式和观念，可以找寻、感悟书本中人的经历。

　　所以，这几年来，书店就成了我散心的去处，每月中旬我都会定期去店里走走，与书中那些出色的人物"共鸣"，遇到喜欢的便买下来。久而久之，家中书架已成一书山，所藏书籍名目众多，分门别类，洋洋大观。有好奇心的时候，我会找本封面精美的书，每日仅看几页，有疑问不得解，临高潮前，戛然而止，留着明日又看，日积月累，兴趣就有了。发展到现在，对我来说，读书已成为一种习惯，不找书来看也是挺不自在的。读好书让我的生命至少延长了三倍。

　　也因坚持几年不间断的读好书，现在的我握有选择的权利。我进入辩论场荣获"最佳辩手"的称号，进入音乐界正式出过七支个人单曲，进入创业界凭借一个创新项目捧过大学生"创青春"杯，进入文学界至今拿下 30 多家著名省刊、百项赛事的成绩，进入科研界主持结题一项国家级大学生创新创业项目课题，并发表过 6 篇省级 C 刊论文……我不断地去实践自己的新想法，修炼自己的一技之长；我甚至可以在大城市闯荡累了之后凭借阅读带给我的深厚知识基础，蜷缩在小城做些翻译的活，优渥地谋生。

　　当然，万事万物都有对立面，读书这件事不全然没有争议。这些年，我也常见人在我面前提到"读书无用论"的说法。不少人以片酬动辄过千万元的明星为论据，尤其以李连杰、成龙、周润发、王宝强、刘德华这些文化程度较低的明星说事，他们认为读书没有太大意义，不读书一样能成功。

　　在这个严肃的问题面前，其实没有绝对的道理。哪个大师都没法为后人开出一条秘方，罗列这世间有意义和无意义的事情。但我还是很愿意将知乎上一段非常精辟，一击中灵魂就会酸麻的话分享给诸位。"当我还是个孩子时我吃了很多的食物，大部分已经一去不复返而且被我忘掉了。但可以肯定的是，它们中的一部分已经长成我的骨头和肉。"

　　忘了是哪个深夜读到这句话，我先是大脑宕机陷入空白，继而两眼一亮，心窝一暖，多么简单的一句话，却能反馈给人一种很大的能量。就像雨果的那句经典名言："各种各样的蠢事，在每天阅读好书的作用下，仿佛烤在火上的纸一样渐渐燃尽。"读书虽然看起来是最无用的，没有让你我更聪明，甚至只会使得我们更加落魄，但其实它反而是最实在的，是生活的加速器，永远能在不动声色之间成为我们精神或者物质上的财富。音乐诗人李健是这样，高情商主持人汪涵、何炅等人亦是这样。

所以，在这成为炬火的路上，最好不要着急，不要刻意追逐"风潮"，不要把获得丰富的知识当成一种炫耀，不要让佛系成为自己不思进取的挡箭牌，也别怕遗忘。平日得空不妨慢下来，读好书，把每一个字都当成一座建筑来对待。可以选择《红楼梦》《百年孤独》《未来简史》《瓦尔登湖》等经过时间考验的书籍来看。

此外，书只有你看了、思考了、总结了，才是占有。我的感悟就是不光要看，还要想，要致力于脑力激荡，把看到的新知识跟自己已有的知识结构相嫁接，变成自己知识体系的一部分，才会更有用。总之，到最后读书一定要是件快乐的事，要带着兴趣、渴望去读。

谷雨已过，夏天正在火速赶来。新的一年让我们一起好好热爱生活，认真读，认真写，我相信幸福正在前面等着你我！它定会还日拱一卒，给予我们以丰盛。

母亲的读书观

张军停

　　独坐窗前，打开已经读到一半的书，行行文字，散发着墨香，让我的心充实而安宁。静坐常读书，已成为我生活中不曾变更的习惯。每每打开书，母亲的面容就不自觉地浮现在我面前，"我就高兴看到你读书！"这句话时时回荡在耳畔。

　　我从小就喜欢读书。小学时候，手中只有语文和数学两本书，能丰富我们课外阅读的书籍甚少，偶尔能从学校的大哥大姐那儿获得一本小人书（连环画），可谓珍品，爱不释手。后来得知，这些小人书是在20里外的镇供销社百货门市购买的。

　　那是一个阳光明媚的下午，我和同学一路奔跑，终于在供销社关门前赶到了。玻璃柜里，那一本本书整齐排列，不声不响，却如同一块块吸铁石，将我渴盼的目光牢牢吸住。但是，当我看到书的标价，心却被狠狠地烫了一下，这些书对我来说，可遇不可求。夕阳西下，我怏怏不乐地走上回家的路。

　　回到家中，看到母亲正在缝补衣服。我攥着母亲的衣角半天开不了口，母亲大声说："有事快说！"

　　"我要钱。"我本已不想说出要钱两个字，可是，竟然说出来了。

　　母亲接着说："要钱干什么？"

　　"想买一本书！"我回答道。

　　"多少钱？"母亲问我。

　　"八角！"

　　只见母亲把右手伸进衣兜，掏出一卷揉得皱皱的毛角，用龟裂的手指沾着她的口水数着。一旁的父亲停止手中的活儿，向母亲探过身喊道："别给他钱，家中吃盐点灯的钱都很困难，哪有钱来供他看闲书。"

　　父亲接着又板起面孔对我吼起来："你就知道要钱去买书，却不知道家中的基本开销都成问题，你还忍心要钱去买书？"

　　母亲却已将那些毛角塞在我手心里，大声对父亲说："我就高兴看到他读书！"

　　自那以后，我不敢再向母亲要钱去买书，因为我从父亲的语言中读懂了他的意思，买一本书的钱够一家人吃两个月的盐。但母亲那句"我就高兴看到他读书"却深深烙印在心里，决定自己挣钱去买书来阅读。

　　每逢周末，瞒着家人，带上工具，攀缘屋后那座大山去挖何首乌（一种药材），几个月下来我带着所挖的何首乌和捡拾的野桐子来到镇上供销社的收购门市，换回了一元八角三分钱，然后迫不及待转到卖书的专柜前，一眼看到我梦寐以求的那本小说《钢铁是怎样炼成的》，我问卖书的售货员多少钱，那个售货员爱理不理的，因为她知道我们这些孩子是买不起这些书的。当我扬起手中那一沓角钞，那个售货员才慢腾腾从柜台里拿出那本书，我把钱交给售货员，她把我买的《钢铁是怎样炼成的》拿到盖章处盖了一个鲜红的印章，合着剩下的五分钱，一同交到我的手中。

　　我买到这本小说，如获至宝。放学回家，完成父母吩咐的任务，就捧起那本书来阅读，夜晚趁着昏暗油灯燃起的时刻，也一头徜徉在这本书中。书中主人公保尔，一生与挫折、困难斗争，面对凶恶的敌人，他没有屈服；面对生活的挑战，他没有退缩。保尔跌倒了，再爬起来的精神更坚定了我努力读书的信念。

　　母亲见我阅读得如此痴迷，家中又拿不出钱来满足我，于是母亲索性将她知道的故事讲给我听，以此来填补童年时候没有书籍阅读的空白。

母亲讲故事有时是一边剁着猪草讲，有时是利用缝补衣服的时间讲。直到今日，我还清晰记得母亲讲高尔基《童年》故事的那一举一动：母亲用略带沙哑、低沉、稳重的声音向我们讲高尔基在幼小时候父亲就去世了，跟着母亲在外婆的带领下来到外公家一起生活，他外公为了满足自己始终是一个业主的愿望，不惜一切代价维护着他即将破产的染坊，心情不好的时候，可以肆无忌惮地和任何人发火，更可以拿身边的所有人出气，在别人眼中已经变成了一个龌龊的暴徒，随时用虐待手下贫苦的工人的方式发泄他心里莫名的怒火，还把跟了他一辈子为他卖命效劳付出所有的老匠人格里戈里赶出家门，最后沦落到街上做乞丐，是这些普通人给了幼小的高尔基良好的影响，使他养成不向丑恶现象屈膝的性格，锻炼成坚强而善良的人……

母亲也还给我们讲一些《励学篇》，记忆犹新的是宋真宗赵恒的《励学篇》：富家不用买良田，书中自有千钟粟。安居不用架高堂，书中自有黄金屋……虽然当时我们姊妹三人还不懂其中蕴含的意思，但我能从母亲的神态中悟出读书的重要性。

母亲的读书观好似一粒种子，早早播种在我幼小的心灵里。母亲的读书观让我不断地吮吸知识养分，让我内心得到充实和满足，也正是母亲的读书观让我告别了童年时候的艰难困苦，让我一步一步地改变了生存环境和工作环境。

数十年来，我明白了一个道理：读书好似一味良药，它可以治愈心灵，增长智慧，还能感悟人生，消忧解愁，更能使人在书中尽情驰骋，自由翱翔。

我的名著人生

王守明

世界文学名著犹如一座金碧辉煌令参观者目不暇接的艺术殿堂，我是 15 岁时怀着少年的梦想才开始跨进它的门槛——持有一种崇拜渴望求知的心情，一本一本地认识它的。

首先接触的是丹麦作家安徒生的《安徒生童话》，书里的故事的确非常生动，像《丑小鸭》《皇帝的新衣》《卖火柴的小女孩》等故事有趣、新奇、充满幻想，常常在梦里想像自己成了其中某个人物，童话的故事萦绕脑际，从中感受到它的魅力。《安徒生童话》中一个个寓意深刻的故事，它给人启迪，帮助我识别真善美、假恶丑；给人智慧，使我勇敢、坚定、坦然处事；给人崇高，使我踏实人生，真诚待人。可以说，这本书影响了我的一生。直至今天，书中生动且充满哲理的故事仍深深地镌刻在我的记忆中。

歌德的《少年维特的烦恼》，书中维特如何爱慕绿蒂，如何烦恼，这些复杂的内心描述都没有吸引我的视线。而令我印象最深刻的还是书中对自然景物的描写，如："早晨的日出真美，滴水沥沥的森林，嫩翠盈盈的原野，雾霭自秀丽的山谷冉冉升起，太阳高悬在林荫密闭的森林上空，我躺在涓涓细流旁，倒卧在深草里。"我爱大自然的美景——歌德在书中精致的描写令我陶醉。记得常常是这样的情形：当我从清晨醒来，起床打开窗户，听到枝头清脆婉转的鸟鸣，闻到院子里树木散发的新鲜空气，看到树叶上剔透晶莹的露珠，当阳光触及窗户和院子每一个角落，挥洒它的光芒能量时，我的生命得到焕然——它们是我心灵的忧慰和依靠；当我见到蓝天、白云，清澈的河流，碧绿的草地和树木，感觉生活是如此的快乐，世界是那么的美好。

夏洛蒂·勃朗特的《简·爱》，书中描述了简冰冷羞涩的童年生活以及当家庭教师和罗切斯特的爱情火花，但我感受并不那么强烈。而最使我感兴趣的是，书中阐述简的生活转折——她得到了丰厚的遗产和那种纯粹生活。简·爱开始是一个孤儿，靠做家庭教师清贫求生。后来简得到了叔父留下的两万镑遗产，她分成四份，于是她和她的表兄姐都成了有钱人。因此，简·爱就可继续崇尚自然，阅读小说，四处旅游，过自由逍遥的生活。我曾自得其乐地这样想过：我也可以过简·爱一样逍遥的生活，上学回来我喜欢到哪儿玩就到哪儿玩，上到树头掏鸟窝，下到河里游泳，跑到城外看风景，找到图书馆借阅书籍，逍遥得很。

列夫·托尔斯泰的《安娜·卡列尼娜》，我认为是我读过名著中文学地位最高的一本。安娜最富有魅力，她那迷人的风采，像磁石一样牵动着我的情感。她那勇敢的叛逆和不屈的追求，犹如一把篝火烛照我渴望真善美的心灵。给我印象最深的是作者对安娜美丽的外表和精神世界的描写，"她那穿着简朴的黑衣裳的姿态是迷人的，她那戴着手镯的圆圆的手臂是迷人的，她那挂着一串珍珠的结实的颈项是迷人的，她那松松的卷发是迷人的，她的小脚小手的优雅的轻快的动作是迷人的，她那生气勃勃的、美丽的脸蛋是迷人的……"安娜如此迷人超群出众的美丽风采深深印入我的脑海，以致后来我在现实生活中遇见女性的善良、美丽都源于她的身影。

巴尔扎克《欧也妮·葛朗台》中葛朗台守财奴贪婪、吝啬的眼神，大仲马《基督山伯爵》里面邓蒂斯坚毅、冷峻洞察世事的目光，雨果《巴黎圣母院》中艾丝美拉达炽烈、纯真、美丽的心灵，卡西莫多面容虽然丑陋但心地善良为人诚实的品行，副主教克诺德·福罗诺邪恶的心底表面披着道貌岸然的伪仁，以及鲁迅笔下《阿 Q 正传》里阿 Q 可笑、滑稽、自虐的举止……名著中无数人物形象栩栩如生深深地印在我的脑海里。后来在现实生活中遇到一些人和事，常常是："似曾相识，噢，记起来了——呵呵——真像！"也就坦然淡定了许多。

真的非常感谢名著对我的帮助！

我爱那些历久弥新的名著，它们是人类宝贵的文化遗产，认识它们令我感到无比的快乐与美好，它对人生有着无限的启迪和引领，我的人生就是与它们相依相伴的。

越读越香

李金明

在这个"拿不起书本、放不下手机"的时代，有多少人能完完整整读几本书。近日，2021年《浙江省公共图书馆阅读报告》出炉，来源于浙江省现有的102家公共图书馆的数据显示，绍兴地区以人均借阅量26.3册，名列第6，第一名为舟山地区的60.7册，最后一名为湖州地区的20.6册。而已公布的绍兴市的数据，2020年全市43.1%的读者全年借书超过10册；28.3%的读者全年借书超过20本；2.5%的读者全年借书超过100本。

看到这个数据，我笑了，自豪地笑了，这次我可是香了，给大绍兴的数据正向出力，2021年我的个人借阅量是79本，是绍兴地区人均数的3倍，也超过舟山地区人均数的60.7册。

何以能如此，从我个人来说，这与我生活中每天坚持做到的"1234"是不分开的。具体就是一周少开1天车，少看电子屏2小时，走3公里的路以及每天晚上睡觉前要看4页书。

在读书的过程中，少年的我如同"随园主人"袁老先生告诫的黄生一样，深知读书的不易，极谙"书非借不能读也"的真谛，所以是读书也必专，而其归书也必速，所以每年能借阅很多的书。

在借的书中，有很多经典的书让我回味无穷，特别是外国文化中经典的书籍，我通过读最好的译本（这里要感谢绍兴图书馆基藏馆的图书，需要工作人员专门去取），如人民文学出版社纳训翻译的《一千零一夜》。《渔夫和魔鬼的故事》曾入选中学教材，很多人都印象深刻，或许会有人笑，不就是机智的渔夫让魔鬼重入小瓶，说明正义力量一定能战胜邪恶势力，对付魔鬼那样的凶恶敌人，不能抱有幻想，而要敢于斗争，依靠自己的智慧和力量去战胜。在很多中国人的记忆里，那个故事是很短的，可只有读过原著，才知道在《一千零一夜》中，后面还有国王和医师的故事，渔夫和四色鱼的故事等 4 个更为离奇的故事。如果不是读到原著，是无论如何想不到，大故事中套小故事的结构，而且情节离奇突兀，变化多端，确实是一部能流传千古的好故事。

当然能借到这么多书，还是因为借书特方便，这与全市图书馆的打通，实现"通借通还"分不开的，而公共图书馆城市书房、主题图书馆和全面推进乡镇分馆建设以及智慧阅读，让全体绍兴人可以更便利地借书。

可惜随着自己的年长及个人的懈怠，借的书没有及时还，常常超期，让我很不好意思的是两张卡中有高达 50 元的罚款，要感谢图书馆的超期不停卡，让我能借更多的书。

通过阅读，我不仅借书，而且还买书，也订阅了多本杂志和多份报纸。有的书图书馆借不到，或者想精读就去购书。常年的购书，让我成了当当网、博库书城的活跃用户，每年购书款不少于 1000 元；而孔夫子旧书网上常可以让我淘到心仪的书，有的还可能是作者的签名书，给我带来了无穷的乐趣。

阅读带来的益处也是明显的，腹有诗书气自华。读书之余，我拿起笔，慢慢地也取得些成绩，有多篇文章见诸《绍兴日报》和《绍兴晚报》，在《故事会》等杂志上也有文章变成铅字，更是增加了读书的乐趣，一笔笔稿费来了，也是香呀！

但让我觉得更香的是让老家的孩子们爱上了阅读。先是家里的孩子们，再是村里的孩子们。在外地工作的我，平常家里的小辈过生日总是寄些钱让代买些物品，虽然要求代买书，但多年下来收效甚微，

　　所以这两年我开始改变策略，自己花些时间从网上买书，再寄回去，给孩子买书，让孩子从小养成阅读的习惯。这个暑期，我就整理了一大批适合的书让家里的小辈们建小图书馆，实现"读书从娃娃抓起"的目标，让书香延续，让文明延续。在我的带动下，听说我们村里的小图书馆也要开起来了，自己读书，不仅让家里的孩子们，而且让村里的孩子们有书读，一念之起，香远益清，真是善莫大焉。

　　读书，让我快乐；让孩子们从小有书读，有了更多的精神食粮，我会一直读下去，让书香越来越浓，越传越远。

网络时代的阅读

俞晶晶

在网络兴起的如今，短视频、碎片文字铺天盖地，抢夺着大众稀缺的注意力。而与之相对的，传统纸媒式微，书店虽是许多读书人的文学乌托邦，却更是大家心照不宣的投资黑洞。仅剩的书店在夹缝中生存，收入大头却并非卖书，而是周边开发、饮食经营。传统阅读在当下是否已显得老旧、过时，我们又该如何看待阅读呢？

将目光放大，其实阅读完全可以不拘泥于传统的纸质书。kindle 电子书、网络上传播的文章，当然也是阅读的对象。阅读最终指向内容，而不论载体如何。因而大可不必将电子阅读和纸质阅读相对立。若要争论追溯，文字源头处的甲骨文，后来的竹简，也是变化载体罢了。但文字一脉相承，阅读也不曾断去。有人青睐纸质书的厚度和温度，有人青睐电子书的便携和便利，各花入各眼，但殊途同归。

阅读不该由载体来定义，但载体有时与内容息息相关。网络上确实会有深度阅读的好文，深度解读的报道，但现下更多的是碎片化的、不成体系的文字段子，是套路化、模式化的吸睛爽文。碎片信息可以让人在地铁空隙、排队等待时得以消遣，但其长度就注定了它的阅读深度。它可以让人会心一笑得以放松，也可以成为一段深度阅读的引子，但它本身无法带来深入全面的认识。而爽文可以给人以娱乐，却永远取代不了深度阅读带来的沉浸感，无法带来努力思考后理解全文，与文本心意相通的愉悦。更糟糕的是，在长期阅读、习惯了这些低质内容后，注意力也会被切割成碎片，思考、长期专注于一件事都会变得越来越难。我们每时每刻都在寻找有趣但不用花力气的信息来抓住自己的视线，对无聊感到难以忍受。互联网正如一个马戏团，短内容就如烟花一般喷薄而出，我们在里面流连忘返。但须知片刻浮华不可留，绚烂花火仅供片刻，更难以在身上留痕。

要厘清信息和知识之间的差别，用深度阅读去对抗碎片浮浅。阅读是一种吸收信息的过程，但是信息是孤立的、分散的，唯有思考、甄别、串联信息，才能将其整合成完整的知识体系。这也就是深度阅读的目的。选择好的内容，仅仅是深度阅读的第一步。费时间花心思去理解，才是阅读的真正开始。

但这并不是提倡只阅读艰难晦涩的文字，前期阅读内容的选择，实际是越广越好。不用担心自己涉猎多个领域，分散精力后而难以深耕其一，爱博而情不专也并非全是坏处。在前期广读，更能发现自己感兴趣的领域所在。而选择内容时，个人的兴趣是重要因素。总有家长将自己孩子的课外书称为闲书，只希望孩子阅读教科书指定的几本课外书，原因不外乎是考试要考。这样功利性的阅读不仅狭隘，更难以体会到阅读的乐趣。紧盯着人物名字和情节不放，最后只是背书罢了，难以共情，也难以体味书中的世界。而不论哪类学科，其实都与邻近学科息息相关，学科间相互交融，阅读多领域、多形式的书，不仅可以打开眼界，更可以帮助理解既有知识，构筑完善的认识体系。

在互联网同温层固化人们认知的如今，广度阅读就更有其现实意义。互联网永远是从讨好观众、抢夺注意力的视角出发，大数据相关推送只会不断关联你本身认可、喜欢的内容，如果不加以思考，只跟着数据推送的内容走，就难以拓展认知边界，难以发现新的兴趣领域，探索新的未知。只有从主观意愿出发，让人去选择阅读的内容，拓宽知识广度，才能打破这个循环。

深度和广度，是阅读低质网络内容时最缺乏的两个重要因素。守住阅读的尊严，并非只是简单表面地守住纸质书，守住每一家优质书店，需要我们从深层出发，养成良好的阅读习惯，重新开始一段或许有点漫长，或许有点困难，但最终能受益良多的朴素的阅读。

少年基石

朱振国

盘点人生，有人设问：你此生读了何书，对自己有何影响？我的回答：令我刻骨铭心的好书既非流行一时的名著，亦非卷帙浩繁的大书，乃区区几册中学教科书，几册语文课本。

20世纪60年代，我进入初中，记得入校不久闹出一场风波，自以为是的我们，犟着脖子，集体拒戴红领巾。于是辅导员、班主任、学校领导纷纷出动，对我们说："你们这段年龄，正是世界观形成的阶段，可塑性最强，要端正态度，珍惜这段人生最宝贵的时光。"我看到了班主任的严肃、焦虑，看到端庄美丽的辅导员的着急，成人后，当我读到墨子看人染丝发出的一段话："染于苍则苍，染于黄则黄，故染不可不慎也。"我觉得他们说着一样的道理，所以一样的沉重。

我开始走进一本又一本的语文新书，一册又一册带着好闻的书香的课本，里面每一篇精致的诗文我都喜欢，在最具生命柔性的时间，它们一一走进了一个少年的心灵世界。

今天，要我再找出当年的课本已不可能了，但没什么关系，那些我熟读过，背诵过，由衷欣赏过的课文，不用复习仍留在记忆的脑海中。范仲淹的《岳阳楼记》，孟子的《生于忧患，死于安乐》，尚能勉强背诵，镌刻于心扉的李大钊的绝句"壮别天涯未许愁"，夏明翰的就义诗也不会漫漶，奥斯特洛夫斯基的《我的一天》，我记得开头的一句是："电话铃声闯入梦境……"这是作者为一个国际组织同名征文所写的一天实录。还有一篇印象深刻的是《永不掉队》，一位教授从卫国战争开始走上了前线，一次昼夜急行军时因严重缺乏睡眠而掉队了，等他赶上队伍，受到了年轻的中尉连长的严厉呵斥。后来，是的，后来是文章的重点，战争结束了，头上的天空又变得蔚蓝，那个连长成了军事学院深造的学员，而这时任物理教员的正是他的昔日的士兵。当教授听到年轻军官因畏怯学习困难打算退学时，这位当年在战壕里被汽油弹炸得双目失明的教授瞪着空洞的双眼，发出了雄狮般的咆哮，同样给了昔时的上司严厉的呵斥："不，不不，你这懦夫！你不能在新的战场上掉队，像我当年一样。"故事结局是完美的，教授也给连长背上狠狠推上一把，并发出指令："目标，物理学，赶上！""是！"中尉挺着胸，重新出发。30年后，我参加了省作家协会组织的"当兵三日"的一个活动，在杭州"硬骨头六连"体验军营生活，我的怀旧思绪被触动，忍不住写了一篇同名散文，这是一次向《永不掉队》的致敬。"永不掉队"，这实际是一个人生命题。

文为何物？唐朝诗人王勃在自己的诗作《山亭思友人序》中言："文章可以经纬天地"，这自然不错，北宋写《爱莲说》的那个理学家周敦颐则言："文以载道"，我认为这更切合文之要义。道，包括天道，地道，更广泛的人道，包涵道义，思想，哲理，情怀，《岳阳楼记》作者以优美绮丽的文字，诗画的笔意，纵横时空，提出了为后人称道的"先天下之忧而忧，后天下之乐而乐"的忧乐观。学孟子那段名言："天将降大任于斯人也，必先苦其心志，劳其筋骨，饿其体肤，空乏其身，行拂乱其所为，所以动心忍性，曾益其所不能。"其时正逢三年困难时期，每当时近中午，诸学子已饥肠辘辘，有人甚至在课桌下顿起了足，警告老师不要拖课，读孟圣人之言，倒成了一次有几分诙谐的应景式的励志。奥斯特洛夫斯基的名言"人最宝贵的是生命"那一节，要求背诵，而其实在那激情燃烧的岁月，少年一寓目，早一字一句渗到青春的血液中去，至今有人在同学会上还能秀上一把。"人生自古谁无死，留取丹心照汗青","生命诚可贵,爱情价更高,若为自由故,两者皆可抛","富贵不能淫,贫贱不能移,威武不能屈",这种金声玉振,可以作为人生座右铭的名言哪里学的?课文,还是课文!我们的课本,虽然纸质拙劣还粘着草梗,但古今中外圣贤、俊杰、英雄、志士,还有巨擘、大家,如鲁迅、高尔基、普希金、惠特曼、泰戈尔……若辰宿列张,经典妙文饱含魅力睿智,它是万千芳华的集萃,是一串长长的能打开宝库的钥匙,是沟壑阻拦、朽木横陈的迷途上的一个个路标,哪个学生,哪怕仅仅记取了他们文中说的一二,融入了自己虽还稚嫩,但正在快速成长、塑形的"三观"之中,他的一生将受用不尽。

现在有人追问,新中国成立的前后几代人,他们之中为何有那么多的人,在难以想象的困境中成为共和国的脊梁?呈现了那么多被后人难以理解的科学"疯子",学术"痴人",苦干实干的"傻瓜",甚至还有人讥笑的"愚忠"?你找到一个人,布衣粗食,菲饮淡交,处陋巷居陋室,而他们以往的人生,却是那么轰轰烈烈,贡献卓著非凡,最完美的答案,他们都是少小立志,读圣贤之书,终生恪守信念,矢志而不渝,"两弹一星元勋",共和国勋章获得者,媒体上不时展现的时代楷模,都是其中杰出的典范。我们一代遭逢十年动乱,中学毕业上山下乡,去农村,去工厂,去戍边,在大戈壁天当屋地当床,在"干打垒"的地窝子里,在瓦斯、粉尘弥漫的深井坑道中,都没有被困苦打趴下,再不堪的日子里,以圣人之言自勉解嘲,而处顺境、面对名利诱惑之时,以先贤的名言告诫自律。这绝不是自夸矫饰,这是早年沉浸在血液里的良知产生的定力和免疫力,这是白丝投入染桶后的不可覆盖的规律的使然,这是被当年课本中一点一滴美的、纯的、高尚的,洇染了心灵,占领了灵魂高地的少年读书郎到了中年甚至老年依然的风采,"人年轻的时候读的什么书,往往没有道理,余生却被其左右",19世纪奥地利著名哲学家胡塞尔的话,或是一种信服的注释。

　　感谢我们那个时代，物质虽然贫乏，但学校没有当下应试教育的功利，分什么差班、尖子班，有什么文科生、理科生，在成人之前，轻率给学生贴标签，违反了人的成长规律，教育的"立人"精神。把语文蜕变为识字课、语法课、刷题训练，漠视其强基、树人格、立"三观"的重要功能，这是教育的重大失误，一个健全人必须具备的人伦道德、人文精神、文化素养被虚化之时，学生将变为一棵徒有其表的空心树。

　　感谢少年基石——我欣逢的菁华荟萃的中学语文课本，这对我是行成年礼之前的奠基，是春风化雨、润物萌芽的初心，也是以后读万卷书、行万里路的起点。

读书，今生挚爱

刘灵灵

那年，我高考失利，满怀失意和苦闷回到家里，成了一个彻彻底底的农民。

乏味的乡村生活、辛苦的田间劳作常常令柔弱的我感到有些不适。一有闲暇，我就会钻进杂物间，把堆在角落里的那些书籍拿起来，捧在手里，沉浸在文字的神奇世界，忘记了劳累，抛却了烦恼。

那些书籍里，有文学期刊、通俗杂志、名家小说、流行读物……那些书籍都是我平日在旧书市场淘来的，大都有污损——一个普普通通的农民家庭实在无力去购买那些包装精致、价格不菲的新版书籍。

从小到大，我就对语文课情有独钟，渐渐地喜欢上书籍，喜欢上了文字，就此和读书结下情缘。

就这样，书籍成了我不可或缺的精神食粮。那种期待那种喜悦那种满足，正是读书带给我的乐趣所在。那些润物细无声的文字，像一条条汩汩的清泉缓缓注入我的心田。读书给了我多愁善感的青春时光诸多慰藉，为我平淡无奇的乡村岁月增添不少色彩。

随着阅读量的增多，我的文学修养也有不少提升。我开始试着给报刊投稿，经过一次次稿件寄出去后杳无音信的失落后，连一直支持我读书的父亲也对我说："书本放放吧，又不能当饭吃。咱是农民，种好地才是根本呀。"

父亲的话刺痛了我的心。是呀，我是个农民，是个不会侍弄庄稼的农民。夜幕下，我独自伫立在村头的那棵老柳树下，望着星空，陷入无边的痛苦中。

"这世上唯有两样东西使我心怀敬畏，一个是我们头顶的星空，一个是我们心中的道德律"——康德的这句话像一道闪电划破夜空，直抵我的内心。

不！我要读书！我要一直读下去！

几天后，我的梦想田园里终于开出一朵小花：一本月刊留用了我的一篇小文，并给我寄来 60 元稿费。我一遍又一遍地看着我那篇仅有 400 余字的"豆腐块"，心潮澎湃。我深知，这个微不足道的成绩的取得，除了我的勤奋和坚持外，读书的积累和沉淀功不可没。

从此，我坚持读书坚持写作，几年下来，我已经发表散文、小小说近百篇，成了十里八庄乡亲们口中的"秀才"，并顺利加入了作协，实现了我的作家梦。

后来，我随着打工潮来到深圳。临行前，父亲递给我一个袋子。我打开一看，是四大名著。父亲搓着手，红着脸说："也不清楚啥书好，就知道这几本。"我叫了声"爸"，泪水差点流了出来。

如今，凭借写作的特长，我从一个流水线工人一步步走上领导岗位。而且，还通过自己的努力，在深圳买了车、供了房，结婚生子，膝下儿女双全——我这个农村娃成了名副其实的都市人，成了父母的骄傲和亲朋好友的榜样。

而读书对我来说，已须臾不可分割，成了我生命的一部分。岁月流转，风风雨雨，我从一个风华正茂的少女成了一个中年阿姨，但对读书的痴爱不改，对梦想的追求未变。

回首往昔，心生感慨。从青葱岁月到人近中年，有过懵懂有过迷茫有过激越有过颓然，庆幸的是从未放弃未曾别离。蓦然回首，那个风尘仆仆的痴心人依旧在追梦的路上继续前行，那份对梦想的初心依旧如故。

　　"人生不是因为看到希望而坚持，而是因为坚持才能看到希望"——这是我非常喜欢的一句话，朴实无华但饱含哲理，它曾经对我产生过非常大的积极影响。我想，不论未来的日子是风和日丽还是狂风暴雨，对读书的爱已深深镌刻在我的心中，难于割舍的那份牵挂，萦绕心间的那种情怀，我会在我的精神家园里继续默默耕种，用辛勤的汗水浇灌出一朵朵小花，它们就像一个个小精灵，时不时闯进我的梦乡，随风摇曳，婀娜多姿。

　　读书，今生挚爱。

要看银山拍天浪，开窗放入大江来

戴静

早起给自己倒了杯温水。

围墙上爬山虎绿色一层一层叠上去，四季步履不停。坐回书桌前，阅读架上的书还在上周读到的那一页，心里有温煦被保留下来。

看到有人开了一个话题，叫"但是还有书籍，'但是'之前，你遭遇了什么？"许多网友在帖子后跟帖，比如：工作不顺心，生活不如意，但是还有书籍；浮躁焦虑迷惘，找不到生活的意义，但是还有书籍；普通平庸，孤身一人，没有伙伴，但是还有书籍。毛姆的那句话也反复出现在留言里："阅读是一座随身携带的避难所。"对很多被现实生活裹挟的人来讲，书都还在那里，澎湃的情绪似乎能在书页轻轻地翻动中得到安抚，腌臜的现实问题或许也能在书里获得一些解答。

阅读就是一间暗房的窗，是能带给你光和空气的地方。

不禁扪心自问：

书由什么做的？

《说文解字》："书，著也。""书"是个会意字，其甲骨文字形的上部是以手执笔的形象，下部的"口"表示书（書）写之物。

书可以由花朵、叮咚的铃声、果酱做成，可以带着苹果和糖葫芦味儿。

书也可以由钢铁、努力、奋争、韧力、搏击、勇敢做成，是国家的骄傲，是紧握的拳头，还有独立、能力、尊严和心灵，是比石头还坚强的意志，是燃烧的火焰。

读书需要陪伴？

刘瑜说："一个人就像一支队伍。对着自己的头脑和心灵招兵买马。"与心灵深处的自己一起出发去旅行。如果你有足够的好奇心，可以足不出户而周游世界，人生若有知己相伴固然妙不可言，但那可遇而不可求，可求的只有自己。读书，独乐可以。

读书有时间限制吗？

张潮说："少年读书如隙中窥月，中年读书如庭中望月，老年读书如台上玩月，皆以阅历之浅深，为所得浅深。"于谦说："书卷多情似故人，晨昏忧乐每相亲。"把阅读真正嵌入到生活中的人，就像在桃花瓣中投入一颗酒曲，时间会把一坛轻薄易碎的花瓣酿成酒，而在酒香四溢之前，很难察觉坛中正在发生的一切。突然有一天，通过别的方式，回溯回来。

读书等于是尚友古人，而且那些古人著书立说必定是一时才俊，与古人游不知不觉受其熏染，终乃收改变气质之功，境界既高，胸襟既广，脸上自然透露出一股清醇爽朗之气，无以名之，名之曰书卷气。每一件简册，每一篇行文，都收藏着中国人的喜怒哀乐：离乱之愁、还乡之喜、不平之怒、悼念之哀、重聚之乐，任何时候只要愿意，就可以接触到世界上最真实的气质高贵的人们。可以在任何时候同苏格拉底或莎士比亚，或卡莱尔，或大小仲马，或狄更斯，或萧伯纳，或巴里，或高尔斯华绥交谈。读书，随时可以汲取力量，历练豁然，并深感自己并不孤独。

读书有空间限制吗？

外祖父房屋收拾得很清爽，有几间空房都用来放书，许多年少的趣味都逐渐灭淡而消失了，独有对于书籍的爱好，仍保持着一向兴趣，而且更加深溺了起来。对于森然林立在架上的每一册书，外公不仅能说出它的内容，举出它的特点，而且更能想到每一册书购买时艰难的情形。我也常常跟着外公拿了一本闲书，搬一张大竹床放在天井里，一躺，浑身爽利，暑气全消，坐下来一看半天，小小年纪，就已经有一点儿隐逸之气。

我有一个狂热于各地旅行的朋友，疫情前她工作生活之外的常态就是，去游学几个月，再去国外待上几周。但凡有假期、有空档，绝不窝家里。年前却意外发现朋友圈里，她在家置办了一个阅读角。白天有窗边的阳光，有时微风吹过，轻轻浮动白色的纱帘；夜晚有温暖的灯光，绒毛毯子挂在一边，人随时可以窝进温暖的包围。她说，只要她离开那儿，家里的猫就会蜷到那儿，"连猫都知道哪里最好、最舒服吧"。

想象她静静坐在那个角落，思绪却同她之前背着大大的双肩户外背包，换乘于各个国家的航班之间。只不过，思想的旅行不仅能穿越大洲大洋，还能穿越古今时间。对她来说，"不是提供某一种固定的生活解法，而是发现世界各地各不相同的生活面貌"，旅行和读书，都是。

读书，是一场壮游。看那个静静读书的人，虽然身未动，但思绪却不定如何澎湃于哪个时空的天地之中。

一个人，随时随地可做的事情，有何助益？

习近平总书记说："我爱好挺多，最大的爱好是读书，读书已成为我的一种生活方式。"

龙应台说："孩子，我要求你读书用功，不是因为我要你跟别人比成绩，而是因为，我希望你将来会拥有选择的权利，选择有意义、有时间的工作，而不是被迫谋生。当你的工作在你心中有意义，你就有成就感。当你的工作给你时间，不剥夺你的生活，你就有尊严。成就感和尊严，给你快乐。"

英国哲学家培根说过："读史使人明智，读诗使人灵秀，数学使人周密，科学使人深刻，伦理学使人庄重，逻辑修辞学使人善辩，凡有所学，皆成性格。"

作家伍尔夫讲过一个故事：末日审判之时，各路英雄都在接受天主的赏赐。当天主看见一个书生腋下夹着书静静地从他面前走过时，便对身旁的人不无羡慕地说："噢，这个人在人间已热爱过读书，就不必再领受其他的赏赐了。"

不管时代怎么变，信息传播的方式怎么变，于很多人而言，阅读仍旧是不可被替代的一种体验。古人说，"闭门即是深山，读书随处净土""士大夫三日不读书，则义理不交于胸中，对镜觉面目可憎，向人亦语言无味"……每一次身临其境的阅读，就好比去过另一种人生。阅读，就是这样，有时能将"未发生的事"提前推到面前。让人在面对猝不及防的无常时，静下来后，总还能有比较从容的应对。

中国高考制度改革，当时父亲正在上山下乡，那个时候特别需要"营养"，即便生活条件苦一点、差一点，读到了书，就拯救了一颗荒芜贫瘠的心。他从阅读中所能获得的，除了知识和信息，更持续且珍贵的其实还有沉静而笃定的心境，自由且绚烂的思想。

放在我床头的《菜根谭》，十多年了，一直用儒释道融合的思想，辩证地教我宁心静气，理智面对。譬如："宁有求全之毁，不可有过情之誉；宁有无妄之灾，不可有非分之福。"天欲祸人，必先以微福骄之，所以福来不必喜，要看他会受。天欲福人，必先以微祸儆之，所以祸来不必忧，要看他会救。有了这样的辩证，就有了适可而止，不被顺境迷得沾沾自喜，不被逆境击得一蹶不振。有大家耳熟能详的

"宠辱不惊，闲看庭前花开花落；去留无意，漫随天外云卷云舒"唯美句子。也有欲做精金美玉的人品，定从烈火中煅来；思立掀天揭地的事功，须向薄冰上履过的担当。

人类渴望光一样的速度发展，而读书不那么需要。相反，它需要慢下来，替人类留住一些东西，比如眼泪，比如原始本能，比如痛苦和瑕疵。文学稀释人的复杂，抵达天真。每一次的阅读体验都不单独存在，如同树根一样交织在一起，无限地向下延伸，越是幽深的树根，也越能滋养丰沛的灵魂。

经常写作，还会发现，文字的排列组合是件治愈的妙事。字与字，词与词之间不是孤立存在，它们会呼吸，会产生彼此吸引的"场"，待以巧心把这一切串联起来时，文字也将自信地发出属于它的光。

打开窗户，看着眼睛清亮的小男孩，任由外面车辆声轰轰隆隆，鸟儿叽叽喳喳，视线始终也没有离开书，暂时进入到另外一个世界的，就像站在一艘远航的船上，他是自己的船长。

世界莽莽，时间荒荒，翻开书时，阳光洒下来。

阅读风潮

陈泽民

　　"阅读是人类获取知识、启智增慧、培养道德的重要途径，可以让人得到思想启发，树立崇高理想，涵养浩然之气。"2022 年 4 月 23 日，习近平总书记在致首届全民阅读大会举办的贺信中谈到阅读的益处。清朝姚文田曾说过"天下第一件好事，还是读书"。做自己感兴趣、超热爱的事总能让人心情愉悦、身体轻盈、精力充沛。2022 年已过去半年多，我回想了下，我做过几件跟阅读、文学有关的有意思的事。一是几篇散文入册结集出版，二是在绍兴电台 FM103.5 早高峰"我心向党·劳动创造幸福"云端诵读会节目中播送我朗诵原创诗歌《清白泉文化的"重要窗口"》，三是我在单位组织策划了"阅读风潮"好书好文好片推荐活动。

　　为深入学习贯彻习近平总书记致首届全民阅读大会举办贺信精神，全市各个机关企事业单位举办了丰富多彩的读书活动：组工悦读、书香组工、越读荟、"知书达礼"读书知识竞赛、诗文朗诵会、"越"读新时代读书月等。2014 年我有个简短的演讲，主题是"'世界读书日'与全民阅读"，脚步走到哪里，书籍和思考就应该跟到哪里，这样，纵然有一天世界格局变幻，内心不"潦倒"、不彷徨。我特别希望我们能营造全民阅读的氛围，重新拾起阅读特别是纸质阅读的激情，增加知识储备，让书香常伴身边，让文化底蕴延续，掀起爱读书、多读书、读好书的"阅读新风潮"，为文化绍兴建设提供强大的精神动力，这也是我策划"阅读风潮"活动的初衷。

有人说读书是最廉价的投资，一本书几十元，可以带你环游世界，可以带你穿越上千年的历史，可以获得著名企业家几十年宝贵的创业经验。阅读也是心灵的慰藉，茅盾文学奖获得者梁晓声先生接受凤凰卫视吴小莉访谈时讲了这样一段话：

"在那么破旧的一个家里边，你做着晚饭，然后锅里边是粗粮，苞米或者高粱米在熬着粥，炉火在你面前闪着红光，灯泡的度数又很低，这时候你一边看着锅，一边坐在火膛边的小凳上，同时看着一本喜欢看的小人书，灶口的红光会耀在书页上……"

从小生长在"光字片"的梁晓声先生能深刻体会到穷的感受，但"因为人的心性不可能总是绷紧着，总要给他们一个可以使心灵停泊在港湾的一个地方"，我想最终梁晓声先生通过阅读在"人世间"找到了可以停泊的港湾，实现现实与精神的短暂隔离，在阅读的世界里是没有贫富之分的，只有爱与不爱、来与不来，热爱阅读也让他逐渐攀上了文学的屋脊。

我的阅读情愫与几家图书馆、几家书店是分不开的，可以说她们记录着我的求知旅程，承载着我的韶华记忆。生命里爱上了阅读真是一件美好的事情。其实，我与阅读的情缘还蛮"坎坷"的。高三那会儿课业紧，有一次去校图书馆借了本《美国历史》，刚回到教室门口就被班主任抓到了，班主任很和蔼没没收也没批评，只是提醒我说："时间不多了学习可要抓紧啊。"最刺心的责备便是那温柔如风的关怀，之后我再也没有踏进校图书馆了。高一时，已经逛够了校图书馆，就想市图书馆会是什么样呢？土生土长的我，这么大了还没去过市图书馆好像也说不过去，于是就向同学问了去市图书馆的路，去了两次都没有找到，可能我真的是"书呆子"吧。有一次坐公交早下七八站路去找还是一无所获，每天两点一线让我与社会有些脱节，难道我与图书馆真的"无缘"吗？幸运的是，工作后我单位离图书馆新馆非常近，有时吃完中饭就踱步去图书馆借点书或看点东西，一上午工作的疲倦瞬间烟消云散了，有时晚上都会去新馆坐坐，给自己"充电"或者放空自己。从以前的寻不见到如今的常常见，我想，这也算弥补我当时的遗憾了吧。

虽然图书馆去不成了，心灵总要找个慰藉吧，刚好周末放学都会路过新华书店，久而久之我就逛了进去。新华书店是我人生中遇到的第一个书店，"雄鸡一唱天下白，天下书店尽新华"，读书时我天真地以为新华书店是全天下唯一一家书店，想想还蛮好笑。这家1937年诞生于革命圣地延安清凉山的老店陪伴我走过了学生时代，小学为学字到店里买了《新华字典》；中学喜欢买小说和音乐CD；大学入了党买了本红皮烫金《党章》。我与她有一种挥之不去的情结，是一种自然而然的需求与吸引，这不仅是学习需求，是阅读需求，还是生活品质与精神追求的需求，是岁月宁静、灵魂憩息的向往。

我有时在想，我们读书时真正喜欢看的书应该不是"应试"课本而是那些课外读本，生活中也很少有人整天捧着教材工具书在看，我们真正喜欢阅读的往往是那些"闲书"。阅读不仅为了丰富知识拓宽视野，还有身心的愉悦与慰藉。而这两者，新华书店都能给予我，从此处，从此刻，我便爱上了阅读。高中那会儿，新华书店不仅有书籍绘本，还有CD磁带、数码文具，为我单调枯燥的课业之余增添了一丝欢愉与解放。最怀念周末放学，总不着急回家，下了公交就拐进新华书店，捧上一本书狠狠啃读一番。到了暑假则能在店里泡上一天，蹭着凉爽的冷气，畅游在知识的海洋。那时候钱不多，买不了几本书，但能在书店饱读已经十分满足。

"养心莫若寡欲，至乐无如读书。"仿佛间，我生长在一个《平凡的世界》，听过《365夜故事》，度过漫长的《一千零一夜》，脑海中时常浮现出《十万个为什么》，渐渐有了《少年维特之烦恼》，敬仰《红岩》懂得《钢铁是怎样炼成的》，身在《围城》体会《百年孤独》，如今开始《追忆似水年华》。品读着《鲁迅全集》，针砭时弊中激荡着我的爱国爱乡情怀；翻阅着余秋雨的《文化苦旅》，换个角度看待中华文化思考良多。当然，还有金庸、莫言、冰心、张爱玲、王安忆等大家作品。《红岩》《天龙八部》《成语故事》（第一册）等几本书对我影响蛮大的，是它们让我爱上阅读，走上文学创作道路。一晃学生时代过去了，好多事情都发生了变化，莫言获得了诺贝尔文学奖，余秋雨著书和对盗版的抨击也少了，"转型"当了青歌赛评委以及到世界各地演讲。哦，如果要说还有不变的，那便是莫言老师还是"买不起"北京的房。

也许在新华书店、图书馆汲取知识营养的那段岁月，悄悄地在我心里种下了文学的种子，"熟读唐诗三百首，不会作诗也会吟"，我开始喜欢写一些文章和诗词，附庸风雅一番。语文老师推荐我去参加作文比赛，侥幸拿了个一等奖。如果仅凭课本上的"八股套路"，那只能是闭门造车；如果没有新华书店、图书馆给予我的知识储备，也写不出锦绣文章。我很感谢在新华书店、图书馆阅读的那段时光，时间是很好的积淀，珍惜你身边发生的每件事、每处景、每个人，终有一天会幻化成有用的"素材"。

虽然现在网络购书很方便，但有一些属性是网络书店所赋予不了的。现在很多人喜欢用 iPad、Kindle、手机阅读，主要携带方便，可我用这些电子产品看书，不久眼睛就会发酸疲累，阅读便索然无味了。关键它拾不起我的阅读激情，让忙碌的心安静不下来。翻开崭新雪白的书页，闻着悠悠印刷的墨香，这才是书籍阅读该有的样子。在新华书店，我喜欢看小朋友捧着书坐在地上快乐的样子，我喜欢看少女亭亭玉立翻着书秀发飘动优美的样子，我喜欢长者扶着眼镜专注研读安静的样子，这一切的一切，都让我满心欢喜。

阅读真是一种不知不觉的习惯，可能新华书店那种阅读氛围更浓吧。现在的新华书店开始兜售生活美学，文化体验消费也更加多元更具趣味，她对我而言已不是一种学习需求，更是一种生活方式。书荒的时候或者周末有闲暇，我总喜欢去新华书店购置几本书，有时我喜欢品着咖啡，翻看着感兴趣的书，任时光云卷云舒，慵懒地度过一个下午。

新华书店已走完80多年的风雨历程，而绍兴图书馆已逾百年风雨华章。那里有我驻足的身影和专注的神情，我爱这片蕴藏乾坤的天地，我希望陪你一起走下去，一起继续阅读。

开卷有益

林国熊

一

一本书，是一坛密封性良好的春天

收藏着一个季节的语录，如果再捕捉些

爱的形容词，加到人间的主语中去

会发酵成一小杯生活，为日子养颜

我承认，有文字的力量在源源不断地供应

我的幸福从不枯槁，那铿锵的字体

如一把螺丝刀，时刻校紧我身体里

所有松动的部分，并为我修补

灵魂的裂缝，我的人生才得以完整

二

是临鉴水山阴，莲出泥不浊，修竹碧凉

这是一阕宋词，在时光的册页中被打开

用一两清风，半杯月光调制而成

我在想，一只热爱阅读的鸟

路过一口清泉，也会停下来喝水

随着时间的沉浸，不小心也会成为那一滴墨香

成为一个走动的词，以山泉水濯足，净身

洗练出千古警句，我相信，每一个字
都是一滴外部世界的显影剂

三

《诗经》就像一个精神的芯片
用韵律的光芒，照亮我们暗处的命运
用浪漫主义的结尾，唤醒一颗沉睡的心
是啊，对一个热爱读书的女子来说
书是最好的护肤品。对一个肩负责任的男人来说
书是无穷的力量。每翻一次
内心的疼痛，就会减轻一分
其实我们都一样，需要文字
为我们分担生活的重量

四

读书的人，是有信仰的
有信仰的人，走到哪里，都身背光芒
最喜琅琅读书声，绕梁回旋
音律四溢。开卷有益，下笔有神
面对浩瀚的书海，我可以把一个词语的温度
调节得更宜人，可以在字词之间
勾勒出微妙的细节，可以在一个标点符号
养一片山河

五

这是一部抵万金的家书：知书达理
充盈的气节，疾恶如仇，爱憎分明

传承家风，激浊扬清。正衣冠，树品行
守底线，明是非，浩大如春风的誓言
是哪个深明大义的执笔人在撰写
纸上得来终觉浅，大气儒雅的词汇
在每个后人的心里长出了新语境

六

一行行捍卫公平与正义的法律条文
是淬炼和锻打内心的教尺
层叠的卷宗，用侠胆较量污秽与邪恶的传奇
被搬运到每个从政者的心上
有古人的训言为镜，如胸膛里的灶火
有了精神的柴禾

七

我相信，一本书就是光的载体
每一次提纯，净化，都是人间的一种大爱
一场温暖。读着某一个词组
就像将一枚小小的落日，含在口中
空空的身体顿时装满了霞光

追风赶月莫停留

孙诗涵

　　今夜，家人已睡，我独坐小轩，橘黄色的灯光投射在泛黄的书页上，听着窗外夜雨，一颗浮躁不安的心飘散在夜雨声中。一行行文字抑扬顿挫，渐渐聚拢，他，从白纸间走出，走进茫茫夜雨。

　　他的不幸，世人皆知。一生仕途坎坷，屡遭贬谪，于是后人便以其不幸而感自幸。从少年得志名动京师到人生巅峰，乌台诗案落魄流离，再至被贬黄州，以闲人自称。虽闲志不穷，宁为孤鸿拣沙洲，写下"有笔头千字，胸中万卷"，他有心灰意冷之时，绝不颓废丧气。

　　元祐八年（1093）的夜雨，"夜凉枕簟已知秋，更听寒蛩促机杼"。八年好梦一招皆散，颠沛流离的他，曾有"江亭醉歌舞"之乐，曾有"听江上弄哀筝"之趣，曾有"竹溪花浦曾同醉"之意，八年风光终是南柯一梦。如今，只能枕在凉枕上，冰冷秋雨打湿窗棂，打湿他的心。

　　梦华之际，他却着眼"花褪残红青杏小，燕子飞时，绿水人家绕。枝上柳绵吹又少，天涯何处无芳草"。天涯？的确，朝廷反复无常的旨意驱使他奔波到了惠州。梦游华胥之际，他又重拾内心平静，即使远在天涯，自有芳草。外观世音，内心自在，心若向暖，流年可安。这样的人生态度，"既来之，则安之，既安之，则爱之"，于是心便有了栖息地，便不会再流浪。心在，天涯何处无芳草？

　　元丰六年（1083）春，他走在林间沙路上，竹杖芒鞋轻胜马，步伐从容。一蓑烟雨中，走来，走去，他的一生。壮年的他，回首青年有志的自己，走向不可知的暮年。回首向来萧瑟处，回首流年。风雨摧击之时的他走在人生之路上，并没有像壮年的蒋捷虽鬓已星星，感慨悲欢离合总无情，一任阶前雨点滴到春明。他只是暂寻清幽林间沙，壮一壮志气，重拾起登高峰的勇气，做出了笑对人生风雨选择。待林间雨渐渐小去，便整装待发，从容走向山头斜雨，走向料峭春风，走向后半人生。

竹林道上的雨渐渐消散，苏轼潇洒的身影渐渐缩小。橘黄色的灯光投射在《人间有味是清欢——苏轼的词与情》上，轻轻一合，雨还在下，却多了平静。学习上的烦闷，期末考的失利瞬间化为几滴春雨，便释然了。

很喜欢席慕蓉的一句话："每一条走过来的路，都有不得不这样跋涉的理由，每一条走下去的路，都有不得不这样选择的方向。"我们在人生路上，难免夜凉枕簟听秋雨，总有失利，总有烦恼。东野圭吾所说"若不乘风走时扬帆，船是不会前进的"，哪怕"明日天寒地冻，日短夜长，路远马亡"，终将前进。或许会在成长路上迷茫、徘徊，但停歇过后，总要整装待发迎向山头斜雨，料峭春寒。只管相信一切都会好，蝴蝶终会来，繁花终会盛开。正如《人民日报》中的文章所说："山再高，往上攀，总能登顶，路再长，走下去，定能到达"，我们终能摘得天涯的芳草。

追风赶月莫停留，平芜尽处是春山。少年轻歌似马，自信飞驰人生大道。哪怕一时翻身下马，只管轻拍尘土，纵马扬鞭，乘风好去，长空万里，直下看山河。

外婆的广告纸

王佳娜

　　某天，我漫无目的地刷着手机上的视频新闻，忽然一则趣闻映入了我的眼帘。视频中的老奶奶将从超市带回来的商品宣传广告纸剪成一小张一小张图片，继而让小孙子来识图认字。看到这里，我心中不由得赞赏起这个奶奶信手拈来的聪明智慧，也不禁让我的思绪游离，怀念起我的外婆。

　　时光飞逝，外婆已经去世三年，但音容笑貌仍然常常浮现在我的眼前。外婆独居将近 30 年，这对于喜欢热闹的我来说，这样的孤独至今是无法想象的。可是每每抽空去看望外婆，她总是显得"很忙碌"。在外婆"忙碌的事情"中，"喜欢阅读广告纸"对于她来说是一件特别有意义的事，这也成了我怀念她时，脑海中时常浮现出来的一个场景。

　　记得有次去外婆家，看到桌上堆了一大堆广告纸，也不知道外婆有啥用，总觉得不卫生，于是我对外婆说："外婆，这是超市宣传广告纸，没有用的，你可以扔掉了！"听到我说要扔掉，外婆急忙跟我摆了摆手阻止道："这个纸不能扔，我还没整理过。"听到这里，我不禁有些纳闷：这花里胡哨的广告纸，难道是外婆为了收集起来卖钱吗？要知道老年人总有些节省的习惯，收集些废旧纸张可以卖些小钱。

　　此时，外婆拉开桌子的抽屉，从里面似乎寻找着什么，找着找着她突然掏出一张画满圈圈的广告纸。她拿着纸凑到我面前，认真指着其中一个圈问我："这个字是念'箱'吗？""这个字呢，怎么读？"

一个字，两个字，三个字……外婆一个字一个字地指着，我一个字一个字耐心地读着。我每次念完一个被外婆用圆珠笔标记起来的字后，外婆又会跟着重复地念叨几下来让自己记住。"哦，原来是这样读啊"，记住了我教她的字后，外婆似乎心满意足，她学有所成的样子像极了一个天真烂漫的学生。

从那时起我才知道，原来这些广告纸是外婆的心头好，我也终于明白为什么每次去外婆家，门口的信箱里外婆家那个格子总是被擦得锃亮。虽然外婆没有订阅任何报纸，但她把投递进邮箱的广告纸视如珍宝。每天她都会打开信箱看看有什么，如果是广告纸，那她便会十分开心地收入囊中，从没让信箱满溢出来过。所以，往往别人的信箱或是塞满广告纸，或是积满灰尘，只有外婆家的信箱里总是干干净净，里面空空如也。

每次外婆需要我教她识字，我也会耐心地教会她。看着近 90 岁的外婆还求知若渴的样子，我瞬间明白了这些不起眼的广告纸对于外婆的意义所在。出生于 20 世纪 30 年代的外婆，在那时没有读过几年书，作为家里的大姐，她早早地操持起了家务。外婆年轻时由于识字不多，虽然工作能力强，但在单位里也吃了没文化的苦，我想这应该给外婆的过去带去了些许遗憾，当然还有些不为我们所知的困难吧。

外婆退休后，外公去世得早，儿女们皆已成家独立在外。在近 30 年的时间内，外婆就自己过起了独居老人的生活。虽然在我看来外婆总是孤独的，因为邻居们说每天早上和傍晚她都会坐在自家楼道口看着来往的过路人，如果看到我去，便会十分欣喜。可是在长久的孤独时光中，外婆也把自己的一天安排得满满当当。每天中午和晚上，她都喜欢看电视新闻了解国家的时事政治，而每次我去外婆家，她总会把积累起来的问题来让我答疑解惑。她从零星可以学到字的地方，自己默默识字，有时候她在和我们晚辈聊天时也会蹦出来一些很现代、很时髦的词语来。我想外婆虽然自己在认真识字，但也是在不断激励着我们可以一直好好读书。

　　一切过往，皆为序章，不同时代的人有着不同的命运。随着时代的不断进步，现在的阅读方式日趋多元化，我们能够获取知识的途径也越来越多。每每想起识字不多的外婆，却在生命的后半程依然保持对学习和读书的兴趣与热爱，这也激励着我让读书成为一种习惯，多读好书开阔眼界，提升思维。只要做个生活的有心人，就可以从各种途径获得读书的机会，在阅读中汲取知识的力量，在阅读中感悟生活的真谛。

　　阅读也可以成为一种美德代代相传。

把书当"下饭"

朱百尧

我家的餐厅里有张四人桌，四面各有一只抽屉，抽屉周围的空间很大，下面还用木板封住，拉出抽屉，里面能放好多东西，这个能放东西的地方我们叫"抽斗肚"。

"抽斗肚"很隐蔽，有时，我们将家里一些贵重的物品，包括临时要用的钱、手表等也放在里面。当然，抽斗肚里还藏着我们三姊弟各自看的书籍。不过，一般情况下，我们是将正在看的书放在抽屉里的，只有在紧急情况下，才会将书藏到抽斗肚里。

姐姐长我 10 岁，哥哥长我 7 岁。从记事起，我就看到姐姐和哥哥在吃饭时总喜欢从抽屉里拿出一本书放在饭桌上，边吃饭边看书。"吃饭时不能看书！"母亲虽然一再呵斥，但姐姐和哥哥总是装耳聋没听到，只有当周六父亲回家时，姐姐和哥哥才手捧饭碗，规规矩矩地吃饭。

也许是受姐姐和哥哥的影响，打我识字后，我竟也学着姐姐和哥哥的样，吃饭时在桌子上放一本书，边吃边看，忘了夹菜。久而久之，我竟把书当成了"下饭"，即下饭的菜。

"吃饭时不能看书！"母亲又在唠叨，但没有威慑力，三只饭碗三本书，宛若餐桌上的读书会。"你爹回来，让他教训你们。"这是母亲最后的撒手锏。

父亲在城里工作，一周回家一次。"吃饭时不准看书"，父亲的态度比母亲坚决，而且一刮风就下雨，骂声刚入耳，筷头就已经落在头上。因此，每到周六，聪明的姐姐和哥哥早早就将书收起藏到抽斗肚里。可我，自视"老小受宠"，无所顾忌，有一次，还殃及池鱼。

一次，吃中饭时，看到父亲和母亲在商量家事，我就悄悄拉开抽屉，低头看里面的书。"吃饭！"父亲说，可我因为沉浸在"皇帝的新装"里，没有对父亲的话作出反应。突然，我觉得身旁竖起了一道黑影，紧接着，一只黝黑的大手伸到抽屉里，"吃饭时谁让你看书？"父亲边吼边动手，将我抽屉里的书统统扔到地上，最后还把姐姐和哥哥藏在抽斗肚里的书也搜了出来……

打丫头羞小姐，我知道父亲的"火"不是冲我发的，他是在教训姐姐和哥哥——摇船作舵，头板纤要拉好。

可事实上，父亲也很爱书。"书本上面不准放袜子、裤子，不准将书带进厕所，破损的书要及时修补……"父亲常常这样教育我们，还常常将"破四旧"人们丢弃的书捡回来。

父亲捡回来的书都是当时很难看到的，有四大名著、外国小说等。可是，父亲不知道的是，这些书我们大多是在吃饭的时候看的——姐姐和哥哥要参加生产队的劳动，我有自己的功课。

后来，我也知道吃饭时看书是一种坏习惯，并且对身体有害。可是，习惯一旦形成，要改过来真的有点难，直到现在，我仍把书当"下饭"，只是在孩子们面前，不再边看书边吃饭，一本正经，吃一口饭，夹一筷菜。然而，因为桌上没有书，再好的菜也食之无味。

沐阳而生的小禾

邵江红

"宝贝，今天奶奶唱什么歌呢？"

"共产党。"

哇，一语惊艳了时光。

孙宝刚过两周岁，正是天真烂漫地玩耍时期，好在他语言开发较早，已经能够较顺畅地作口头表达，所以也方便了我们之间的互动。我和孙宝之间有个保留节目，那就是唱歌。孙宝还只有六七个月大的时候，不耐坐车，时间稍长就开始闹。我就给他唱歌，只要我一唱歌，他就安静下来。一首歌唱完了，他就"嗯嗯"地抗议，我再唱，他又安静地听。周岁左右，我抱着他唱歌的时候，他安静地听，唱完了，他会说："还要。"那就再接着唱。等到一周岁半左右的时候，我的记忆里存储歌词的歌曲几乎都唱遍了，而且我们之间的互动也非常默契，一首歌里的很多句歌词，他都能接。比方说"歌唱我们亲爱的祖国，从今走向——"唱到这里，他会奶声奶气地接着唱"繁荣富强"，这个还坐在童车里的小人儿，竟然唱出了这四个字，还把右手的小拳头举得高高的，范儿很足，怎能不让我感动。

我是 20 世纪 60 年代出生的人，时代赋予了我们很多的文化烙印，就比如歌曲，所谓的老歌，就是 20 世纪八九十年代文化兴盛的代表元素之一。歌曲都是伴随青春而长的，青春也因歌曲而蓬勃，所以我也没有辜负那个时代，多多少少受到歌曲的美好浸润。倒是随着年龄的增长，虽然也喜欢欣赏时尚的流行歌曲，但是能留下印痕的不多，特别是歌词，往往听过唱过便随风而去，以至于经常唱了上句没下句。没想到时光荏苒，在岁月的这头，在孙宝清澈的双眸注视下，我的那些老歌重新焕发了活力。《洪湖水浪打浪》《歌唱祖国》《北京的金山上》《弹起我心爱的土琵琶》《映山红》《外婆的澎湖湾》……我从不敷衍，尽量把调唱准，把词咬清，他听得认真，一动不动，萌态可掬。

孙宝坐在我的膝上，我问他："今天唱什么呢？嗯，嗯，唱《明月几时有》？"

"不要。"

"唱《弯弯的月亮》？"

"不要。"

"那就《三月里的小雨》？"

"不要。"

"那唱什么呢？"

"《绒花》。"

哇，这是他第一次报出歌名，当真吓了我一跳。于是我开始唱："世上有朵美丽的花，那是青春放光华……"

就在孙宝一次一次的"催促"下，我不断地搜索记忆深处的那些美妙音符，那些闪亮的歌词，简直是一场红歌大运动。那天我突然记起了这首歌《社会主义好》，这歌节奏明快，动感很强，歌词我也能够完整地"脱口而出"，唱了一遍，孙宝说还要，我又重复唱了两遍。

时隔一周，孙宝在周末回来，我们祖孙两个又开始唱歌游戏，当我问他今天唱什么的时候，他迅速地回答："共产党。"他没有准确说出歌名，但是他紧紧抓住了关键词，我非常惊喜，马上为他点赞。当我唱到第二段"共产党好，共产党好，共产党是人民的好领导"时，我把第二个"共产党好"留了出来，我知道，他准能接得上。

就在孙宝即将出生的时候，我开始考虑隔代教育的问题。中国的家庭，从多子多孙到独生子女，再到放开二孩三胎政策，半个多世纪以来这条发展的曲线，逐渐把孩子的素质教育提升到了国家发展的主要层面上来了。我们都知道，孩子的早期教育永远落在家庭，家长是孩子的第一任老师，然而在这个阶段很多年轻的父母尚在打拼事业，祖辈便成了带养孩子的主力。如今，当我也走上这一阵营的时候，便有了很多的想法。

一切从陪伴开始。几乎从他出生的时候起，天猫精灵就会播放很多很多的儿歌童谣，音乐的熏陶并不缺乏。当那次孩子闹坐车时，天猫精灵不在身边，我为孙宝唱歌救场，从此一发而不可收。我始终都在觉得，中国文化的传统教育有着深厚的内涵，不仅仅是几首老歌，中国的书法、太极、民乐等，都是艺术瑰宝，人间精华。为了孙宝，我要学的东西很多。当我意识到家里有个爱红歌的宝宝，便也激发了我的唱歌热情。2021 年，庆祝中国共产党诞生 100 周年之际，全省公安系统开展了原创歌曲征集活动，我们分局选送的原创歌曲《圆梦此生》获得了一等奖，而我正是这首歌的词作者。当我把这首歌唱给宝宝听的时候，他还不能理解歌曲的意义，他更不会知道，这首歌曲的每一句歌词，都有宝宝带给我的激情和力量。

我能为孩子做点什么？在他清澈的认识里，世界应该是美好的，照进他心灵最初的光，应该是什么颜色？在家里我们为他打造了独立的书房，我为他准备了一些儿童读物，这个世上最不会过时的恐怕就是书了。我还把自己练习书法的用品移到这里的书桌，允许孙宝上来涂鸦，让书房提前浸润墨香。很多时候，我们带着他外出，带他看工地上的挖掘机、吊机、搅拌车，带他开车在马路上跟着洒水车看喷水的翅膀，带他去樱桃林看枝头红果晶莹，带他去乡村看大片的绿色草地……这个过程中孩子会"发明"好多动听的词语，感受到他不断的进步，也收获很多很多的快乐。暑去秋来，冬辞春回，我为孙宝记录着他的蹒跚足迹，也写下了我们家庭早教的点滴成绩，也是我在隔代教育中的真切感受。而另外一本书，是宝宝的照片书。每一帧照片都是孩子成长过程中的星光闪耀，都是我们共同的美好记忆。

孙宝爱红歌，这是缘分，也是我们家庭送给他的人生最初的礼物，相信这一本早教的"书"，值得他阅读一辈子。

孙宝名叫小禾，嫩芽已出尖尖。

火炬

诗歌是火，他们的事迹是火，他们的精神是火，他们的信仰是火，火抵达灵魂，带给灵魂的是光和热。这些光，将灵魂深处的困惑、迷惘照耀得无处遁形；这些热，让灵魂深处的自私、慵懒燃烧成灰烬。

光和热，直向灵魂抵达

——读李建春诗集《信仰的火焰》

周太科

阅读诗集《信仰的火焰》，感觉有光和热直达我的灵魂。

早在十年前，是诗人也是共产党员的李建春便萌生了为党的百年华诞写诗献礼的想法，想法最终在团结出版社燃烧成了熊熊的《信仰的火焰》。书中书写了 102 位人物，一位人物就是一团火焰，其中 100 团火焰为优秀共产党员，闻一多和袁隆平虽不是共产党员，但他们有着共产党人一样的红色情怀和信仰。

用德语写作的诗人策兰说："诗歌从不强行给予，而是去揭示，不是单一的道德说教。"阅读《信仰的火焰》前，我担心将要阅读的是说教的诗歌，因为写红色题材的诗歌，稍不留神就落入了说教的窠臼。然而阅读后，我发觉我成了杞人，还为能读到这种令人荡气回肠的红色题材诗歌而拍案叫绝。比如书写杨靖宇的《不敢轻易想到寒冷，胃》中这样写道："更不敢轻易想到，胃 / 我怕想着想着 / 就想到遍地的粮食和幸福 / 我怕想着想着 / 就泪如泉涌"，读到此处，我的眼睛潮湿了，真想痛快淋漓地大哭一场，以表达对革命先烈的敬意和缅怀。敬意是由衷的，缅怀是真诚的，因为眼睛的潮湿是由杨靖宇当年胃里的枯草、树皮、棉絮联想到今天的粮食和幸福引发的。

诗人艾青说："诗是艺术的语言——最高的语言，最纯粹的语言。"语言不干净，就像柴禾不干有水分，燃烧时会冒浓烟；或者就像干柴禾里混杂着塑料垃圾之类的玩意儿,燃烧时冒烟不说还异味刺鼻。《信仰的火焰》里的语言干净纯粹,富有张力,是值得欣赏的。书写红色金融家毛泽民的《把那些年轮精准划分》里,有这样的句子:"所到之处/连半双鞋子也没有打湿,甚至/连一粒尘土也没有粘上",让人自然而然联想到"常在河边走,哪有不湿鞋"的俗语,再联想到共产党人的清正廉洁,这三言两语,胜过万语千言。

诗人泰戈尔说:"人的种种情感在诗中以极其完美的形式表现出来,仿佛可以用手指将他们拈起来似的。"《信仰的火焰》就有这样的效果。书写夏明翰的《重读〈就义诗〉》,结尾这样写道:"诗作者,是一尊青花瓷/由字里行间的血气/精心烧制而成/那是中国革命的瑰宝啊/即使被打得粉碎/每一块微小的碎片里/也滴着殷红的血",这是间接抒情,字里行间流露着对革命者高贵的气节和信仰的赞美。书写屠呦呦的《一株摇曳的青蒿》,结尾则是直接抒情:"我鞠躬,我仰望/虔诚地对一个中医药史上的奇迹/包括,一株摇曳的青蒿",字里行间表达的是对科学家的歌颂与敬仰。那些湿漉漉的情感,不是水,而是油,所以读着读着,火焰便在心里愈燃愈烈,愈燃愈旺。

《信仰的火焰里》,可见很多新奇的修辞,如"比如,紧握手中/那根名叫毛笔的绣花针/决意缝合破碎的山河,以及/混乱不堪的伤痛和呻吟"(书写王尽美的《一张脸涂满真理的色彩》)。还可见很多耐人寻味的哲思,如"雄辩地证明/某些生不如死/某些富贵不如清贫/某些钢铁不如意志/某些酒肉不如草根"(书写杨靖宇的《不敢轻易想到寒冷,胃》)。更可见多彩的意象,丰富的表现手法,营造出优美而深邃的意境,或者燃烧出美丽而温暖的火焰。尤其是书中的诗都非常好读,有着强烈的音乐性和节奏感,让人情不自禁地与诗一起律动,甚至情不自禁地读出声来,并一口气地读下去,读了有一种酣畅淋漓之感。

托尔斯泰说:"诗歌是一团火,在人的灵魂里燃烧。这火燃烧着,发热发光。"按我的理解，诗集的名字《信仰的火焰》，至少包含两个方面的含义：一方面是信仰像火焰一样照耀着他们前行，另一方面他们本身就成了信仰的火焰。诗歌是火，他们的事迹是火，他们的精神是火，他们的信仰是火，火抵达灵魂，带给灵魂的是光和热。这些光，将灵魂深处的困惑、迷惘照耀得无处遁形；这些热，让灵魂深处的自私、慵懒燃烧成灰烬。

《信仰的火焰》，我将奉为至宝。

红脉赓续

——一个百年前的初心故事，为何让我怦然心动？

陶剑刚

窗外，树影婆娑，每一片叶子，载满春日轻盈的阳光，摇曳生姿。阳光透过窗子，照在书上。书在我的手中，我陷入了沉思。此刻的我，有一种恬静的神情；此时的时光，如同憩在花前的一只蝴蝶，静止了。被阳光轻拂的这本书，是装帧普通的书，却承载着一个火热的灵魂，一个百年前的初心故事在娓娓道来——《俞秀松文集》，正是这本书，给我这位普通读者强烈的震撼。

回望初心

生于 1899 年 8 月 1 日浙江诸暨次坞溪埭村的俞秀松，父亲是清末秀才，曾任县教育局督学。他的家庭条件虽不是钟鸣鼎食，大富大贵，但也不至于饿肚子。生活是过得去的，能吃饱饭，读好书，能找一份好营生，娶一门好亲，生几个孩子……然后愉快地生活在江南一隅。

然而，他放弃这一切，毅然参加革命。

1919 年寒假过后，俞秀松离开家乡去杭州。临上船时，他对前来送别的弟弟俞寿乔说："我这次出去，几时回来没有数。我要等到大家有饭吃，等到讨饭佬有饭吃时再回来。"

读着这些朴素而又滚烫的话语，我内心久久不能平静，甚至有身临其境的感觉。我始终认为，倘若俞秀松这样说："我这次出去，到杭州、上海、北京，等我发达了，混出个名堂来，再衣锦还乡，光宗耀祖。"
这也不过分。在那个兵荒马乱的年代，一个乡间秀才家庭的读书人，
一个有着耕读传家乡风的诸暨人，即使有这样的想法，又何尝不可呢！

然而，年轻的俞秀松当然不会这样说，甚至连想一想都没有。初心？
我想到这两个字，又想，这就是初心。

他的初心，非常明确。这一走，他的目的不是为了个人，而是为了"要
使街头的讨饭佬有饭吃了"。这是何等情怀，何等大志，何等地让人
真实感觉到他的不平凡。

我一页一页读着《俞秀松文集》，如同爬上时光的楼梯，看到一
个衣着朴素、精神抖擞的青年书生，一个真实的、有血有肉的、有豪
气有朝气的年轻人，正大步向时代走来，他的背景却是风雨飘摇，赤
地千里的旧中国……

践行初心

这是一个让人无比感怀的沧桑岁月。

这是一段让人肃然起敬的红色故事。

这是一个外敌入侵、山河破碎、社会动荡、风雨如磐的旧中国。

猛然间，我看到一个面对这一切义愤填膺的青春面庞，一位如风
俊秀，如歌激昂的江南读书人。

照片中，这个文质彬彬，一介书生模样的年轻人正在静静地看着书。
中等个儿，一双睿智的大眼睛，透过一副圆框眼镜，饶有兴趣地打量
着我。我发现他的眼神中，要问我一点什么……

阅读《俞秀松文集》让我走近了他的人生。

俞秀松是这样践行他的初心的。在浙江萧山临浦的高等小学读书
期间，他就写有一篇《愚公移山论》，提出："若人人有愚公之毅力，
则中国何患不强乎？虽强大之国，事何畏彼哉？"他所具有的强烈的
忧患意识和爱国情怀，让我惊叹。

在相邻的绍兴，徐锡麟、秋瑾等仁人志士为推翻落后的晚清封建专制主义统治，舍生取义，抛头颅，洒热血。这深深影响了他，随后，他写有《论游说之士与任侠之士之异点》一文，主张蓄志十年，以革命抗拒外敌、革除专制、实现共和，推崇"如徐锡麟之于恩铭"的行为，这些体现了他践行初心的决心。

读着这些散发着人性光辉，带着善良人温度的语言，传递给我的是这位有为青年的踏实与稳健。"一语不能践，万卷徒空虚"。俞秀松早就立下抱负，要从个人利益和家族圈子中走出来，投身到改造社会的实践中去。《俞秀松文集》有这样一段话，俞秀松说："我的志愿是要做一个有利于国、有利于民的东西南北的人。"

在中国历史上，有许多革命者明知政治活动充满危险，却义无反顾，明知理想不会很快有结果，仍一如既往。

明媚阳光在轻拂书，也轻拂着我。我惊讶于眼前的这本《俞秀松文集》。它不是诗歌，不是小说，不是散文，是一部记录主人践行初心的政治读物，有他的作文、日记、书信、文章、报告、自传、申诉书等大量原始资料。

它带给我强烈的阅读快感和灵魂震撼。

从书中我看到了一个真实客观反映中共党团创建史、中共与共产国际关系史、新疆革命史的历史缩影。逐页读罢，让我惊讶。词词句句，如水之清澈，如林之幽峭，犹如一粒粒闪亮的珠子，穿透了茫茫岁月，穿过了深邃的历史隧道，正敲打在我的心坎上。

守护初心

感谢春光，为我打开这本大书。窗子里飘进来新生叶子的香气，春风抚摩着我的脸颊。我扪心自问，这部文集究竟让我感受到了什么？那是主人远大的志向和守护初心的乐观、坚韧、向上精神。

一封给父亲俞韵琴的书信中，他写道："实验我的思想生活，想传播到全人类"，"我要救中国最大多数的劳苦群众"。

初心如磐、使命在肩。我深深感受到了信仰的力量。

我看到党的二十大这一面鲜艳的旗帜，在中华民族伟大复兴的征程上高高飘扬。习近平总书记说："为中国人民谋幸福、为中华民族谋复兴，是中国共产党人的初心和使命。"掷地有声的话语是守护初心的根本所在，也是喜迎二十大，建功新时代的胜利所在。尤为让我感动的是，俞秀松百年前的初心，要让全中国老百姓有饭吃，现在做到了；俞秀松为之奋斗的美好生活，今天实现了。然而，对守护初心提到了当口，俨然电影中的"蒙太奇"。恍惚之间，便是百年。读着烈士铿锵有力的遗作，遥想百年前他的初心和他的奋斗岁月，更加体会到新中国来之不易，更加体会到守护初心的重要。

如时光之镜，读《俞秀松文集》开启了我与一个热血灵魂的对话。百年前的初心故事，仍然不老。"道虽迩，不行不至；事虽小，不为不成。"要像俞秀松那样，使守护初心不驰于空想、不骛于虚声，不负时代、不负人民。

我想，唯有回望初心，践行初心，守护初心，以"利民之事，丝发必兴"的觉悟，有"但愿苍生俱饱暖"的大志，多谋民生之利，多解民生之忧，才能凝聚奋斗新时代的磅礴力量。

叩问初心

古人说，"以铜为镜，可以正衣冠"，时常叩问初心，方可时刻映照自己的灵魂。俞秀松清正廉洁，以身作则，不管顺境、逆境，处处体现对党的忠诚。在新疆时，当局希望他接受教育厅厅长的委任状，称当了厅长就有小汽车接送，有大房子居住，他严词拒绝并毅然退回委托书。"莫见乎隐，莫显乎微，故君子慎其独也"。古人尚且提倡"君子"要"慎独"，更何况共产党人，更要主动接受组织、制度监督，在细微处"慎独"，做到自律，不放纵、不越轨、不逾矩，不断净化自己。

穿越百年，掩卷沉思。"鉴湖越台名士乡，忧忡为国痛断肠"。有2500多年历史的"名士乡"绍兴，有着永不褪色叩问初心的红色家风。有多少绍兴籍革命知识分子犹如璀璨星辰，闪耀在中国革命的星空。

1920年8月，上海共产党早期组织成立，邵力子、俞秀松在发起人之列。至1923年，全国420名中共党员中，绍兴籍有16人，其中周恩来、王一飞、梁柏台、宣侠父、汪寿华、张秋人、郑复他、宣中华、叶天底、何赤华等成为早期中国共产党及中共地方组织的著名领导人；蔡元培、鲁迅、胡愈之、马寅初、竺可桢、何燮侯等一批爱国民主人士，为中华民族的独立与解放，作出了不可磨灭的贡献；在对中国革命道路进行艰辛探索与实践中，有1450多名绍兴儿女献出了宝贵生命，谱写出了一曲曲动人的赞歌。

红色基因，薪火相传！

放下书卷，我放眼望去，远处一排数十株苍翠挺拔的古松树高耸入云，如同一个个革命志士，目光凝视云霄；恰似叩问初心的诉说，饱含正能量。我猛然想到鲁迅先生的那句话："将来总会有记起他们，再说他们的时候的。"现在正是"再说他们的时候"。

《俞秀松文集》让我目睹了为中国的前途而英勇献身的烈士那铿锵有力的遗作，这些火一样的文字是回望初心、践行初心、守护初心和叩问初心的历史注脚，是激励后人实现中华民族伟大复兴的不竭动力！

我喃喃自语：秀松长青，红脉赓续。

"觉"历史之艰辛，"醒"现世之使命

——读《觉醒年代》有感

毛佳钦

当阴邃的黑暗，以可怖的姿态，笼罩着九州苍穹时，他们一脚踏破泥泞，以星星之火带给黎民一丝曙光。当遍地的饿殍，如行尸走肉般，苟且在华夏大地时，他们振臂高呼，以振聋发聩的暴喝启发民智。他们是千千万万觉醒了思想，有济世胸怀的爱国志士。他们乘着小小红船，渡过急流险滩，挺过惊涛骇浪。前赴后继地，以凡人之躯搭建渡人之船，只为觉醒一个日暮穷途的民族。

"觉"生灵涂炭之凄惨，"醒"忧国忧民之丹心

回眸那段风雨飘摇的峥嵘岁月，曾经那个睡梦中的民族，好似一只任人宰割的羔羊。长期的封闭使得国人思想闭塞，时时沉醉于天朝的幻梦中。无知的国人根本看不见自己正一步一步地走向深渊。所幸，人群之中还有他们，他们是最先醒来的人，他们是最早看见的人。他们在暗夜破晓处汇聚莹莹之火，将其熔铸为"冀以丹心沃中华"的赤胆忠心。凡所见，皆为希望；眸所至，星火燎原。他们是《觉醒年代》中的每一位先驱。

而他们之所以最先觉醒，是因为他们的看见，绝非匆匆一瞥。若非身心与百姓共悲苦，若非矢志为家国求出路，又怎么能在黑暗中看见真正的光明。《觉醒年代》中，陈独秀吃涮羊肉的讲究和人力车夫

吃涮羊肉的狼吞虎咽做对比便指出了这一点。所幸，我们的先辈们无时无刻不在鞭挞自己真切地为国为民，深切体会基层人民之悲苦。

当"觉"生灵涂炭之凄惨时，遍地饿殍便无法再视而不见，国难当头就不能再袖手旁观。诸君且看李大钊以青春之名呼吁觉醒，周树人在铁屋中发出呐喊，这是点燃的真；顾维钧据理力争维权，五四运动声嘶力竭追求，这是不灭的善；陈延年长跪不屈，赵世炎慷慨赴死，这是雄壮的美。当真善美于看见中凝聚为点燃长夜的烛火，所有的视而不见与置若罔闻便成了怯懦与虚妄的几卷经文，烛火终将使其焚尽，烧裂为无限光明的未来。

"觉"时代青年之担当，"醒"奋发踔厉之决心

"青年如初春，如朝日，如百卉之萌动，如利刃之新发于硎，人生最可宝贵之时期也。"《觉醒年代》中，新文化运动的倡导者陈独秀先生曾在《青年杂志》的发刊词《敬告青年》一文中道出了青年的力量。然而当时的中国已是"白首中华"，是"渐即废落之中华"。对于这样一个中国，年轻一代知识分子中，不少人对国家的前途感到迷茫，有的甚至产生悲观厌世思想。为此，27岁的李大钊在《青年杂志》更名为《新青年》的那年，怀着满腔热血，写下《青春》一文。在他笔下，青年能以中立不倚之精神，肩兹砥柱中流之责任。青年能背黑暗向光明，能为世界进文明，为人类造幸福……他以赤诚而坚定的信念感召了一大批青年，成了那一代青年的挚友与导师。而正是那一代青年，是他们在"外争主权，内除国贼"和"还我青岛"的呐喊声中发起了五四爱国运动，这次运动更是如平地惊雷般点燃了革命的火焰。也是他们纷纷投笔从戎，为保卫平津、华北，驱逐日寇而流尽最后一滴血。前赴后继的他们"为中华之崛起而读书""为子孙后代能享受幸福而披荆斩棘"……满腔赤诚的他们在"千年未有之大变局"中，以青春之我，创建青春之家庭，青春之国家，青春之民族，青春之人类，青春之地球，

青春之宇宙。

百年来，五四运动精神不曾因时代更进而有一丝一毫减淡。习近平总书记说，青年一代要励志，立鸿鹄志，做奋斗者。揆诸当今青年，确有这样一群默默无闻的平凡英雄，他们"觉"时代青年之担当，"醒"奋发踔厉之决心。在危难时挺身而出，让青春在奋斗篇章中绽放光芒。在病虐桀桀危亡处，90后的白衣青年团以"苟利国家生死以"的刚健勇毅，不畏艰险冲锋在前。当洪水泛滥围困时，蓝天救援队以"甘流汗血为天下"的姿态，不分昼夜，穿行于抢险处……

一代青年有一代青年的使命，一代青年有一代青年的精神。正如李大钊先生所言："地球即成白首，吾人尚在青春，以吾人之青春，柔化地球之白首，虽老犹未老也。"是以国家的未来属于青年，国家的希望在于青年。有什么样的青年，就有什么样的未来。

今日之中国，早已成为一个摆脱冷气，江河日上的中国。这离不开先辈们觉醒后燃烧自身铸就的燎原之火，也离不开一代又一代青年勇敢担起时代赋予的历史重任，在新时代的浪潮中奔涌、逐浪。如今，为维持这份欣欣向荣，引领中华民族这艘巨轮驶向更光明的未来，吾辈更应该赓续这觉醒的精神炬火，不囿于前人已有的理论，不安于看似繁荣昌盛的现状，在一次次自我审视中发现时弊，永不失开放、包容、进步的觉醒之魂。

《三月雪》开在记忆里

许庭杨

  青少年时代，我购买过不少少年儿童读物，儿童小说、儿童散文、儿童诗、童话、童谣、寓言，都见到就买。然而，随着时间的流逝，因工作变动、搬家等各种缘故，我的一些儿童读物散佚，也有的因阅读兴趣转移，送给了别人。但我还是保留了十多种儿童读物，作家肖平的《三月雪》就是我保留的儿童文学作品之一。

  《三月雪》，1979年5月由人民文学出版社出版，32开本，8.8万字，定价0.63元，浅蓝色的封面左上角，是一种名叫三月雪的花朵。该书是我1979年在县城读高中时所购。此书随我辗转了30多年，除了装订书的金属丝锈蚀，保留得还算差强人意，没卷角，书页也没发黄。

  《三月雪》是一部反映少年儿童生活的中短篇小说集，是作家肖平在"文化大革命"前创作的，共收录8篇小说。作者以生动的情节、细腻的笔触，刻画了几个少年儿童在革命战争年代英勇斗争、在社会主义时期参与祖国建设的光辉形象，同时也塑造了热情关怀下一代健康成长的革命老一辈的感人形象，语言优美流畅，富有儿童情趣，颇具艺术特色，是我读过几次的优秀儿童文学书籍。

  书中的第一篇小说《海滨的孩子》，写儿童二锁到姥姥家后，在接近大海、亲近大海、熟悉大海的过程中发生的趣事，也写了二锁与海浪、潮水搏斗的勇敢，写出了儿童的天真、无畏和心性。《养鸡场长》写"我"在战争年代认识的7岁小女孩小英，8年后，我重返小英家所在的村子寻找小英时所发生的种种趣事，由于相距时间长达8年，相貌变化大，在寻找小英时被孩子们捉弄、相见不相识，以及小英成长为农业合作社养鸡场长的故事。人物形象丰满，性格鲜明，对话符合人物性格特征，心理活动也贴合人物年龄、身份，故事读来引人入胜。

肖平的儿童小说，其故事中都有大人与儿童之间发生的种种情节，把成人与儿童放在一起来展开故事的叙述，展开矛盾冲突，但故事中的成人没有居高临下、盛气凌人的说教，而是以一种平和、亲切、平等的姿态和视角来融入故事。让人读起来觉得真实、感人。《玉姑山下的故事》中的三舅、小凤和我，我和小凤青梅竹马，因小凤参加地下工作我对她产生了种种误会。该文写了战争年代的爱情和地下工作的艰辛。《秋生》中，我的学生秋生的成长。《圣水宫》中，县委书记李群下乡检查工作时和在山中古庙邂逅的小姑娘发生的故事。这些小说，按现在的话来说，都是正能量的故事，都应该算是主旋律作品，都和那个年代的时代背景有关，和政治都有或多或少的关系，但读小说时，却妙趣横生，通过小说艺术感染力把正能量传递给读者。

书中最让人感动的是中篇小说《三月雪》，作者把这篇小说标题作为书名，也可看出作者对这篇小说的看重。作品以某师范大学党委书记周浩在深夜翻阅学生的入党申请书时，看到一个熟悉的名字：李秀娟，并在家庭栏里看到其父母李维民、刘云的情况，他从皮箱中找出破旧日记本，其中夹着的一枝洁白的干枯花——三月雪，由此引起他对艰苦战争年代的残酷斗争的回忆。1943年，周浩是一个区委书记，从县委分来一个30多岁的女同志，带着一个十一二岁的女孩子，女同志叫刘云，女孩就是李秀娟。周浩将刘云分配到刚收复的龙山村去开展工作，那个村情况复杂，没有党员，只能靠刘云克服一切困难去发动群众，开展对敌斗争。正当刘云在龙山积极开展工作，并在发动群众、发展党员取得进展的时候，龙山村遭到敌人偷袭，刘云把李秀娟委托给战友后，为掩护战友英勇牺牲，只留下一个皮箱，皮箱里的日记本中夹着一枝三月雪。之后，周浩因为斗争的需要离开当地，先后将李秀娟委托给多人抚养，由于周浩的工作越调越远，与李秀娟失去了联系，周浩多次打听也没有找到其下落，直到这次周浩翻阅学生的入党申请书，才无意中寻找到李秀娟的下落。四天后，周浩约见了李秀娟，并将日记本和三月雪转给了李秀娟。这篇小说写于1956年，"文革"中曾被以"人性论"和"战争残酷论"的罪名进行批判，1971年，又被一些高校当作"糖衣裹得最厚的毒草"进行反复批判，成为毒草标本。1978年重新修订出版书籍《三月雪》时，作者又把这篇小说标题作为书名，说明作者把这篇小说作为自己的代表作。

　　作家肖平的书我只购买和看过《三月雪》，没有看到他的其他著作。不过我觉得一位作家，只要有几篇小说、一两本著作被人记住、喜爱，就没有愧对作家的称号。正如肖平仅凭这本薄薄的小书《三月雪》，就让我牢记。而《三月雪》这本小书，也如花朵三月雪一样，鲜艳地盛开在我的记忆里。

生命中的第一本书

杨祖华

　　一天晚上去拜访一位朋友，喝茶聊天至兴致正浓，朋友邀我参观他的书房。当我走近书架，一本书的书脊映入我的眼帘，"朝阳花"三个字，像雷击一样震撼了我的每一个细胞！这不就是我今生今世读过的第一本书么？抚书追昔，当年初读这本书时的情景、书里的情节，立即像放电影一样映上我的心头。

　　不错，这确实是我今生今世主动阅读并深度沉迷的第一本书！当时，学校除教科书之外哪会提供其他书，农村的图书存量也少得可怜，无论成人还是小孩，除了教科书和政治经典，极少有供人主动选择的图书。那年我刚好十岁，小学四年级学生，不经意间偶遇了长篇小说《朝阳花》，于是开启了一个崭新的世界。

　　那个时候读书没有"作者"这个概念，根本不关注所读的书是谁写的，只在乎书里的故事是不是很精彩，仿佛作者与这本书的内容没有关系。就像作家钱锺书说的那样，吃蛋时只管蛋是否好吃就行了，何必关注生出这只蛋的母鸡呢？

当然，等我后来成了一名文学青年，知道了作者对书的重要性，也知道了《朝阳花》的作者，她就是老红军、著名作家马忆湘，湖南湘西永顺县人，与我同属土家族。而且我还知道，她是这本书的主人翁马小兰的原型。也就是说，她写的是她自己参加红军并完成万里长征的经历。

《朝阳花》之所以成为我最先读的书，是因为这本书有几天就摆在大哥的床头。因家庭成分不好，大哥读完小学就成了生产队的劳动力，每天要出工，回家要干家务，吃过晚饭才有时间在灯下阅读。这本书不知辗转了多少人之手，一点也谈不上干净，封面、封底、扉页都没有，还是从书脊上知道的书名。

我读这本书的时间，必须与大哥错开。那时每天下午放学以后，必须随伙伴们上山砍一挑柴，为家里的生计作小小的贡献。回家放下书包，特意穿上老爸宽大、破旧的中山装，口袋够大，可以装下这本书。因为有书的诱惑，平时干活很拖拉的我突然变得非常麻利，刀磨得很锋利，选柴时不贪既直又硬的"好柴"，砍得飞快，整、捆也很迅速，插上小扁担后，就枕着我的柴斜躺在地，一边读书，一边等待伙伴们。

那时候的大脑还是一张白纸，读书很容易进入角色。一打开书本，马上把自己化身为故事中的一员。大多数时候，就如同马小兰的灵魂附体，与她感同身受，一起痛苦、哀愁，一起开心、快乐。当她无可奈何地成为别人的童养媳，我还一度以为，婚姻对女人来说很可能是一件痛苦的事情。

有一次，天已经黑了，所有的伙伴都砍好了柴，我还沉迷于书里的情节。红二军团开始长途转移的时候，马小兰、温素琴、陈真梅三位女红军战士，根据首长的命令留在家乡。一天，饥寒交迫的三个人化装成乞丐来到一座观音庙里，吃了庙里的贡品，点起篝火取暖，开始想念红军。

　　想念的结果，是一致决定不回家。她们认为，自己生是红军的人，死是红军的鬼，生生死死都要和红军在一起。彼时彼刻，我仿佛与她们同在，一起忍受刮进庙里的寒风，一起享受篝火的温暖，一起猜想红军到底在哪里……直到砍柴的伙伴们大呼小叫地喊我，才把我从"剧情"里拽了出来。

　　那次回到家已经很晚，大哥已吃好饭，迫不及待地等着这本书了。大哥还一再强调，读书可以，千万不要把这本书搞丢了，那是他低声下气从生产队会计的手上借来的，据说还有好几个人排着队要读这本书。大哥也相信我不会搞丢，因为他知道这本书对我和他来说，都像命根子一样宝贵。

　　书在我们兄弟俩手上的时间不长，也就一星期左右。每天大哥都对我强调，要抓紧时间读，赶快读完，会计每天都在催他还书。于是我做了一个梦，梦见会计把这本书送给了大哥，自此永远属于我家，我有机会一口气痛痛快快地把它读完。

　　次日，读到陈真梅为了确保她们能够找到红军、跟上红军，决定把自己的孩子小宝托付给一位老奶奶抚养。当时，我的身份突然转化成小宝，想到妈妈就要离我而去，不知道这辈子能不能再见，禁不住低声哭了起来。幸好小伙伴们离我比较远，而且还忙着砍柴，否则我定会大出其丑被人笑话了。

　　后来，三个女人几经辗转，终于在沅陵县看见她们熟悉的红军标语。从她们的对话知道，敌人一见红军标语就会涂抹，清晰的红军标语说明红军就在附近。她们的情绪感染了我，我也立即兴奋起来，仿佛自己也要见到等待已久的亲人了，开心得用走调的歌喉唱起当时很流行的那首《映山红》来。

　　那天回家时，我已经读到她们终于找到红军的情节，而且那红军还是她们熟悉的侦察队张队长。情节很惊险，我的心也像坐过山车一样，先高度紧张，旋即开心起来。一惊一喜之间，极大的落差让我心身为之一爽。那天回家，我丝毫感觉不出肩上的压力，一路上迈着轻快的步伐，还哼着那首《映山红》的旋律。

读这本书，我的心里一直弥漫着一种亲切感。马小兰所在的部队是红二军团，他们曾经转战我的家乡——贵州省印江县木黄镇，还在这里与红六军团会师。遗憾的是马小兰是在 1935 年才参加的红军，而红二、红六军团会师发生在 1934 年 10 月，要是参军早几个月，马小兰就会路过木黄，我的家乡就会在书上留下一段精彩的故事。

一天傍晚我砍完柴刚回到家，大哥就告诉我他次日一出工就要把书带走，到工地上还给会计，再不还就会被其他人骂了。他问我读了多少，我掂量了一下，还有四五十页没有读完，心里有些着急。大哥说不要着急，晚上让我尽情地读，原来他已经读完了。

那时农村没有电网，电灯只亮到晚饭后就熄了。于是那晚上，我在煤油灯下读到大半夜，真是过了一把读书的瘾。顺着书里的情节，我与马小兰一起行军到贵州、云南，过中甸去稻城，爬雪山，过草地，经哈达铺，最后在会宁与红一方面军会师。读完这本书，我激动得睡不着觉，不断把书往前翻，不停地重温那些扣人心弦的情节。

真怀念那时的记忆力，一本书读下来，大小情节就像画面一样，清晰地刻印在脑海里。一天晚上，大哥和他的伙伴们在我家里眉飞色舞地谈起《朝阳花》，我时不时插上几句话，赢来他们对我的刮目相看，因为我记得非常清楚，好多原话都能背诵出来，书里每一个人物的姓名和经历，我都能够举一反三。

自那以后，我开始知道有一种书叫小说，里面装着各种各样有趣而且足够长的故事。于是，我彻底告别"花花书"——连环画，到处找小说读，只要是小说都读，每一本都可以让我如痴如醉。只要谁家里有书，我都会想方设法地去借出来一读。

进初中的那一年，乡里开办了一个图书室。图书室就在我家隔壁，我如鱼得水，经常去借阅，兴趣爱好也从普通小说慢慢提升到中国四大名著和世界名著。也因为这段时间海绵吸水般的阅读，我从小学、初中、高中，一直到大学，是学校里有名的语文尖子。

告别朋友时，我突发奇想，一定要淘一本陈旧甚至些许残缺的《朝阳花》，找个时间从头到尾重读一遍，或许能找回儿时的感觉！

血脉中的红色指引

——读《我的母亲——长征中最小的女红军》

曹悦容

  血色浸满那个年代的岁月与时光，分秒必争的紧迫，形势严峻的危机，家国内外的激流暗涌和战火纷纷，深深刻在经历那段漫长艰辛路程的人们心中，每每回想，是激动，是哀愁，是无奈，是奋勇。"我以此书来纪念我的母亲"，不仅仅是《我的母亲》一书对战争岁月与历史轴卷的追忆与感慨，对一位值得歌颂的女性的回忆与纪念，更是对广大女性战士巾帼不让须眉的血性的赞扬与高歌。

  "雄关漫道真如铁，而今迈步从头越"。书中我的母亲王新兰是一位年仅九岁的红军小战士，她从小便发掘出自己一生的使命来源于家中时常召开"秘密会议"的小阁楼以及叔叔王维舟的指引。随着年岁的增长，她心中对于祖国，对于战士的概念与感情日益增长，也是在一次机缘巧合下，她正式以"英雄"的角色开始演绎着她精彩的一生。在"危险丛林"中为党传递重要消息时险遇敌人而镇定应对；漫漫长征一直以活跃的精神气和百灵鸟般的歌声鼓舞伙伴迎寒雪奋向前；三次穿梭于令人闻之便惊骇的草地，以不脱队不离队的决心和迎难而上的精神安全抵达根据点。这是少年王新兰给予我最深刻的印象。少年的她不惧敌军，不惧困难，以"我以我血荐轩辕"的精神在最好的年纪里便找到了能打开她心窗的，叩首于灵魂的"事业"。

  十年之久的"文化大革命"给予了王新兰和她的家庭以巨大的冲击。

丈夫萧华受林彪、江青、叶群等人的打压，无端的"帽子"和巨大的群众压力扣于他的肩上；孩子因为受到父母被批斗、被打压的影响而无法在城市发展，只能落魄于乡镇，甚至在生病时医院都以"不接受反革命家属"而拒绝提供病房；部分曾经关系尚佳的战友与亲朋在此时段以冷眼冷言相待。在被群众批斗中，在昏暗压抑的关押所，在专案组的一次又一次审问中，她并没有放弃，因为她对党对祖国是忠诚的，对孩子是不舍与想念的。在描写王新兰被批斗以及入关押所时，一幕场景扣我心弦，那是孩童对她扔出的恶语。她从小便奉献于红军，致力于为党服务，为祖国奉献，这些孩子想来同她当年一样大，同她如今的孩子一样的年纪，为何思想至于这般极端与盲目，她的心是刺痛的，而作为读者的我更是为之悲痛。

越过"文化大革命"的王新兰没有被打倒，而是更加有力量。她帮助遗留老红军证明其身份；依然如旧地好客热情；鼓励支持自己孩子的"下海"梦想。经历带给她的是坚毅的躯体和崇高的品格，她给予党和祖国的是时光，是青春，是全心全意的一生。"位卑未敢忘忧国"，在那个血色尽染、烟火纷乱的年代，那位吟着高歌小红军经历时间与挫折而蜕变，为党的事业而奋斗成为她的志愿，为民做满意的事情成为她的心愿，由此她成了那一代人，甚至后世代代人的一份记忆。

王新兰作为女性从未在革命斗争以及为党奉献中表现出阴柔的一面，而是以大无畏的气概书写她红军的经历以及"文化大革命"时期坚守信念的灵魂品格。古有花木兰替父从军，又有穆桂英尽展雄姿，在那个年代王新兰作为女性战士的代表，展现出她英勇、坚毅、聪慧、善良、热血的一面，我想，在众多人民群众中，女性作为社会的一分子，作为这个国家的一部分，依旧发挥着自己独特的作用与光芒，为党为祖国奉献着自己的生命力量。

血脉指引的使命鼓舞战士们不断前行，克服种种阻碍，中华民族的女性革命与先进力量不断壮大，紧跟党的步伐，在党和国家的发展中与时代的进程中熠熠生辉。

送信

徐磊

回顾 50 多年的人生旅程，到底读了多少书？从简朴的黑白手抄本到色彩斑斓的各类画册读本，花花绿绿地充斥着我的神经系统，一时间还真说不出个所以然。但是你若问我，哪本书让我记忆最深刻，不管每天被多少杂事缠身，头昏眼花的我，还是一口就能说出它的名字。

还在黄口幼儿时，我曾读到过一本叫《鸡毛信》的小人书。相信大家也都读过这本书，或者听说过。我相信大家如我一样，被它跌宕起伏的故事情节所打动，为主人公海娃忠心于党、机智果敢的行为而拍手称赞。只是，不知道大家会不会像我一样，因学习海娃的勇敢精神而做了一件让大人甚是提心吊胆的事，并由此深深地烙印在心中。

记得我刚上小学一年级时，父亲给我买的第一本小人书就是《鸡毛信》，巴掌大小的画册封面上，一位英俊的少年手持一杆红缨枪，昂首站在村口的大树旁。那个在故事中，与日本鬼子斗智斗勇的老绵羊就紧紧地跟在他的身后。

那天，大我 4 岁的姐姐坐在一旁，一边翻着画册，一边念着画册上面的文字，一边向我讲着她对故事的稚嫩理解。我支棱着大脑袋，小手扶在她的膝盖上，瞪着小眼睛，出神地听着。从此以后，自己时不时地翻开小人书，加上每日去学校读书认字，没过两个月，竟能把这本被翻看得有点破损的小人书通篇读下来。自然，书中的故事也深深地印在脑海里，海娃的英勇行为更是时时刻刻地激励着我做一名勇敢无畏的人。

一天，父亲给朋友写了一封信，贴好邮票后，把它交给刚刚午睡醒来的我，交代我把信投递到农场场部的邮箱里。我高举着信封，唱着歌谣，欢快地跑出家门。

路过一个道口，看见不远处，几只绵羊正在慢条斯理地低着头吃着青草。突然，想起海娃送鸡毛信的故事。心想，故事中的老绵羊与鬼子斗智斗勇，多次化险为夷。眼前的绵羊是它的同伴，一定勇敢非比寻常，也一定是一个可以委以重任的朋友。于是跑上前，掀开个头最高的大绵羊的尾巴，把信封塞了进去。没承想，一向听话的绵羊，不知是欺负我身材瘦小，还是被我掀尾巴的动作所激怒，猛地跳起来，左冲右闪，一来二去，夹在羊尾巴里的信就掉了下来。最可恶的是，它还狠狠地踩上一脚。我见大事不好，赶紧蹲下身子捡了起来，发现信封上已经沾染了羊的屎尿，便急忙拔起地上的青草叶进行擦拭，可是，此时的信封已经不再干净整洁了。

农场的邮箱存放在场部的收发室里。我去寄信，就要被值班的叔叔看见，他看见信封脏了，就会告诉爸爸，事情大白于天下，自己的小屁屁就要挨打，这可如何是好。就在泪水马上掉下来的时候，忽然，我的脑海里冒出一个大胆的想法：何不把信送到离农场 30 里地的镇上邮局，直接寄掉，就没人知道我做的坏事了。想想海娃哥哥面对穷凶极恶的鬼子，不卑不亢，勇敢周旋，最终完成任务，自己的这点事又有什么不能完成的。想到这，我紧紧握着信封，沿着大道，朝着小镇的方向，大踏步地跑了起来。

走了很久，来到一条大河边，旧时修建的木桥已经破损，走上去，脚下的木板晃晃悠悠，透过一个个大洞，河水拍岸，激起层层浪花，让人头晕目眩，肝胆生寒。一时间，心中升起了许许多多的恐惧，一心想退回去。可回过头，看看身后，发觉已经走在桥的中央。退回去和走向前都是一样的距离。于是，蹲在木桥上，想想英雄海娃吃过的苦、流过的汗，经过一段时间的内心斗争，最终站起身，咬紧牙关，毅然地拔腿迈向前。

过了木头桥，小脚踏在坚硬的沙子路上，心里一下子安稳了许多，心情开始舒畅起来。在蓝蓝的天空映衬下，白云流连，四射的阳光越发妩媚多情。路边的小草小花摇曳飘摆，不时有漂亮的鸟儿鸣叫着飞越头顶。

正当我跑跑停停走走的时候，一辆飞驰的马车停了下来。车身上下湿漉漉的，不时还有水珠淌下来，看来它是趟着河水过来的。一位戴着灰色老头帽的白胡子爷爷跳下车，把鞭杆杵在地上，低下身，笑着问我去哪里。我说去镇里。他问，"你这么小，爸爸妈妈怎么会放心你出来呢？我还是把你送回农场吧"。我听他这么一说，急忙说自己是镇里人，就住在镇上的邮局边上。老人家看我长得眉目清秀，就说，我带你回去，便不由分说地把我抱上了车，随后他跳上车，一声吆喝，两匹枣红大马扬起四蹄飞奔起来。

车子来到了镇上的邮局，老人家在路边停好车，把我抱下车来，拍拍我身上的灰尘，问我家在哪里。我见这个谎没法再撒下去了，低着头、红着脸，吞吞吐吐地把事情说了出来。他听后，爽朗地笑起来，拉着我的手，走进了邮局。来到邮筒前，问我，要寄出的信呢？这时，我才发现，那封沾染羊屎的信早已经不见踪迹了。于是乎，控制不住的泪水顺着脸蛋刷刷地滚落下来。

老人抬起头想了想，便走进邮局办公室，向工作人员讲述了事情的来龙去脉。邮局的工作人员听后，立即拨通农场场部值班室的电话，老人家拿起电话向对方讲述了情况，并表示，他会送我回去的。而电话那边，也传来了消息，我的父母发现我走失后，正满山满河地在寻找着呢。

老人向邮局的工作人员表示感谢后，带我出了门，在路边的小卖部买了个大面包，塞到我手中。随后，抱起我上了车，再次扬起长鞭，赶着马车奔回农场。

老人家把我送到农场后，谢绝了父母的盛情招待，马不停蹄地折返回家了。下面的故事很平淡，我并没有因此受到鞭笞。只是，被母亲紧紧地抱着，久久地不愿松开。

多年以后，我常常一个人背着行囊行走在空旷的山川河谷独享风景的秀美，随心所欲地闯入陌生之地与陌生人交谈甚欢。每当遇到路边拾荒的人，或是急需要帮助的陌生人，我都力所能及地提供方便。这份坚强似铁、温暖如炉的情怀，可能与这本叫《鸡毛信》的小人书有关，也可能与那次路遇的白胡子老人有关吧。

心怀火炬，何惧黑暗

——读《苦难辉煌：中国共产党的力量从哪里来？》有感

董心怡

身后的残垣重塑了庄严的模样，脚下的尘土遮蔽了历史的车辙，泥里的碧血化为了烂漫的鲜花。在巍峨肃穆的天安门前，你听见风中传来遥远的冲锋号声吗？不妨侧耳聆听那缕遥远的呼唤，让血泪染就的红旗如火炬般静静在心中燃烧，带你回望过去的苦难与辉煌。

习近平总书记曾说过："历史在人民探索和奋斗中造就了中国共产党，我们党团结带领人民又造就了历史悠久的中华文明新的历史辉煌……其中有危难之际的绝处逢生，有挫折之后的毅然奋起，有失误之后的拨乱反正，有磨难面前的百折不挠。"这条百年复兴路，既充满艰险又充满神奇，既历经苦难又辉煌迭出。

金一南先生和徐海鹰先生合著的《苦难辉煌：中国共产党的力量从哪里来？》回首过去的历史，查阅文籍，求实查证，以探讨"中国的红色政权为什么存在"为主线，撰写了中国革命从中国共产党成立、人民军队建立到国共第二次合作十多年的征途。回顾中国共产党的发展历程，既是一部救亡图存的苦难史，也是一部复兴中华的辉煌史。

百年筚路蓝缕，百年披荆斩棘，忆往昔峥嵘岁月稠。

红船前行初心定，穿荆度棘护火种。暑雨祁寒，砥砺前行。中国共产党的诞生没有伴随灿烂的光晕，反而一出生就要面对当时列强凄风苦雨的侵蚀，迎接政敌风刀霜剑的打压，从根牙磐错的复杂形势中求存，如履薄冰、励志竭精地从历史缝隙间走出自己的光辉之路。列强侵蚀神州的大地，袁世凯窃夺辛亥革命的果实，所幸，俄国十月革命的胜利带来了希望的火种。从上海石库门房子，到南湖的红船，中共一大的召开笼罩在反动势力的阴影下。一个五十多人的党，质疑防备的外界，晦暗朦胧的前途，这一切都没有熄灭微弱却顽强的火种。"为有牺牲多壮志，敢教日月换新天。"年轻的共产党人，拒绝了漱石枕流的安宁，在风谲云诡的环境中立信念、擘蓝图，只想着引领人民进入希望的明天。

党旗初升山河震，攀藤附葛燃心火。风雨飘摇，穷则思变。北伐战争的硝烟尚未消弭，步步登上权力高峰的蒋介石就发动了"四一二"反革命政变，无数革命志士和共产党员被杀害。屠刀挥舞下，白色恐怖席卷了全国。民族屈辱的血色，弥漫在阴霾重重的苍穹之下，是信仰为中国共产党人在无边黑夜中点一盏烛光，指明了方向。虽是萤烛之辉，却给了他们在凄冷夜幕中前行的勇气。"诚既勇兮又以武，终刚强兮不可凌。身既死兮神以灵，魂魄毅兮为鬼雄。"给人以星火者，必怀火炬。共产党人在同胞的血泊中点燃心火。南昌起义、秋收起义掀起了对国民党的反抗。鹤归华表，星奔川骛，无数先烈们带着满身伤痕和心中信仰，在黎明前消失在帷幕后，没有衣锦还乡，更无立碑著传。

南昌起义呈溃败，秋收起义遭打击，三湾改编肃军纪，有人选择离开，而真正的共产党人选择坚守。"石可破也，而不可夺坚；丹可磨也，而不可夺赤。"选择离开是现实，选择留下是信仰。冷酷的现实主义者无法共情共产党人的选择，精致的利己主义者无法理解共产党人的坚持。因为有一种信仰，是历经世事嬗变仍然保持初心；有一种坚持，是明知艰难苦厄依然悍然前行。井冈山根据地如火如荼地建设起来，革命的星星之火渐呈燎原之势。

残阳如血从头越，煮弩为粮灼炽火。跋山涉水，志坚行苦。战略决策的失误直接导致工农红军第五次"反围剿"行动失败，红军被迫踏上颠沛流离的长征之途。金一南先生曾言:"正是这般不尽的跋涉,惊人的牺牲,大量的叛变化成熊熊的地狱之火。中国共产党人在这熊熊的考验中,才探索到了前所未有的历史的深度与时代的广度,并由此浴火重生、凤凰涅槃。"关山阻隔,刀树剑山,红军与穷凶极恶的敌人斗智斗勇、顽强对抗。一寸江山一寸血,一抔热土一抔魂。江河奔涌,因为有万千溪流汇集;山河安泰,因为有无数志士慨然以赴。"不怕牺牲、英勇斗争"是伟大建党精神的组成部分,它在长征的精神谱系中得到了赓续和弘扬。军事封锁、贫苦饥饿、雪山草地,红军就是在这样恶劣的极端条件下走完二万五千里长征。几乎每 300 米,就有一位年轻的战士壮烈牺牲。如果没有岳镇渊渟的信仰,就没有力量支撑他们跋涉漫漫长途,使他们为了理想而九死不悔。

百年栉风沐雨,百年慨然前行,望今朝富丽风光秀。

乾坤已安天地宽,镌骨铭心传薪火。居安思危,奋起直追。从"黄沙百战穿金甲,不破楼兰终不还"的信念如铁,到"大江东去,浪淘尽,千古风流人物"的磨砺如石,最后"雄关漫道真如铁,而今迈步从头越"的回首如梦。

大潮泱泱,云山苍苍,悠悠百年的苦难旅程涵养了巍巍神州的天华之景。百年来,中国共产党不仅领导全国各族人民取得了开天辟地、改天换地的历史成就,还使中华民族迎来了站起来、富起来到强起来的伟大飞跃。战争年代,中华儿女面临的是生死存亡的炮火考验;和平年代,我们要消除的是脱离群众的危险倾向,要解决的是党内部分贪污腐败的问题,要凝聚的是中华儿女的精神追求。《中共中央关于党的百年奋斗重大成就和历史经验的决议》中指出,"党的伟大不在于不犯错误,而在于从不讳疾忌医,积极开展批评和自我批评,敢于直面问题,勇于自我革命。"党中央为了整顿纪律、肃清风纪,坚持思想建党和制度治党相结合,强化纪律监督和问责,不断进行中国共产党自我革命。新发展阶段,我们要把握住社会汩汩跳动的脉搏,提炼出新发展理念的精髓，秉持着中华文化和中国精神的时代精华，在高水平开放下发扬历史主动精神，不忘过去，笑迎未来。

追风赶月莫停留，平芜尽处是春山。中国共产党人的百年牺牲史会驱策每一位华夏儿女为共产主义事业添砖加瓦，为实现第二个百年奋斗的目标奉献青春。"两个一百年"奋斗目标在这个新的历史节点上交汇。站在世界日新月异的风口浪尖紧握住信念火炬，我们会接好时代的接力棒，在新的赶考之路上前进。

新时代的青年应该以穿石之志投身基层，以赤忱之心挥洒青春，积极参与"新青年下乡""新农村建设"等社会实践活动，逢山开路，遇水搭桥，开拓出乡村振兴之路，通往共同富裕的彼岸。已有青年们踔厉奋发，笃行不息，为我们树立榜样：获"绍兴青年五四奖章"的李军配创办了中国第一家打破国外技术垄断，专门从事大分子着色剂研究、推广的材华科技公司。盛文斌投身"万企帮万村"精准扶贫活动，促进农民就业，带动茶农致富，为乡村扶贫贡献力量。新时期铺设平台步入高水平发展阶段，为青年成长提供了最适宜的空间；新青年结合国家前途命运追逐理想，为时代发展注入了最新鲜的血液，不负韶华，不负时代，不负人民。

我们现在比历史上任何时期都更加接近民族复兴这一目标。

我们现在也比历史上任何时期都更需要不忘初心，磨而不磷。

百年大党中国共产党历经沧桑却又青春如昔。落笔的是曾经的苦难，题序的是今日的书卷。幸逢盛世，我们更应该以"不用扬鞭自奋蹄"的精神学史明志、刻苦扎根，以"气吞万里如虎"的风貌只争朝夕、锐意进取。新时代青年将在建设社会主义现代化强国的路上冲到前列，创出成绩，以昂扬的姿态迎接党的二十大顺利召开！

我们距"四无粮仓"首创精神究竟还有多远

杨晶

　　"七一"前夕的一天清晨，公司组织全体党员来到了余杭四无粮仓陈列馆参访。两小时后，大巴拉着我们来到一处幽静雅致的地方，掩映着几栋粉墙黛瓦的仓房，这些似曾相识的建筑和粮食给人有种自然的亲切感，一种回到了家但怀疑走错了门的感觉，而四周嵌入式开发已将原粮仓变成各式各样创业梦工场。陈列馆就是在这几栋旧粮仓内，迎面而来"余杭四无粮仓纪念馆"这几个镏金大字，是家喻户晓"杂交稻之父"袁隆平院士亲笔题写，这位黝黑朴实的老农民，尽管离开我们有一年零一个月，但他的两个梦，不仅永远留在四无粮仓陈列馆内，也默默地流淌在每一位参观者心间：心若有梦，不在年高，生命不息，奋斗不止。有着800年历史的仓前小镇如今变成了科技和人文、传统和现代高度整合的梦想小镇，成为"无经验、无资金、无技术、无场地"四无创客的承梦园地，这仅仅是个巧合吗？

　　这里保留着三间两进的木板地奢仓，青石条，木地板，圆廊柱，石灰墙，显得那么幽静洁净，丝毫看不出已经有了两百年的风雨沧桑，在素墙上留着"人在四无在，四无代代传"，另一面是"宁流千滴汗，不坏一粒粮"红色大字，这是新中国成立之初年轻的粮食人发出的青春誓言，不禁让我们这些粮食人心潮澎湃，浮想联翩。这不是某个人的创举，而是一群人在奋斗；这不是一两个仓做个典型，而是要让所有的粮仓成为样板。照片上这些年轻清秀的面庞，眼里有神，心里有光，钻进只有一尺高的地笘板下，打扫出比饭桌还要干净的仓底；他们自己做工匠剔刮缝隙或粉刷仓墙，让仓虫无可栖藏；他们宁愿将自家的棉被摊在粮堆上，也不愿让保管的粮食遭受漏雨之苦。简陋的工具，原始的方法，废寝忘食的劳作，终于创造出全国首个"无虫"粮仓，成为粮食史上的奇迹，而后在"无虫"粮仓的基础上进一步创建"四无"粮仓（无虫、无霉、无鼠、无雀），从此，仓前"四无粮仓"成了全国粮食系统学习的榜样，"四无粮仓"的创建活动也作为我国粮食仓储基础管理工作的重要载体，一直沿用至今。

还记得 20 世纪 80 年代末，我刚成为一名保管员的时候，就首次遭遇了县局组织的四无粮仓季度大检查的难关。这是个前所未有的考验，在老保管员的带领下，早早一个月前，就着手准备了。清扫粮仓要仓内面面光，仓外四不留（不留杂草、垃圾、污水、落地粮），仓内卫生要求手摸无灰，口吹无尘，抹平粮面要求平如镜，直如尺，不留痕迹。擦窗户玻璃很有讲究，每一扇玻璃要擦三遍，第一遍先擦掉积灰，再用沾水的揩布洗净上面的各种污渍，最后用干棉布擦得光洁如新，通透无物方止。一条简单的仓门口防虫线，可以看出保管员的用心程度。简单的是用旧麻袋折叠成长条，洒上敌敌畏；方便的用长条海绵裁剪成适合门槛的长度，浸透防虫磷液作防护；用心的是大糠粉和防虫磷搅拌均匀，再用木嵌条反复压实掠平；最讲究的是锯木粉载体防虫线，药剂附着颗粒均匀密实，整齐美观，实用效果好。有心的保管员，会在出库之前把防虫粉收拾好以备再次使用。来的检查组成员均是身经百战的保管骨干，他们有种非同寻常的本领，在粮仓内走一圈就大概知道哪儿能查到仓虫，如果一公斤粮食里筛出两头主要害虫或五头一般害虫就是整仓的四无爆了，而查出有 500 克霉变的粮食就会全县通报，成为严重的储粮事故。这些老保管员，长期在普通而又平凡的岗位上，和四无粮仓创建者一样，有过激情燃烧的岁月，也有佩枪保卫粮仓的高光时刻。他们谆谆告诫我，做好保管工作只有一个"勤"字，这么多年来，一直铭刻于怀。然而没过多久，一场粮食体制改革徐徐拉开了大幕，统购统销的粮食流通体制朝市场化改革迈进，搞活经济，如何创收成为粮食人的中心任务，耗时费力的保管工作不得不旁落一边，原来一板一眼地工作流程放宽了，仓内外的清卫工作也马马虎虎了，虽然四无粮仓检查作为常规工作还在坚持，但人们更为关心的是如何使企业获得更好的效益。直到1998年经营和收储分开，粮食收储公司成立之初的那一年，我们开展了轰轰烈烈的自己动手、大搞维修的"仓储建设年"活动，才补上了前几年落下的短板。然而，重回正轨的四无粮仓创建活动终究少了之前的味道。当时尚年轻的我们重新追寻老一代粮食人的精神，在寒冷的冬季赤脚蹲在粮面感知粮食的温差，在炎热的夏天白天麻袋挂窗隔热晚上开窗通风祛热，试验用紫外线灯吸引仓虫聚拢而药杀，也曾下苦功学习编程制作了几个实用软件。然而所做一切似乎离老一辈粮食人的精神还很远，但又不知其然。如今站在这寸土寸金的仓前馆内，面对现代和历史、未来的交接之中，我顿悟到，老一辈粮食人是将整个生命和精力融到粮食事业之中，这是那代人独有的情怀。近几年来，我们有了一大批新员工的加入，智能化粮库的建设如火如荼地展开，我们坐在空调房内可以远程监测粮情，用手机控制气调和通风作业，我们是否还需要四无粮仓的首创精神？我们还能在多大程度上传承他们的精神？我们距他们的首创精神究竟还有多远？这是一份需要我们及年轻一代迫切回答的时代答卷。

在隔离点的日子

成水凤

一

两辆大巴缓缓驶入隔离点，我们团队迎来了远方的隔离客人——新冠肺炎密接者。他们穿着白色防护服，看不清五官和身材，但他们轻盈的步伐告诉我，他们正年轻。

工作团队原先计划以 10 人为一组带下车，但他们要求一起下车。由于身着白色防护服，车上不能开空调，经过两个多小时的长途颠簸，他们闷得晕。

站在空旷的场地上，他们自觉保持一米距离，以 10 人为一组排队，挨个测核酸和抗原。抗原结果为阴性后，他们随工作人员入住单独房间，脱去白色防护服，正式开启隔离生活。

不久，工作台的咨询电话持续响起，问得最多的是年轻人日常必需的生活品问题，即无线网络的密码是多少？外卖能不能点？团队事先做足了功课，问题随手而解，同时一再强调食品不能点外卖。我们以为外卖会销声匿迹了，可接下来的日子，队友们天天接到外卖，都是些短裤、袜子、汗衫等居家用品。团队落实专职人员逐个予以消杀，贴上"已消杀"标签，穿上白色防护服送货上门，一则让客人放心使用，二则避免交叉感染。到离开那天，外卖达到高峰，有客人点了三大袋蔬菜带回家。我望着沉甸甸的塑料袋，心底涌起莫名的辛酸。在这个物质丰裕的时代，生活品随处可得，他却拖着沉重的袋子千里迢迢运菜回家，不知那里的物流有多闭塞，那里的日子有多艰难。我脱口一句"杀千刀的病毒"，但仍化不开心头的酸楚和无奈。

二

5月中旬，我被委派进驻隔离点，与团队一起开展新冠肺炎密接者的隔离工作。整个团队由医护、疾控、安保、保洁等人员组成。客人住下后，医护人员每天给他们量体温、测核酸；保洁人员按时送餐，随时去除隔离点的所有垃圾；疾控人员配套消杀公共场所，做好外来用品的消毒工作；安保人员则24小时值勤，维护隔离点的正常秩序。所有工作都在有条不紊地推进，如一部精密的仪器在无声地运转着，确保那个"杀千刀的病毒"无处遁形。

客人的健康时刻牵动着我的每根神经。医护人员采集核酸标本回来，我都会问客人的身体状况，如有否发热拉肚子、饭量如何、有否睡好；等核酸结果的心情总是忐忑，一千遍祈祷上苍保佑，直到检测结果为阴性时，我悬着的心才稍稍安稳。那天，客人反映电梯门的噪音影响了她睡眠。队友重新穿上白色防护服，立即给她换了房间。第二天，客人反馈晚上睡好了，我长长地舒了口气，真切希望她一切安好。

5月22日，隔离期满，这批对象的核酸和环境检测结果均为阴性。我们通知他们要离开时，有的客人竟舍不得走了，说要7天的，怎么提前了呢。队友们听到这些，会心一笑，竖起大拇指给了相互一个大大的赞。离开前，队友帮他们穿上隔离服，戴上隔离手套、帽子和口罩，又以10人一组带出房间，送他们上车。

车辆缓缓启动，他们隔着玻璃窗挥动双手向我们依依告别。队友们同声送上祝福：愿山河无恙，愿你们安康。那声音随大巴传出去很远很远，我想客人们一定把它带回了疫区，带到了家里。

三

5月22日晚上，本地疫情暴发。隔离点接收密接和次密接人员90余人，其中一名为阳性病人。为阻断疫情蔓延，我也被列为隔离对象，进入集中隔离点，开始为期7天的隔离生活。

我被照顾得无微不至，有专人送三餐、给我量体温测核酸、在门前消毒保洁。我可以在单独的房间里看书、发呆、胡思乱想，唯一要求是不能走出门口半步。我是个喜静的人，这种生活是我梦寐以求的，但真正体验起来却那么痛苦。我临窗而立，不远处的高铁站灯火辉煌，那是个热闹的世界，但不属于我。我只能想象那里有很多人，做着有趣的事，有美好的事情发生，与海市蜃楼一样。区别是那里是真实的存在，只是我不能到达而已。

小姐妹来电安慰，说她在防范区，与我隔河相望，处境与我差不多，要我少安毋躁，安心隔离。我苦笑，我们相差十万八千里呢。她可以在防范区的大地上快意驰骋，见想见的人，看想看的花，享受天伦之乐。而我只能在手机里听爱人的声音，在电视里看遥远的世界。我的脚悬浮在半空里，仿佛出世一般，整个人处在虚拟状态。

那天实在无聊，我又伫立窗口。隔离点旁的高架桥和马路伸向远方，送来密集的车辆。高架桥上奔跑着巨大的集装箱运输车抑或阔气的豪车；马路上行驶着小汽车、小皮卡，还有不起眼的电动三轮和自行车。它们在同一时间走在不同的空间，担负着不同的使命。如果高架桥上的大车豪车在为事业奔波，那些小车电动车应该在为生计忙碌了，像历朝历代的前辈们，有的扛起了推动历史的重任，有的做了历史的过客，但他们都是历史的主人，只是角色不同而已。

我突然明了被隔离的痛苦了。以前我可以静坐发呆，也可以走动聚会，现今我的脚上如戴了镣铐，蜗居在斗室中不能越雷池一步。我所以特别关注起热闹的高铁站和熙来攘往的车辆，因为羡慕那里的人们可以自由地追逐梦想。他们如流动的活水，可随处迁徙；而我如一潭死水，困守斗室。此刻，我的脑际闪现出前期被隔离的年轻人。他们风华正茂，却像我一样耗在隔离房里，有的甚至被隔离过几次。他们焦虑，说两个多月不挣钱了，不知今后的路在哪里。想到这些，我心痛难过，他们花样的青春就该奋斗在花样的事业上，而不是蛰居在斗室中煎熬、迷茫、担忧，碌碌无为。

朋友圈的一则心灵鸡汤让我感慨万千：人最大的幸福是无忧无虑，无病无灾。是呀，如果没有那个看不见摸不着的病毒，我们都迈步在人生大道上，沐浴人世间阳光晓风雨露。我忽然想起奋斗在一线的劳模工匠、行走在美丽乡村的志愿宣讲员，还有参加青年联谊活动的单身职工，他们欢乐、活跃，朝气蓬勃。同样是追风的年纪，年轻的隔离者阴霾笼罩，而后者阳光灿烂，是那个"杀千刀的病毒"把人们拉成了两个阵型。

隔离期满，我走出房间，深深吸一口气，忽觉空气是清甜的，微风是芳香的，身边的车辆则是欢快的。傍晚，路过小区门口，见一长队人在测核酸。他们说去公共场所必须出示 7 天的核酸阴性证明。我深感欣慰，只要人人行动起来，织密病毒的拦截网，我们就不再是病毒的人质或囚犯，我们成了自己的主人，于青山绿水、韶华美景中，追求个体的自由和快乐。

最美的遇见

李冲

寒风凛冽的冬日街头，一阵冷过一阵。

"去地下商场逛逛吧！"我这样想着，就信步穿过闪烁的红绿灯，沿着电梯走到地下商场负二楼。

商场的人跟往常相比，稀稀拉拉的，大多人脚步匆匆。一旁电动按摩沙发"嗡嗡"地鸣响着，时间在这里仿佛是停止了，这些人眼神安详，睡眼惺忪，正在肆意地享受着生活的安逸。

楼梯拐角处的一间铺面吸引了我的注意，与其说是这间铺面吸引了我，倒不如说是这间铺面的女主人吸引了我。

女主人身材高挑，长发飘逸，黑色的紧身衣让凹凸有致的身材一览无余，在这个人人穿着棉袄打扮臃肿的冬季，女主人干练洒脱，鹤立鸡群，越发显得亭亭玉立。

在我的记忆中，这间铺面紧挨着楼梯，旁边就是玻璃门，以前是挺大的一间卖鞋的铺面，现在正在这位女主人的指挥下，被薄薄的格挡分成了两间。

这间铺面的装修不同其他，是那种具有少女浪漫心思和女儿柔情的结合体，精致而不失调皮，典雅而又富有浪漫，这就是这间铺面给我的第一印象。

女主人站在天花板下的木格子旁边，正在指挥着两名工人粉刷墙壁。在吊灯的映衬下，女主人白净的脸蛋更加娇俏可人，飘逸的长发随着女主人有节奏的话语左右摆动。

她就是一位美丽的天使！我这样想着，便停下脚步，忍不住地多瞄了两眼。

第二次见到她，也是在地下商场负二楼。

不同于上次见她，这次是中午时分，由于地上大量商铺关闭，买不到早点，就打算去地下超市买点面包存下，没想到，又遇见了她！

此时的她，哭的是梨花带雨，肩膀一耸一耸的，在一旁亲属的搀扶下，从店铺里慢慢地挪出来，被人搀着上了电梯。随后，商场负二楼的卷闸门缓缓地落下来。

负二楼商场关闭了。

听一旁的人说，这位女主人贷款租了铺面，刚刚精心装修完，新购置的衣服才上架，想趁着到了年底，挣点钱，没想到一场突如其来的疫情，让这一切的美好成了空！

"唉！这该死的疫情"，不知是谁嘟囔了一句。

"咱们这里又没有疫情，管这样严，还有底层人的活路吗？人家一家老小也要生活啊！"

赞同的声音，反对的声音，都随着这卷闸门"哐当"落下的一瞬间消失了。上楼的、下楼的，都把口罩严严实实地捂在脸上，随着电梯上下，各忙各的去了。

这几天，单位忙着组织献血，我第一个报了名，无论如何也要去做一个热血青年，为西安抗疫增加一份力量。

单位有这种想法的人还不在少数。出了院子大门，献血车旁长长的队伍，从医院左边门口一直排到了第二个岔路口，医院右边是用铁栅栏隔开的疫苗接种处，两列长长的队伍游龙似的摆在大街上。大家都很有耐心，队伍虽长，但是秩序井然。

喇叭里正在播放着李玉刚高亢激昂的歌曲：

红日升在东方　其大道满霞光

我何其幸　生于你怀

承一脉血流淌

难同当　福共享　挺立起了脊梁

吾国万疆　以仁爱

千年不灭的信仰

……

咦！那不是地下商场新开店铺的那个女主人吗？她来干什么？她也来献血？

冥冥之中的那一瞥，让我又看到了她，一身乳白色的羽绒服，沐浴在冬日暖阳的余光中，娇俏可人的脸上散发着天使般迷人微笑，是那样的美丽、阳光！

我便停下脚步，忍不住地多瞄了两眼！

那一刻，我相信：人民有信仰，民族有希望，国家有力量。

他们奋斗的风采

李仲

在接地气的街道工作，经常都会被可敬的同事所感动，他们把初心使命化作了新奇的点子、踏实的苦干，在三尺街巷里书写新时代的答卷。

一

那一日，社区便民服务大厅整洁、有序，阳光透过窗户照在往来居民的身上，让人暖暖的。

我一眼就看到了正在忙碌的社工小衣，"阿姨，您要办什么事？"他正在党员先锋岗工位热情接待一位居民。"我想办个老年证，但是通知说不办纸质版了，这电子版的我也不会弄，能不能帮帮忙？""阿姨，您先坐，交给我就行了。"五分钟不到，这位居民顺利办理了老年优待证。"我是社区的全科社工小衣，以后有需要社区解决的困难都可以跟我说，如果不方便的话，我还可以上门服务，这是我的电话。"一席话，让居民竖起了大拇指。望着小衣笑意盈盈的面孔，思绪一下回到了去年。那是社工考评会现场，高大帅气的小衣西装笔挺地走上讲台，和平时截然不同的着装让人眼前一亮，当然亮眼的不仅是他的形象，更是那一年亮丽的工作成绩。领导在点评时专门对他提出表扬，并鼓励他再创佳绩。转眼又一年，我知道他的身影出现在了疫情防控转运现场、创城工作现场、全科服务现场，出现在了执行急难险重任务的现场。

当然，他的许多事我还不知道，所以我有了期待，期待再次听到他讲述自己的成长和收获。

我还期待听到另外一位帅小伙小马的讲述。上次由于入职时间短，他没有机会和小衣同台竞技，但我注意到他认真聆听的表情，小伙子的眼里闪着光。社区网格化全面推进，初出茅庐的小马也担任了网格员。面对这全新的工作，小伙子充满了热情，但却经常收获冷遇，这让他很是困惑。在同事们的帮助下，他认识到仅有敢干的热情还不够，更要有会干的方法。他走街串巷很快掌握了网格内的基本情况，针对老旧楼院多，而且是开放式管理的现状，他登门拜访各个楼长，放下身段拜他们为师，密切与他们的互动联系。成阿姨是老居民、老楼长，对社区情况特别熟悉，他便经常跟着成阿姨，走访入户了解居民情况，对重点家庭重点关注。楼长杨阿姨曾是企业领导，他便向杨阿姨请教组织群众参与社区建设的方法，跟着杨阿姨参加各类活动……很快，居民都知道社区的小马是他们的"管家"，有事愿意找他帮忙，而他说话居民也愿意听。在上级领导指导下，他组织居民通过民主协商，一处环境脏乱的卫生死角变成了美丽的口袋花园。

2021年注定是小马难忘的一年，他的成长进步得到了党组织的认可，在7月1日，他光荣加入了中国共产党。身份有了变化，让他对自己有了更高的要求。"最是情怀动人心，最是笃行砺初心。我将牢固树立以人民为中心的思想，厚植为民服务情怀，从人民群众日常生活中的一件件小事、一桩桩事务着手，不断扎根基层敏锐'触角'，架起服务群众'连心桥'，切实提升群众幸福感和满意度。"伴着这慷慨激昂的宣讲，小马胸前的党徽熠熠生辉。

风雨砥砺，岁月如歌。还有许多年轻的社工与小衣、小马同行，他们微光成炬，温暖了脚下的土地。我也期待听到他们讲述自己的社区故事。

二

那一日，一幅《同城战"疫"·不眠夜》的水墨画，让我们街道的居民瞬时破防。这幅画描绘了小区内核酸检测点的夜战场景，其背后的感人故事，更是回应和记录了我们当下的情感。

这幅画的作者小李，是画院的专职画家。他的妻子叫小吴，是我们一个社区的居委会主任。妻子身处战"疫"一线，大后方就交给了小李。一天晚上，照顾两个孩子睡下又忙完家务的小李，很担心还未回家的妻子，就开始了他的探班之行。"我担心她怎么晚上10点了还不回家，赶紧披上外套出门去核酸检测点看一下，没想到他们竟然还在加班加点地工作，外卖小哥一路小跑过来送外卖，现场还有一些排队的居民。我很受触动，就用手机拍下了这一刻。"回忆起当时的情景，小李如是说。那些坚韧的医护人员，那些敬业的社工，那些无私的志愿者，那些可敬的快递小哥，那些友善的居民，成了他脑海里挥之不去的形象，点燃了他的创作激情，很快《同城战"疫"·不眠夜》就诞生了。

从此，小李更加关注妻子的工作，关注妻子所在的那个战"疫"群体，以笔战"疫"成了他自觉的责任担当。而两个孩子也很机灵，只一段时间就摸到小吴的工作规律。只要早晨一睁眼见不到妈妈，他们就会嚷嚷着要去做核酸检测，这样他们就能顺理成章地见到妈妈。在核酸检测点，我曾看到过这两个可爱的小男孩，他们与妈妈隔着警戒线打招呼，虽然看不到孩子们口罩下的面庞，但看到妈妈的开心和自豪也能从他们的眼神中飘逸出来。小吴何尝不想多多陪伴孩子，但工作确实不允许。"面对疫情，我必须舍小家为大家，带头冲锋，敌不退我怎能退？"这不仅是小吴决心，更是实实在在的行动。为了动员老年人接种疫苗，她逐户上门走访，收集老人身体健康状况，通过专家评估为老年人答疑解惑，对符合接种要求的老年人，更是不厌其烦多次登门拜访，让居民深受感动。"一对一"暖心服务是她对身体不便老人的承诺，亲自上门，开车接送，帮助他们顺利完成接种，保驾护航疫苗接种的最后一公里。同事们提起她都纷纷竖起大拇哥感叹道："我们吴姐是一个'拼命三郎'，别看她是女的，干起活来，一点不比男的差。"

我曾想问小李这幅画里哪位人物是小吴？但忽然觉得这是个多余的问题，就没有开口。同城战"疫"，画面里的每个人都是"小吴"，我们每个身在战"疫"中的人员也都应该成为"小吴"。很快，小李用一系列作品印证了我的想法，《同城战"疫"·争朝夕》《同城战"疫"·雨中曲》《同城战"疫"·艳阳天》……我想，佳作迭出的小李应该感谢妻子小吴，更应该感谢战"疫"中的每一位坚守者。

我所在的这个街道，是中国无数个街道在新时代新征程上一个小小的缩影，因为那些可敬的同事，我对它充满深情的凝望，也因身在其中倍感自豪。我们的明天会更好！

阳光洒向更远的将来（组诗）

孙捷

理想的奔赴之地

夏日里，站在高原眺望
成熟的绿色已然取代了嫩黄
大地，用鲜花迎来一场盛大的节日
几棵老柳低头按捺着内心的喜悦
只把柳枝在人们的心头轻轻拂过

时间，珍藏了记忆里的诉说
千回百转都是过往的经历
苦难和贫瘠早已不再是主流的涛声
山坡上忙碌着燕雀筑巢的身影

也忙碌着一群孩童，他们与手里的风筝
成为这个季节最动人的词语
在河水的两岸，临河而居的城市
正在用自己的节奏抒写未来

时光的河道之中波光闪烁
一条古老的河，大于所有的词语

她的漫长也长过任何一部史籍
每一朵浪花都是新的一天，而每一天
都是理想的奔赴之地。

阳光洒向更远的将来
犹如春风拂面，大江南北
闪亮的波涛席卷冬日的阴霾
也提升了土地辽阔的视野
道路的延伸将持续
深远的蔚蓝色中蕴藏更多闪电

旗帜高擎，这精神的引领
犹如贯穿一个世纪的主线
鲜红一直是一个民族的底色
善于从黑暗中吸取力量，善于

从艰难困苦中孕育光芒
这光芒穿过古老的城墙，穿过数千年
弥漫的硝烟，穿过冰封的史册
将沿途的群山依次照亮

世界在一个星球上旋转
阳光洒向更远的将来。更多的风云
还在涌动，更多的雷电仍在形成
更多齿轮在轰鸣，天空将开启更多的窗口
海浪中将竖起更多的桅杆

门在敞开，路在延伸，这是一个有别于
从前的世界，古老的河
在天地之间寻找与之共鸣的波澜。

起锚的船

百年不遇的洋流仿佛未来的召唤
夏日里，停泊在港湾中的船
在用海水擦拭钢铁的船舷
在为即将到来的远行描绘新的航线

当吃水线由浅入深，一条起锚的船
远离腐朽的堤岸，开始寻觅自己的港湾
风雨飘摇中她努力修正着航线
更广的水域中，有更多的鱼群

也有更多的险滩，在大江南北纵横的支流中
船无数次面临倾覆之险，多少拉纤的手
摇橹的手，定格在抵达之前的黎明中
将他们的躯体植入那面昂扬的帆

梦想的旗帜上总有星辰闪烁
需要充满勇气和力量的手臂举过头顶
面临出海口的风浪，两种颜色的波涛的交融
犹如信仰的碰撞，更多暗流沉在水底

远行的船用一个酝酿已久的转折回答了
所有关于未来的疑问，在漫长的征途上

理想都是这样一点点被描绘并建立起来的
从一条船开始的事业，始终顺应流水的走向
没有人能看到她的终点。

台阶之上

夏天是趋向成熟的季节，也像是鲜花
在为一场盛会做装点，二十大
二十个闪光的阶梯，一个国家
一步一个脚印，从荒芜中走向繁荣

二十个台阶之上，伫立着几代人的身影
有风雨中的隐忍，也有意气风发的诉说
每一个台阶上都有风云际会
有孤独跋涉，有万马奔腾

每一个台阶上都有难忘的回忆
曾经年轻的骑手，铿锵的宣言仿若昨日
因为有牢固的底座支撑
向上的台阶始终坚定，平稳

许多年了，向上的意志一直
催生着蓬勃动力，凝聚着奋斗的人群
最大的力量，来源于精神的光芒
持续激励着一个民族更高更强的梦想

如今，新的向上的台阶已经形成
奋进的脚步，已经走向田间和工厂

踏入更加深远的领域，台阶之上
除了无尽的愿景，只有灿烂的星空。

美好的事物正在形成
遥想水中的明月犹如辉煌
照亮的过往
生命尽情舒展芳华的梦想
始终等在千年的风雨中

我一直关注着美好的事物
从形成到发展的各个阶段，关注
一个世纪的走向
犹如关注自己生活的家园

我赞美生活本身，哪怕是春天
寒流在此之中出生的最小的一朵花
也充满了生命的尊严，在世界的其他角落
安静地成长和绽放何其珍贵

历经劫难，方知幸福难得
每一片叶子上，都有阳光闪现
在海洋，在陆地，在蔚蓝色的天空
人类还在用勤劳浇灌未来的花园

那些终将盛开的花蕾，蕴藏着
神秘而持久的光芒，面向更远的将来
我当然还看到了原野的深处

在那里，更多美好的事物正在形成。

词语

草莓和柑橘，各有各的味道
生活在不同的环境中，犹如
我们使用的词语，与事物构成共生关系

只有在景物中生长，词语才能找到
真实的自己，森林之外的鸟
都有虚妄的羽毛
也都命若昙花。好的词语

善于启动更多的含义
可以从枯萎中生出永恒之花
被反复使用的，一定有令人心动的理由
翻山越岭，不仅为看四季交替

阅读也不止窥探时光留下的甬道
那些不断变换着色彩的词语
将事物内在的联系一一展示
让我们有可能找到丢失的过去。

阅读者

阅读者沉迷于时间
的各种形态之中，相信静止
只是其中一种。整个上午
那个拥有坏心情的人

都在尝试另一种可能性

时间深处的树林，看上去
比昨天还要黑暗几分，此刻
桌面上摊开的那本插图书里
传出似曾相识的声音

一些文字已死去多年
但身体还在空中悬浮着
当好奇之手抖落书架上的灰尘
就会触碰到一阵冰冷的颤动

翻动一本古老的书，就是
打开一个远古的蜂箱，当目光唤醒了飞翔
躁动的蜂群失去了时间的控制
阅读的神秘性将再次被证明。

一个国家的荣耀

——献给党的二十大

谢建华

满目疮痍

是你旧时的容颜

儿时的艰辛

留下不灭的烙印

风霜雨雪

历经大半个世纪的搏击

历史的长河

翻滚着昔日英勇的浪涛

石器青铜的时光蔓延

述说方块字间的风云传说

金戈铁马战骑奔腾的岁月

苦难并辉煌前行

日升月落间更迭

驱逐虫豸的远古篝火

黑眼珠里探索前路的光明

我们是黏着你骨骼的血肉

黏着同等的荣辱悲喜

江河山川映射我们的内心

血色足迹穿越苍茫雪山

远行航船搏击大海恶浪

潜龙腾渊铸就凤凰涅槃

当第一面五星红旗冉冉升起

那胜利的旗帜

在朗朗晴空迎风飘扬

全世界都看到了

这历史凝聚了宏伟

屹立在世界的东方

辉煌的纪元

用苍劲的大手

抒写了新中国灿烂的篇章

七十三年的栉风沐雨

七十三年的奋勇追梦

七十三年的波澜壮阔

七十三年的壮丽辉煌

序幕已起，号角已响

炎黄子孙，风雨兼程

改革开放的巨变载入史册

墨笔辉赤，沧桑巨变

写不完，亦道不尽

它是任何时期都无法比拟

四十年前，春风吹绿了大江南北
滋润了华夏广袤大地
一位慈祥的老人以恢宏之笔
为中国绘制一幅激荡的蓝图

东方巨龙从此苏醒
翻天覆地间长啸而行
似一股不可阻挡的新鲜血液
像胜利的前进标杆牢牢立在国人的心里

四十四年的艰苦奋斗、砥砺前行
四十四年的时代变迁、乘风破浪
回顾历史
我们不忘国耻，浴血奋战
放眼今朝
我们激流勇进，策马扬鞭

展望是——
春回大地的黎明
枯黄已经无力
撑起残雪的晚冬
阳光下复苏的梦想
朦胧了嫩绿的土层
是青春的犁铧
复垦曾经荒芜的田野
去追寻信仰之光
在一个个蚕食月光的夜晚

照见四海五湖，大江南北

展望是——
我用心聆听
远方归来的雁阵
高歌以你的从容
来了，是长江的脉动
是鹰击长空的长鸣
你化作春风
在号角的声浪里
高举一面红色的旗帜
引领中华民族走向昌盛
我的眼眸盈满你的荣光

展望是——
一曲英雄的颂歌
奏响了新时代的序曲
是四十年的石破天惊
你披荆斩棘，勇往直前
在镰刀铁锤上镌刻下铮铮誓言
在艰难困苦中完成新的长征

展望是——
你坚守的中国梦
承载着先烈的梦想
肩负起共产党人的使命
你是铁打的身躯

搏动着红色基因的心跳
铺展新时代壮丽的画卷
看万山红遍万紫千红
听新时代号角响彻苍穹

展望是——
继往开来的领路人
一带一路是人类共同体
复兴强国之梦回响在中华大地
中国，注定要在全世界崛起
像滚滚巨轮乘风破浪前行

见
证

风雨侵袭的中华民族有过太多的苦难，我庆幸我成长在这个新时代，我以一个军嫂的认知，见证了军队一点点一天天变强，我期待的中国速度、中国智慧、中国奇迹……纷至沓来。

端午随思

冯小燕

　　我一向不喜欢端午节，就算一盒咸蛋肉粽放在我的面前，我也还是坚持这么说。恍惚中视线穿越几十年的时空，看到一个皱着眉头的小姑娘，盯着面前那碗黑黑的中药汁一动不动。那是幼时的我，在端午节中午最后的倔强。

　　端午基本上都在梅雨季节，天气闷热潮湿、酷暑将至未至，本就胃口恹恹的，还要喝一碗苦煞人的中药，真的是童年阴影啊。好不容易会有平时难得的桃子、巧果等出现，可是都要排在中药后面，我宁可不吃那些水果零食也不想喝药。然而被告知就算不吃午饭，也必须把中药喝掉，只能捱一时算一时，尽量拖延再拖延。

　　据说端午节是毒月毒日，午时更是毒，那碗中药就叫败毒散，是为了从源头开始对抗整个湿毒弥漫、毒虫肆虐的夏季。然而愿望总是美好的，效果却并不能如愿显现。先不说捏着鼻子一气灌下的药汁可能会导致反胃呕吐，就算喝下咽下也不能改变我们整个夏季疮毒满头、痱子满身还不时发风疹块的事实。

　　身为一个放养生长的 70 后，夏日上午能在弄堂里树荫下乘风凉，半个下午泡在水里游泳避暑，可晚上实在太难熬了。在蒸笼一样闷热的屋子里汗流浃背夜不成寐，搬张竹榻出去睡吧，石板地上是淋水降温了，成群结队的蚊子却声势浩大，嗡嗡声堪比电影里的轰炸机，做个蚊烟堆又熏得泪流满面，只能一次次用自来水冲凉给自己降降温。

汗渍水泡湿气太重，导致整个夏季都在反反复复地长疮长痱子，所以年年端午的那碗败毒散也只是于事无补、徒留阴影罢了。

好不容易从败毒散的苦味中缓解过来，吃着刚炒的爆开豆，就高高兴兴出去玩。一群男孩额头上顶着雄黄酒写的"王"字，蹦跳着冲来扑去，耀武扬威地大声"嗷呜"，似乎真是一只只老虎。连忙跑过去一同"嗷呜"，却被无情排斥：你没有王字不是老虎，要么只能被老虎吃掉。虽然手指脚趾缝里都用雄黄酒仔细涂抹过，但额头上确实只用手指抹了一下，没有王字。当不成老虎，虎口逃生的我只能退出。回去要求祖母也给抹个王字，祖母直接回绝：小倌人才能抹王字，小姑娘不能抹王字的。这对我的幼小心灵又是一个沉重的打击。

摘几朵初开的槿柳花，欢欢喜喜插在水里养起来，一向和蔼的祖母严肃地告诫我："小姑娘不能养花的。"我不死心地问："要长大了才能养花吗？"祖母说："大姑娘更不能养花。春天遍地的油菜花、草籽花，夏秋瓜棚豆架繁花盛开，那都是要留着结籽、长蔬果瓜豆不能摘的。"槿柳的叶子可以洗头发，结籽好像没啥用吧？从人家的篱笆上摘几朵好看的花来，又不能养，这都是为什么呢？想想在桥上玩耍时被摇船通过的船老大喝骂下桥，泡在河里戏水时被踏道边洗刷的老太太们嫌弃，这个那个全都是小姑娘不能做的、不能玩的，实在是太令人苦恼了。

祖母早早过世了，家里也从旧平房搬进了新楼房，可是那年我穿上刚流行的 T 恤，新屋的一个邻居老太太拦着我语重心长地说："囡囡头不要穿这样横缕条的衣服……以后要横生的。"我礼貌地敷衍道："啊？……哦。"已经脱离幼时蒙昧的我想，虽是无知的好意，可跟你也不算熟，用这种无稽之谈教育人真的好吗？好些比我年长几岁的朋友，在外是自强的职场中坚，在家是传统的贤妻良母，都是我仰望而不可企及的人生标杆。现在的女孩子，在家是被娇宠的宝贝，出去是自信自立的女王，应该没有这种烦恼了。

当然后来的端午节，也不复那时的模样了。自从 20 世纪 80 年代中期凭票买到电风扇，晚上在堂屋打个地铺，让风扇摇着头工作一整夜，夏天不再是那么难熬。也许是痱子疮毒少了，也许是我们的抗拒太强烈了，不知什么时候，败毒散终于从我的端午里消失了，那些零食才开始有了滋味。雄黄据说是含砷，也不再泡酒涂抹，额头上的王字跟当不当老虎也渐渐的无关紧要了。特别是幼时怎么也想不到，一直只在冬天才包的粽子，原来跟端午有那么密切的关系。有了超市，有了冰箱，端午美食的代表——粽子才能在梅雨季节隆重登场，还有各种蛋黄咸肉火腿馅的，比千篇一律的红枣粽子好吃太多了。

有幸生为 70 后，一步步赶上了生活物资从贫乏到富足的变迁。现在的避暑神器是空调、WIFI、西瓜，似乎觉得没有空调和 WIFI 的年代是在很久很久以前了，其实也才过去 20 年时间吧。有了空调，感慨光靠风扇怎么能度过炎热的夏天呢？刚有电风扇的时候，也感慨过没有风扇的夏日是怎么熬过来的？那可真是原汁原味的酷暑时光。然而从现在静静地被各自手机、电脑占据的休息时间，回想一家人聚在电视机前争着转换频道的热闹，再到我们一大群小伙伴呼啸着游戏的喧嚣的童年夏日，还是有点怀念的呢。

就像回想幼时的端午节，有我深恶痛绝的苦涩中药和被限制行为的苦恼，可是隔着几十年的时光滤镜，说是不喜欢，那也是再也回不去的美好时光，那是有更美好的时光也不能掩盖的鲜明的记忆，那是我记忆里一到端午节就复活的小怨气和小确幸。现在一桌子的粽子、枇杷、巧果，也会镌刻在记忆里，留待以后回忆我喜欢的端午节吧。

越走越宽娘家路

潘秀云

1971 年 1 月，时值隆冬，芳菲年华的我从绍兴县马鞍公社安东大队（现称绍兴市柯桥区马鞍街道湖安村）潘家埭的娘家，嫁到本县华舍公社民生大队（现称华舍街道张溇居委会）潭底的夫家以后，从此便多了一条回娘家的路。

从夫家走到娘家大约有十四五公里路，若以今天的目光衡量，可说是近在咫尺。但在我出嫁的头十年，因为交通落后，道路闭塞，乡村之间大都只有一条高低不平、非常狭窄的青石板小路相通，因此这条路就成为我既想走，又怕走的磨难路。

第一次回娘家是婚后次日的"回门"。这一天，天寒地冻，浓霜似雪，为了赶上娘家的中饭，丈夫清早起来就到生产队去借船，事不凑巧，队里的农船五更时分就进城去买废氨水了，他一脸内疚地回来，我心里虽然感到很失望，但脸上却故作不在意地说："还是走路轻松、暖和，又比船快。"于是便收拾好东西，抬步向村外走去。

路上，丈夫建议说："我们还是到'总管殿'去乘路过的从柯桥到下方桥的埠船，再在下方桥换乘到马鞍的埠船，这样可以省点力。"我考虑到中间要等候两次埠船，马鞍到潘家埭还有 2 公里路要走，倒不如干脆直接走回去节约时间。

本来新婚后第一次回娘家，雇只乌篷小划船并不算是过分，可说来好笑，那时农村的乌篷船被当作"私有尾巴"早被割得一干二净；

集镇上虽然有，一则路远，二则价高，像我这样年纪的农村妇女，早已丢了坐乌篷船回娘家的奢望。

走在田间、沟边、山坳的青石板小路，我穿着红灯芯帮、塑料底的新鞋老是在满布浓霜的石板上打滑，就如同在学"溜冰"，要不是丈夫机灵地拉住我，好几次险些掉进泥沟中。待太阳的热力驱尽余霜之后，路才好走一些。接着便是爬两座山坳，走过几里山路以后，我已步履蹒跚，粉面冒汗，"胭脂和花粉变成红泥巴"。临近中午，母亲在村口焦急地翘望，见我一副委顿的样子，心疼地说："以后有了孩子怎么办？"

果然，有了第一个男孩以后，回娘家就更困难了。这中间，我坐过别扭不顺路、迟缓似龟行的埠船，搭乘过本队或陌生的去海涂送肥、接人的农船，实在无奈时，就手抱孩子、臂挽装有尿布的"杭州篮"，一步三捱地回娘家。

改革开放以后，农民被允许经营副业，有人开了一班从江桥到海涂的机动客船。这时回娘家，搭乘这班船就快捷许多。那年，丈夫把两个孩子和一些东西分别装进箩筐，挑起担子往西绕道安昌送我去乘机动船，他自己却留在家里不想放弃几个不值钱的工分。因为安昌在我家西北方向，娘家在东面，乘这班船就像"南辕北辙"，虽明知是绕道多跑路，但也只好如此。

搭乘路过的埠船或是后来的机动船时，偶尔自己会误了钟点，或者机器坏了船停开。此时，只得让五六岁的大儿子自己走，小的就抱一段路，再让他自己摇摇摆摆地走几步，10多公里路，拖拖拉拉，直到午后一二点，才总算回到了娘家。这时我已累得腰酸背痛，精疲力尽，叫苦不迭。可是"千年不断娘家路"，再苦再累也得走下去。

转瞬间就到了1983年，绍兴县内各乡镇陆续修建了许多宽约一米半的"机耕路"。这时，丈夫已经在乡镇工作，他想尽办法先为自己搞到一辆重磅自行车，接着又为我买到一辆女式"飞花牌"。节假日，我俩就分别带上孩子回娘家去做客。由于是坐上了当时十分"稀罕"的自行车，两个孩子往往欢呼雀跃，一路兴高采烈地去外婆家。

20世纪80年代中期后，绍兴县境内陆续修建农村公路，到了90年代，我回娘家便可以搭乘汽车了。由我家门口到娘家门口，大小车子可以直达，这比乘坐"跨脚上岸到屋里"的乌篷小船既方便又快捷。1998年，大儿子结婚时，他多年不回老家的舅父、舅母来我家，喜宴后我用轿车送他们到娘家，哥嫂惊喜地说："想不到绍兴乡下的交通与阿拉上海一样便当了。"

21世纪初，绍兴县内乡乡村村都通了公路，公交班车准点行驶，南来北往，十分方便。现在我想回娘家也变得有多种办法，既可以叫儿子们私家车接送，也可以到村口去搭乘公交车；要是想乘"的士"，现年80岁的老头还能用手机呼唤，的士立马就到。从金柯桥大道出发，经柯海线到马鞍，一路都是6车道的大道，两旁高楼林立，路上车流不息，热闹非凡。

当年我与丈夫恋爱到谈婚论嫁时，母亲曾因两家相距太远而感到左右为难，舍不得把我远嫁。想不到婚后的交通事业迅猛发展，可谓是日新月异，一下子把两家的距离拉到如同近邻。母亲在世时，曾坐着轿车或公交车来过我家，她老人家对我说："真是世事不可料，想不到现在来你家这么便当。"

从三代人的"安居梦"看祖国变化万千

汪志

　　雪白的墙壁，平整的地面，朱红色的楼梯和吊顶……"居者有其屋"，这是千百年来人们都怀揣的最朴素理想。而"楼上楼下，电灯电话"更是新中国成立后老百姓的普遍愿望。古语云："宅者，人之本。"房子，于个人而言，它从不只是一座冰冷的建筑场所，而是一种情感和精神寄托，它是一架通往温暖生活的桥梁，是心灵的栖息之所。实现"居者有其屋"，对于每一个家庭来说，都是件头等大事。然而在旧社会和新中国成立初期，老百姓对"居者有其屋"的要求普遍不高，能遮挡风雨就行了。20世纪50、60年代农村条件较差，大部分人居住的是草房、土房，墙体用的是土坯，每块约二三十斤，黏土和泥，加入稻草或麦秸，以增强墙体的黏连性和韧性，在一些城市里才能见到为数不多的楼房和独立式住宅；到了70年代，人们居住环境有所改善，特别是十一届三中全会以后，随着农村经济的发展和农民收入的提高，逐渐盖起了瓦房，城市里因住房分配制度紧张，物资缺乏，筒子楼应运而生；到了80年代，随着改革开放的不断深入，城市居民开始享有集体福利分房，很多人住进了单元房，人们的居住条件上了一个大台阶；而90年代，随着建筑技术发展迅速，高楼大厦开始拔地而起，一栋栋小高层建筑遍地开花，建筑风格也丰富多变，人居环境越来越舒适。进入21世纪后，中国经济迅速发展，住房形态也发生了翻天覆地的变化，高层住宅、花园洋房、独栋别墅……越来越多的建筑形式如雨后春笋般出现。

以我家三代人住房为例，父亲出生于 20 世纪 30 年代，我出生于 60 年代，女儿出生于 90 年代，新中国成立 73 周年来，特别是党的十八大以来，我家三代人的安居从"居者有其屋"到"居者优其房"居住环境发生着翻天覆地的变化，"楼上楼下，电灯电话"不再是梦……

一、父亲居住了大半辈子的茅草屋

听父亲和母亲说，他们结婚后从爷爷奶奶的手中分得一间半茅草屋，我至今还有印象，泥巴垒起来的土墙，窗户就是在土墙上掏几个不规则的洞，中间再插上几根木棍，没有玻璃，也没有塑料薄膜，任凭风吹雨打。屋顶上铺的是稻草或麦草，平时最害怕的就是刮风下雨，尤其是多日的连阴雨，外面下多大，房子里就下多大，家里全摆满了接漏雨水的盆盆罐罐，等雨停了后，房子里还在不停地滴漏。此时父亲爬到屋顶上，在漏雨的地方再塞些稻麦草，而由于经常刮大风，掀翻稻麦草屋顶是常有的事，于是在屋顶上压上大小石块，或者预知大风要来了，全家出动用水桶或脸盆担水洒到屋顶上将稻麦草浇湿，然后在四周吊上石块，以防大风天气将茅草屋掀翻，但如果风力太大或洒水不及时，草屋被掀翻是常有的事，印象中的我家茅草屋每年都要刮翻好几次，而放置在茅草屋上的石块有时也会不慎被风刮下来伤了人。

而随着家里人口的增多，茅草屋已经不够住了，父亲又开始搭建更大的茅草屋，我清楚地记得那个年代父亲修建了三次茅草屋，每一次全家老少齐上阵，从几公里外的地方挑着湿泥巴垒墙，没有一两个月是建不起来的，刚垒起来的土墙由于还比较潮湿，须再等几个月才能入住，而泥土墙晒干后便开始起裂缝，"嗖嗖"地漏风，毒蛇、老鼠等动物经常从墙缝里爬进屋里，让人害怕极了。更糟糕的是风吹雨打久了，泥土墙壁淋雨后就会倒塌，而一旦遇上水灾，整个土房子大半截泡在水里，茅草屋全部坍塌，只有重新再建。那时的茅草屋里也没有像样的家具，除了几张睡觉的木床、一张吃饭的四方桌及几条长板凳外，再无其他物品。父亲的茅草屋就是这样日复一日，年复一年，陪伴父亲过了大半辈子。其实不仅我家，那个年代村村户户都是这样，后来随着大包干的推行，乡村砖窑瓦厂的增多，逐渐将茅草屋换成了瓦房，但仍然是泥巴垒起来的土墙，至今父亲仍留着半间茅草屋，那是历史的记忆和见证。

二、我从小平房到四合院

在茅草屋住了20年后，20世纪80年代，我从学校毕业后，告别了父亲居住的茅草屋来到了城里工作，那时城里的楼房少之又少，单位临时借给我一间十几平方米的小平房，做饭的炉灶摆在门外，房子中间拉块布帘，里面摆张床，外面摆张小饭桌，吃、喝、睡以及招待客人，全在这间小平房里，由于房子太小，不仅没有任何家具，而且亲戚朋友来了我家连站的地方都没有，这一住就是七八年。90年代初，单位给所有成了家的职工每户修了一套25平方米的四合院，告别了那十来平方米的小平房，一下子多了10多个平方米就宽敞多了，同时有了一个小院落，我们找来板材在院子里搭了一个小厨房，这样，那两间平房的面积就大了，除了客厅吃饭招呼来的客人外，还搭了一个小床，以备家里亲戚来。记得有一年春节，我们到一朋友家去做客，朋友在一家银行工作，居住的是楼房。那年头，我们这个小县城楼房极少，只有条件好的单位才给职工修住宅楼，还通有暖气，这是我们第一次到有楼房的人家里，非常羡慕朋友。回家后，五岁的女儿问我："爸爸，今天我们去的那个叔叔家，楼房里有暖气和阳台，还有上厕所的小房子，我们家冬天要生炉子，上厕所要去外面，我们啥时候才能住上那漂亮的新楼房呀！"我将女儿抱在怀里说："很快会有的，等着吧。"

这一等就是四年。不久单位集资修楼房，每家要出2万块钱，那时候的2万块钱可是个不小的数字，家里满打满算只有3000多块钱，而且那个年代也没有房贷，只有靠亲戚朋友借，为了实现女儿的心愿，尽管妻子有些犹豫，我还是从东家借到西家，终于凑够了2万块钱。这是我们平生第一次住楼房，尽管只有40多平方米，但一厅一室一厕一厨，我们很满意了。一次，我去学校接女儿回家，听见她正对同学说："我们家住新楼房了，太好了。你们家住了吗？"见对方摇摇头，女儿脸上露出了笑容。这栋房子一直陪伴着女儿考上了上海的一所名牌大学，而那时的家具再普通不过了，三人沙发，台式电脑，一个小冰箱……

三、女儿的豪华住宅楼

女儿大学毕业后在沿海城市成家立业，结婚不久后他们就买了一套130多个平方米的楼房，我当时建议他们先买套小的，女儿说，现在岁月静好，还是一步到位，虽然有房贷，但可以慢慢还。由于思想观念和生活方式超前，房子装饰得豪华气派。女儿他们有稳定的工作和收入，付了首付后，按期还房贷，一切显得轻松自如。花园式小区，绿树成荫，环境优美，温馨而美丽，上下楼有电梯，小区内有停车场。附近不远有幼儿园，还有一所中学，楼下商铺林立，便利店，大型购物超市，方便快捷，应有尽有。步行不到50米就是公交站，乘公交3站路就到了地铁站，而乘坐地铁不到40分钟就到了飞机场。家里的书房、卧室、客厅、厨房、卫生间，摆设的新潮家具让人眼花缭乱，仅空调就有四台，我问女儿咋安装这么多空调，女儿一笑，一间房子一台，为的冬暖夏凉，一切方便。立式双门大冰箱，高清晰液晶电视，手提电脑，厨房现代化，窗台上的鲜花一盆盆惹人爱，女儿他们赶上了好时代……

从草屋瓦房到筒子楼、单元房，再到如今的高层、独栋别墅……祖孙三代人的"安居"变迁史，不仅生动而直观地见证了新中国73年来，特别是党的十八大以来，中国特色社会主义进入新时代的进步，也凝结了亿万群众对于幸福生活的美好阐释。"安得广厦千万间,大庇天下寒士俱欢颜,风雨不动安如山。"千年前诗圣杜甫的希冀,如今在中国特色社会主义新时代早已成为现实!

一个军嫂的见证和期待

吴姣儿

时间像无声无息的流水，如果把我的人生作一个分解，那么至少有四分之一的时间是在军营度过的。从1995年我成为军嫂的那天起，和千千万万战士一样，我把最美好的年华献给了军营，和军营结下了深情厚谊，如今我依然热衷关注军事新闻，从一个亲密的旁观者见证了军队强大起来的点点滴滴。

首次随队进营，青瓦黄砖平房，我想这是战士住的，老公一声不吭，我一脸疑惑：我们也住平房？他平静地告诉我："想当初毛主席还住窑洞，你父亲抗美援朝还住猫耳洞呢，你看，新式四合院，你知足吧。"可是……他一脸坏坏的笑……

那时，老公是一个基层连队的连长，很多事情必须亲力亲为，和战士同甘共苦。记得一个冬天的双休日，全连去挖电缆沟，我跟着他去搞后勤保障，远远地看不到一个人，走近山坡才发现战士光着膀子，抡着铁锹，在深2米的窄坑中挥汗如雨，一时我难以言状，心疼战士如此辛苦，同时遗憾装备落后。

老公从基层摸爬滚打慢慢成长为一名团级干部，身上的责任和担子更重了。他所在的部队原先是针对金门的炮兵群，有一次突然接上级通知他参加演习。走了一个月杳无音信，我心中的焦虑与日俱进，第35天他一脸憔悴地回来了。原来是坐绿皮货车来回，路上就走了30天，当时我就很怀疑地问："这样的速度能打赢吗？"老公很明确地告诉我："只要部队过硬作风在，国家经济上去了，部队一定会强大。"

1996 年台海危机，面对美国干涉，我明显地感觉部队空气的沉闷和压抑，久久不能忘却，我一直期待我们的战机能翱翔更高的天空、我们的战舰能挺进更深的远海。

如今，老公的愿望和我对强军的期待终于实现了。

那天，我们重回部队，在原来的营地，一幢幢高楼拔地而起，该有的现代化装备应尽有……

那天，看武汉疫情"火神山"医院建成的通报：1 月 23 日下达任务，2 月 2 日完工交付，总建筑面积 3.39 万平方米，这个建筑面积相当于半个北京"水立方"的"战地医院"，从开始设计到建成完工，历时仅 10 天。2021 年春节，武汉"火神山"医院成为全球"网红"。一时间"基建狂魔""中国速度"让我激动得又哭又笑，我用最深的期待等到最美的答案，终于，在中国，那个手工慢慢挖、火车慢慢走的时代一去不复返了。

那天，我看到新闻："中国海军辽宁舰航母编队开展远海实战化训练"，歼 15 在航母甲板昂然起飞，穿梭云端，奋飞天空；国防建设各种尖端武器如雨后春笋般地浮现，我自豪！为我们伟大的祖国！

我们的小家和祖国共奋进，我家三代军人，一代更比一代强。每年暑假，我们都会把家中的几个孩子带去部队体验生活，零距离接触军人本色和军人气概，从小练就他们坚定的信念和强大的意志，让他们明白：梦想是不会发光的，发光的是追梦的你。孩子们很努力，满足我对他们的所有期待。

风雨浸润的中华民族有过太多的苦难，我庆幸我成长在这个新时代，我以一个军嫂的认知，见证了军队一点点一天天变强，我期待的中国速度、中国智慧、中国奇迹……纷至沓来，我见识了它们背后的一群群"超人"，一个个普普通通的劳动者，他们用使命在肩强国有我的担当奉献自己，完成共同的目标，向世界展示了超越人类极限缔造世界奇迹的"魔力"，用实际行动喜迎二十大胜利召开。全体中华儿女，在新时代的追梦路上，都应怀揣一颗赤诚之心，为实现中华民族伟大复兴中国梦而不懈努力。

读地图、识家乡

胡文炜

　　一个人热爱家乡，就要了解家乡。了解家乡的途径，一是实地踏看，二是阅读有关书籍。还有一个重要途径，就是查阅地图。40 年来，我收集了多种与绍兴有关的地图，有的是单页，有的是图册。其中最早用现代方式测绘的是一部杭州市档案馆编 2013 年出版的《民国浙江地形图》，里面有绍兴、上虞、诸暨、嵊县、新昌等市县及周边的地图多幅，重要的山峰标了高程。图册中，像平水的若耶溪两岸、石（日）铸岭内外的地理要素都标得很清楚。图中有些村落名、山名与现在有所不同，可供研究。

　　1980 年由省测绘局综合队制作的《浙江省绍兴县地名志》，是我最常用的地图册之一。这本图册包含现在的越城、柯桥两区，是在航拍的基础上编制而成，精确度很高。全域由 68 幅图版组成，标有 2600 个自然村，如果把这些图连接在一起，那是一张很大的地图。此图册还有一个重要特点，就是后面的"地名录"有每个自然村的户数和人数，也就是当时绍兴县全部自然村的人口资料。此外还有当时全县分区域的学校数、卫生院数、中小学人数，有耕地面积、粮食亩产量、社队企业数等，是一部重要的地情资料。

　　我陆续收集到的还有《绍兴县实用地图集》（2004 年版）、《绍兴地图册》（2011 年版）、《绍兴市区地名图册》（2012 年版）、《绍兴中心城市影像图集》（2012 年版）、《绍兴市柯桥区地图集》（2015

年版）、《绍兴市柯桥区地名图册》（2015 年版）等，最新的是 2022 年中国地图出版社、中华地图学社联合出版的《绍兴市地图集》，有 268 页。单张的就更多了，包括上虞（2 种）、诸暨（2 种）、嵊州（2 种）和新昌的地图。

对于收藏的地图，我一是看，也可以说是读，而且是多读，反复地读，使心中对这一地域的地理要素及相互关系有一个基本了解，即使脱离地图也能知道一个大概。二是用来帮助实地踏看，起到一个指路的作用。当然在实际使用中必须灵活，因为地图毕竟是纸上的、缩小了的，例如山区，图上很短的距离，实地却是山高路陡地形复杂。即使是平原，也可能会被河道阻断、小路难走。使用地图时还需注意实地有没有发生新的变化，图上的名称与当地的称呼是不是一样。

由于现在有网络卫星地图，对出行指导很实用。我在 2017 年由浙江古籍出版社出版的《绍兴山岭古道记略》一书中，对每条古道的位置，就采用电子地图进行核对，因为这有助反映山区地貌的复杂，不像图册里那样难以分辨平原与山区。卫星地图虽有优长处，但仍然替代不了纸质的，因为纸质的翻阅起来更方便。同时，不同年份的地图反映了不同时代的面貌，如果将不同年份的地图加以对照，可以从中寻找社会发展的轨迹。

在 1980 年的《浙江省绍兴县地名志》中，"齐贤区"下有个"红湖农场"，其周边有潞阳、五峰、斜港、林头、许间房、史家湾等 30 多个自然村，我曾按照图中所示，到这些村实地一一拍摄照片。到了 2022 年出版的《绍兴市地图集》，"红湖农场"及周边的村落没有了，"齐贤区"已经撤销，这片地域划到了"越城区·灵芝街道"，原农场范围成为"避塘生态旅游区"，南边还出现了"十里荷塘/镜湖渔猎公园"。据个人统计，1980 年地图上的 2600 个自然村，到 2022 年减少了 500 多个，新的地图上出现了众多的"公园""广场""风景区"，增加了一条条通衢大道，还标出了高速公路、高速铁路及城际轨道交通线。40 年的发展从地图中也可以明显地感受到。

　　近 10 年来，我携带地图，走遍了绍兴的 2000 多个村落，那些单张地图有的翻破了，就用透明胶带粘接，仍小心地保存着，成为我曾经反复使用的一个见证。时代在继续快速发展，相信要不了 10 年，一定会有更新的地图出版，而老的地图将因其独特的使用价值，成为一份重要的历史档案。

柯桥，我热恋的城市

周仁忠

　　我虽不是柯桥城里人，我的老家在离柯桥有 30 多公里之遥的夏履山村，但我对柯桥的熟悉，就像熟悉老家的山峦、房子和道路一样。

　　我在柯桥已工作了 30 多年，是柯桥，伴我从青年走向了中年，从青涩走向了成熟。柯桥，我热恋的城市，今天，当我拿起笔描绘柯桥翻天覆地的变迁、日新月异的发展，我的心里，涌起对柯桥这座新兴城市无比的热爱之情。

　　记得我是 23 岁那年到柯桥来工作的。当时，改革开放不久，乡镇企业如雨后春笋般在绍兴县（柯桥区前身）的大地上崛起。柯桥镇作为绍兴县最大的镇，镇上有好几家企业，这些企业有国营的、县属大集体的，如绍兴县轴承厂、王星记扇厂、三五仪表厂等，还有乡镇企业，如光明丝织厂、绍兴县绸缎厂等。我工作的柯桥轻纺机械厂，是柯桥镇上唯一一家地方国营企业，厂子坐落在 104 国道旁的寺岔里，附近就是商业繁荣的柯桥老街。

　　当时的柯桥老街，商店鳞次栉比，街上人来人往，商业之繁荣、人气之旺盛，仿佛一幅现代版的《清明上河图》。街上的路都是青石板铺成的，走在石板路上，别有一种古色古香的意蕴荡漾在心头。有的石板因为年久失修，石板与地面之间空出缝隙来，脚踩上去，石板会晃动，发出"咣当"的声响来。走在这样的石板路上，仿佛不是在走路，而是用双脚弹一把奇特的琴，我称之为"石板琴"。

　　镇上河道纵横，河道上结构不同、形态各异的桥，连接此岸与彼岸。我不记得当时柯桥镇上有多少座桥，但镇中心那座融光桥，自从我见到它的那一刻起，它就像我的初恋情人一样，融化在我的心里。高耸、奇崛、古老的融光桥，耸立在官塘河上，仿佛融化着日月之光。桥的两边，爬满绿油油的青藤，据说这种植物，还是一味中药。行人在桥上驻足观望，能望见两岸屋舍上黑黝黝的屋顶。桥下，桨声欸乃的乌篷船从桥洞里穿出来，仿佛一条大鲤鱼踏波而来，令人眼睛一亮，心头一喜。

　　从老街往东过去的上市头官塘河沿，有一个刚形成的马路市场，这个市场不卖农产品，也不卖副食品，而是卖布。这就是中国轻纺城的雏形。当时，柯桥周边的乡镇，如双梅、华舍、安昌等地，纺织厂如雨后春笋般兴起，一些头脑灵活的"小船户头"（靠划乌篷船载客载货为生的人）就把纺织厂生产出来的布，用乌篷船载到柯桥镇上去卖。"小船户头"到了柯桥，把布从乌篷船里搬到岸边的街路上，摆起一个布摊子，然后扯开嗓子，用雄浑、粗犷的绍兴方言吆喝开了：

　　"卖布啰！卖布啰！"

　　到柯桥出街的人，听说上市头官塘河沿有一条卖布的布街，就会去布街转转，剪上几米布，欢欢喜喜地带回家去。很快，"柯桥有一条卖布的街"传遍四乡八镇，到柯桥来买布的人越来越多，布街的热闹胜过菜市场。又很快，"柯桥有一条卖布的街"传出县外、市外直至省外，全国各地都有人到柯桥来买布，布街上每天人山人海。一些贩布的商人要的布多，头脑灵活的"小船户头"就把布商带到周边乡镇的纺织厂去。"小船户头"划着乌篷船，布商坐在乌篷船里，欣赏着两岸秀美的水乡景色。到了纺织厂，如果布商与纺织厂做成了生意，纺织厂就会给"小船户头"提成，提成按布的米数计算，布商要的布越多，"小船户头"的收入就越多。"小船户头"成了纺织厂的"推销员"，也成为当时开纺织厂的老板的座上宾。可以说，中国轻纺城是"小船户头"从河上划出来的，是从乌篷船上孕育出来的，如果没有那些勤劳、聪明、能干的"小船户头"，中国轻纺城也许要晚几年才会"呱呱坠地"。

当时的绍兴县领导看到柯桥镇上的布街生意兴隆，人气旺盛，他们审时度势，在布街那块地方，兴建了一个专业轻纺市场——绍兴县轻纺市场，这就是中国轻纺城老市场的前身。轻纺市场造好后对外招商，招商广告发遍全县各乡镇。一天下班，我看到厂门口贴着轻纺市场的招商广告，上面写着每间门市部6年一租，租金共8000元，有续租权。我心想，如果租间门市部去卖布，也许能很快走上致富的道路。然而8000元租金，我一个贫穷山区来的打工仔哪里拿得出来？那时的8000元，对于普通老百姓来说就是天文数字，相当于现在的80万。我的"卖布致富梦"只在心里停留了很短时间，我没有想办法去筹措租金。我的望而却步造成了终生的遗憾，如果当时我想方设法克服困难租下轻纺市场的一间门市部，我早就在柯桥掘得第一桶金，实现致富梦了。轻纺市场的门市部，即使自己不开店做生意，租出去，一年的租金也很可观。轻纺市场开业后，门市部租金一年比一年高，从几千涨到几万，又从几万涨到几十万。

虽然我错过了在柯桥掘第一桶金的机会，但我在柯桥收获了比金钱更宝贵的爱情。我在柯桥工作的头一年，就与我们厂附近的绍兴县绸缎厂一位姑娘好上了。我与恋人经常漫步在柯桥的石板街上，用双脚弹奏"石板琴"，谱写爱情的乐章。一年后，我们结婚了。后来的日子里，我时常想：如果我不到柯桥打工，也许，我不会那么早收获爱情，结婚要晚几年。这也是我热爱柯桥的原因之一。

轻纺市场开业后的30多年时间里，柯桥的纺织品市场不断发展壮大。北市场、东市场、西市场、天汇市场、坯布市场等十余个纺织品市场相继诞生，原轻纺市场变成了老市场，中国轻纺城的发源地实至名归。勇哉！中国轻纺城。当地政府敢为天下先，创造首家室内轻纺市场；大胆吃螃蟹，轻纺城股票上市，运筹产业资本。柯桥开发委，俯首甘为拓荒牛；中国轻纺城建管委，兴市隆市出妙招。建大市场求大发展，东西南北齐头并进。配套工程一个接一个，服务行业一家连一家。翻起青石板，建成小马路；拓展河埠头，改造东升路，在老市场附近又兴建了三个纺织品市场——针织市场、精品面料市场、毛纺市场。创办全球纺织网，一网互联天下织锦。浙江中国轻纺城集团股份有限公司建立网上轻纺城，使中国轻纺城广大商户足不出户，鼠标轻轻一点，生意就能做成。一座轻纺城，辐射大世界。日出纺城万丈绸，抛向人间都是爱。越洋订单雪片来，跨国公司开窗口。电子邮件空中飞，要货电话响不停。手机短信情义长，QQ 微信传佳音。金发碧眼黑皮肤，歪瑞顾德 OK 声。布满全球对接会，国际对接面对面。

改革开放后的 40 多年时间里，柯桥的城市建设与经济发展比翼齐飞。从寥寥无几的马路和街道，演变成如今四通八达的马路和纵横交错的大街小巷，柯桥，以一个商业繁荣的新兴城市形象接纳无数创业者来此安家乐业。

一幢幢现代化建筑把柯桥塑造成一个现代化城市，一个个中、高档居民生活区和一座座商场，如一个个五彩纷呈的花园，把柯桥装扮得绚丽多姿。瓜渚湖和大坂湖，像两颗璀璨的明珠，镶嵌在柯桥的城东和城北。柯桥老街，已开发成柯桥古镇景区，景区里古色古香的建筑上流淌着流光溢彩的现代元素，古桥老树重新焕发青春，一条条清澈的河流上乌篷唱晚，一条条光洁的石板路将景区串连成一个有机整体。柯桥古镇景区，为柯桥这座现代化城市增添了别样的古典风情，成为柯桥市民茶余饭后散步休闲的好去处。

柯桥，我热爱的城市，我将与你长相随，永相伴，与你一起走向更加美好的明天！

老家的声音

邱朝平

老家上虞的乡村有一种声音，不知你是否知道，我是听着它长大的。

小的时候，每年五一节过后，国庆节之前的这段时间，经常会有卖冰棒的叔叔大爷出现在我们的面前。他们骑着破旧的自行车，满身尘土沿着沙石小路，遇见稍微大一点的村庄就会拐进去，把自行车停在大树下，或是能遮阴的地方，坐在石头上，放开喉咙一遍又一遍地叫喊："冰棒、冰棒，白糖冰棒，绿豆冰棒。"

在我的印象中，那时冰棒的品种只有这两种。其实白糖冰棒用的是糖精，绿豆也是屈指可数。一时间，孩子们围过来了，有的是父母牵着手，端一只碗，兴冲冲笑眯眯地。冰棒一般卖三分钱一支，到了下午，剩下不多或有的冰棒快融化时，也会卖两分钱一支或五分钱两支。父母们大多买一支两支，用碗装着，生怕冰水掉在地上可惜了。孩子们吃冰棒时，先是将剥下的冰棒纸舔了又舔，随后用碗托着，慢慢地有滋有味地吮吸着冰棒，发出"唧唧唧"的声音。家中孩子多的，就一人一口，轮流着吮吸。装了冰棒的碗，最后还会用凉开水荡一下，喝下，露出一脸的惬意和幸福。

在当时，物资相当匮乏，很少有什么水果，买饼干又要粮票，糖果的价格贵得惊人，而冰棒，可以说是"价廉物美"，天热时作为孩子消暑降温的零食，家长是很少反对的，大多会满足他们的要求。因此，孩子们对卖冰棒的都是一种期盼、一种思念。

随着时间的推移，商店里副食、果品之类的东西日渐丰盛，粮票也不需要了，人们口袋里的钱好像也多了起来，加上家家户户基本上都有了冰箱，冰棒完全可以自己制作，于是推着自行车走村串户卖冰棒已没有市场，这一现象多年前就消失了，并成了一段历史，人们的记忆中也渐渐地将其淡忘。

到了 20 世纪 90 年代，乡村又出现了类似卖冰棒的情形，只不过卖的是包子馒头，其品种繁多，有肉包、菜包、水晶包、豆沙包、牛奶馒头、开花馒头、杂粮馒头等等。这些人从附近的圩镇来，大多骑着轻便摩托车、电动车，容器是保温箱、保温筒。"包子馒头""馒头包子"的叫喊声飘荡在田野山间。在田头地角劳作的人们放下手中的活，买几只热气腾腾香喷喷的包子馒头补充补充体力，或是买一二十只回去，一家人和米饭稀饭搭配着吃，调调口味；有些整天在小河边钓鱼的老爷爷经常还买来当午餐。

包子馒头，虽属平常之物，但制作却有一定的技术难度，一些村民是做不好或不会做。这些人正是抓住了这一细微之处，敏锐地捕捉到了商机，不但方便了村民，一天下来，轻轻松松，收入也是比较可观的。

然而近年来，老家又出现了一种新的"叫喊声"，这就是收购废旧家电的。这些人开的是三轮车或轻型汽车，车上装着电子播放机和高功率电子喇叭等现代化的音响设备，挂着"收购废旧家电"的牌子或红布做的条幅，一边在乡乡、乡村、村村、村组之间的水泥路上慢悠悠地行驶，犹如观光游览看风景一样，一边不停地播放着"旧彩电、旧电脑、旧冰箱、旧洗衣机、旧手机"之类的"叫喊声"。声音高亢响亮，穿透力强，还伴随着不断变换的音乐，一公里外都能听到，山谷留下久久的回声。只要招呼一声，便会上门服务，搬扛都不要自己动手。据了解，这些人每天可以收购到二三十台（件），生意很是不错。

这些叫喊声就是老家的声音！

　　从冰棒、包子馒头到收购废旧家电，时间跨越了半个多世纪。表面上看，好像是一个个新的轮回的开始；实质上，是有根本的区别。冰棒，是特定年代人们无奈的选择；包子馒头，是温饱生活的丰富和点缀，而收购废旧家电折射的则是人们日益富裕、步入小康如初升太阳的灿灿光芒。毫无疑问，老家的声音是迷人的、醉人的，必将永远流动永远悠扬，也一定会越来越美妙。

"大树下"我的青春梦

张东雄

延安路图书馆以东三四百米,有一棵大树,2017年挂在树身上的身份证写着:樟树,1040年。据此推算如今应是1046岁,绝对的长寿。

恐怕延安路的"大树下",是绍兴最有名的地名之一,也以树大而命路名,甚或独此一家。久而久之,图书馆这里被亲切冠名"大树下"。

卧听细风吹旧梦,又将月色唱新凉。"大树下",我的梦就从这里开始了……

延安路绍兴图书馆历史文献馆

2003年大学毕业，我来到了美丽的绍兴，来到"大树下"，成为一名绍图人。

19年前，我坐在西大图书馆里，翻一页书卷，望着窗外的湖水和蓝天，想象未来。那一页一页的书就好像我透过一层一层的窗户看到外面的世界。十多年后我坐在绍兴图书馆里感受新绍图的历史与文化，不负韶华，挥洒青春。恰风华正茂，恰时正予我，夏天的风，正轻轻吹过，情不知所起，"大树下"寻梦……

苔花如米小，也学牡丹开，四季轮回，春夏秋冬。这里，每一片叶子都散发着温柔，每一朵花儿都闪烁着光影，每一张笑脸都堆满了动人的善意，似乎可以呼吸到的空气，都述说着过往。

春曲

早春江南，草长莺飞，山青水绿。

古越绍兴，是中国近代公共图书馆事业的发祥地。1902年，在这块文化底蕴深厚的土地上，诞生了我国第一个公共图书馆——古越藏书楼。今日的绍兴图书馆（绍兴市鲁迅图书馆），即是由古越藏书楼发展而来。

从1902年到2022年，绍兴图书馆走过了120年的厚重历程。如果你来到这里，你将近距离感受1902年至今绍兴图书馆的历史与文化。满城书香，它将体现出绍兴这座城市前所未有的文化热情与素质涵养。

向美而生，而这座城市的灵魂内核始终栖息在远离尘嚣、书香氤氲、文化流淌的图书馆内。与图书馆相伴的每一分钟，都是对人生最好的奖赏。

学习和成长的路上需要勇于探索的精神和独立思考的能力，而图书馆就是这样一个为孩子们探索而创造的"魔法森林"；我们的工作和生活需要不断"充电"，图书馆是一个永远"续航"的地方。闲门向山路，深柳读书堂。绍兴的春天一直在，图书馆的春天也一直在。

夏舞

随着绍兴图书馆事业的飞速发展，为更好满足市民各方面的需要。2000年5月，绍兴图书馆（延安路）正式建成开放。形成以市区延安路馆为总馆，以胜利西路古越藏书楼和都泗门路龙华寺佛学分馆为分馆的新格局。

2003年8月，带着种种期许，我来到"大树下"，开启我的青春梦……

时光流转，一晃便是19载。在这漫长的岁月里，绍兴图书馆经历了凤凰涅槃般的蜕变。在绍图人依靠双手年年岁岁坚持不懈的努力中，逐渐改变了容颜。

如果你不曾来到图书馆，你不会体会这种情感。19年来我把我的身影留在了这里，把我的足迹印在了每个角落。而我对图书馆的感情亦如亲情一般无法割舍，更是肩负一份责任。

秋诗

从昔日的古越藏书楼，到今天的绍兴图书馆（镜湖馆），走过了整整120年。2014年12月28日，梅山脚下的文化中心新馆向市民开放。新馆，裹挟着2500多年的古城风雨，让镜湖新区有了心灵栖息的地方。

传承文明，服务社会。120年来，在一代又一代绍图人的辛勤努力下，创造了一个又一个奇迹，缔造了一个又一个辉煌。一路走来，无数绍图人孜孜以求、甘于奉献，用实际行动诠释"存古开新，平等共享"的办馆理念，为广大读者付出了智慧和力量。

走进至美而宁静的绍图，仿佛在知识的殿堂漫步，你会发现，光，就在这里。新图书馆，更像是读者的情感驿站、心灵居所，散发着无限的魅力。

秉承"存古开新、平等共享；惜书敬人、尽职奉献"的新绍图精神，带着对图书馆深深的爱，2020年我参加了第二届全国"图书馆杯"主题图像创意设计征集大赛：图书馆，让生活更美好。

《馆·历》一对海报，喜获铜星设计作品。风歇处，影含香，向着太阳升起的方向，遇见了光在身边流淌……

海报1：《有没有那样一个地方》

百年，蝶变。河流之上，以兰亭序中21个"之"字为元素并结合水乡特色进行设计，"之"有通往、到达之意，象征美好。山脉之上，大禹护佑古城，为此图书馆的景色更加迷人，美丽绍兴书香更加浓郁。

有没有那样一个地方

海报2：《我知道这样一个地方》

以《兰亭序》为背景。"書"字倒排，书纳天下、泽被古越。16字"绍图精神"，幻化为绍图logo，寓意"百花齐放、欣欣向荣"……拾级而上，看到高处的风景。

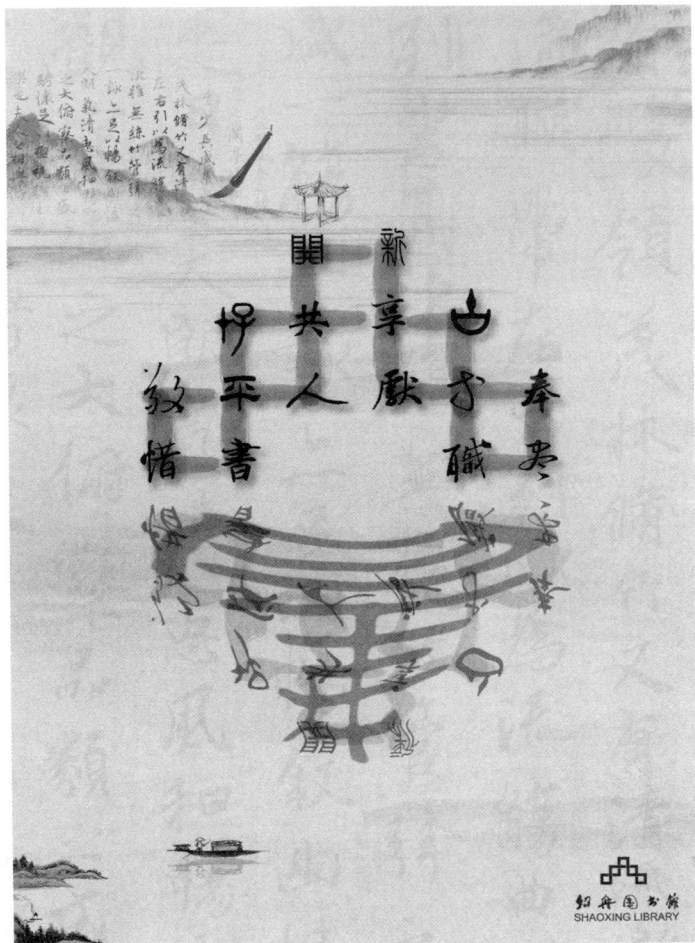

我知道这样一个地方

冬歌

博尔赫斯曾说过，"如果有天堂，应该是图书馆的模样"。

传承文明，播扬书香，启智育人的绍图，已成为广大读者、古越儿女求知、学习、交流的文化殿堂和知识宝库。以阅之名、拥抱绍兴，爱阅之城、花开正妍。

2021年11月1日，有幸听取了绍兴文理学院图书馆馆长舒炎祥的讲座。舒馆长最后用34张图片分享了北欧最美图书馆：芬兰赫尔辛基Oodi图书馆。这栋耗资7.5亿的建筑，架起一座通向未来之桥，成了人们幸福感最高的地方，是新时代图书馆的"颂歌"，也是时代背景下未来图书馆的方向。

心有所信，方能行远。作为一名党员，2021年12月12日至22日，代表市文旅抗疫突击队，战"疫"上虞梁湖，在危难时刻，有一分热，发一分光。文章《虞记·在一起十一天——市文旅抗疫突击队的战"疫"故事》，在《青藤》杂志发表。

镜湖馆

2022 年是党的二十大召开之年，是实施"十四五"规划至关重要的一年；2022 年是绍兴图书馆建馆 120 周年。如今全省图书馆"十四五"发展蓝图已经绘就，我将乘风破浪、扬帆远航，追梦向未来。

时光在奔走，一片片记忆的美好。回望这 19 年，我感恩，感恩这一路枝繁叶茂的成长经历，我的青春梦，从"大树下"启航，让我的人生画卷更完美，还伴随我一生的成长。

尾声

在春天的迪荡湖沾湿一身樱花，在夏天的府山听嘶嘶虫鸣，在初秋的十里荷塘吸一口雨后的清润，在凛冬的安静中奔跑着期待下一场百花盛开。

喜迎二十大，书香伴我行。"大树下"我的青春梦：一路书香，漫延至更前方的远方……

一生一叶茶

陈伟鸣

　　从绍兴市区一路向南，又转向东，穿越 1380 米的日铸岭隧道及盘山公路，进入御茶湾，沿途是连绵的山地、苍翠的林木、潺潺的溪流，还有缭绕的云雾。

　　三月的御茶湾依旧几分料峭，却已尽显勃勃兴发之态，深怀一轴水墨的灵秀与含蓄。这座三面环山、朝东北开口的山岭，土壤肥沃，雨露充足，长年少有阳光直射，平均海拔在 300 米以上，成就了得天独厚的茶树生长环境。整个生态茶园蜿蜒起伏，就像此起彼伏的绿色波纹交织罗叠。在早春的空蒙与清冽中，芽头嫩绿肥美，在簇簇茶树上重生，暖阳下泛着万点金光，风起时盈盈欲飞，风止时亭亭玉立，于细碎的生长中积蓄起丰沛的力量，氤氲着千年传承而来的清香。

　　茶人黄柏松伸出了他的右手，掌心厚实，镌刻着丰富实践经验的粗糙纹路。我只轻轻一握，便感知到了其间的力道。作为日铸茶制作技艺唯一的非物质文化遗产传承人，这位 55 岁的中年汉子，已经有 30 多年的手工炒茶经验了。

一

　　古越大地，历史文化悠久，茶文化可谓是浓墨重彩的一笔。越茶的历史最早可追溯到春秋战国时期，而越茶中的日铸茶，唐朝即有记载，到了宋代，已闻名遐迩，奉为贡品。皇帝及大臣们因饮了这款日铸岭下的茶叶，心情舒畅，神采飞扬。文人墨客由此大加赞赏，北宋欧阳修《归田录》云："草茶盛于两浙，两浙之品，日铸第一。"南宋高似孙在《剡录》中也有云："会稽山茶，以日铸名天下。"北宋晏殊则书《烹茶》诗曰："稽山新茗绿如烟，静挈都蓝煮惠泉。未向人间杀风景，更持醪醑醉花前。"到了清朝，朝廷更钦定采制日铸茶的产地为皇家茶园，"御茶湾"由此赋名。

20世纪80年代日铸茶的恢复生产还得从黄柏松的父亲黄东富说起。

黄东富内心一直有一种渴望，要摆脱贫穷找到致富之路。在改革开放大潮中，黄东富和供销社领导通过对越茶发展的历史和现状的研究分析，一起摸索恢复日铸茶生产，创办了王化茶厂，出任厂长一职。他以敏锐的眼光，认定御茶湾是一块有着独特自然环境和深厚历史文化积淀的风水宝地，带领企业自力更生，奋发图强，开垦茶园，扩大生产，提高制茶技艺，以茶叶谋求生计，也解决了部分富余劳动力的就业之路。

日铸茶开创了全国炒青绿茶之先河。茶厂的经济效益日益增长，职工收入也年年增加。1988年，"日铸茶"商标注册成功，为后人挣得了一份巨大的无形资产。

随着年岁渐高，加上过度的劳累，1992年，黄东富病倒了，企业回收资金遇到了困难。财会人员上门收款，对方认定黄东富的口碑，坚持要黄厂长自己去取。再三解释，对方却说让厂长的儿子去取才支付。在这种情况下，儿子黄柏松才招工入厂。

"儿子啊，你要尽心尽力把企业的应收款收回来！作为新工人，要干一行爱一行，不仅要做好分内的事情，更重要的是好好学习，掌握制茶流程，传承制茶技艺。"

童年的黄柏松，居住在御茶湾畔，茂盛的茶园是他的乐园，有漫山遍野若有若无的茶香相伴；嬉戏在制茶工房，便是嗅着这茶香长大，几乎从未离开过茶。春天，是紧锣密鼓的制茶季，父亲及师傅们都在灶台边忙碌着，黄柏松则饶有兴趣地观察，那些动作，那些姿势，那些念念有词的口诀，那些对鲜叶的满意或挑剔，有了深刻的记忆。"父亲，我一定！"黄柏松把父亲的嘱咐牢牢记在了心上。

进厂后，黄柏松主动下到车间，观察一线工人制茶的流程操作，请父亲讲授炒茶技法，并记在心里，等工人下班后一道工序一道工序地动手试上一试。手艺生，第一次当然炒煳了，但是他不泄气。两年之后，他基本掌握了当时出口茶的基本制作要领。

茶厂要转制了。黄柏松是个脚踏实地的人，他虽然各道制茶工序技艺要领已掌握在手，但管理企业的能力，营销产品的能力，心里觉得自己还不够强。他没有参加竞选，而是到朋友企业帮助产品营销，收茶、做茶，在嵊州、上虞、萧山等地跑业务，不辞辛劳，诚心相待，获得了广阔的人脉资源和良好的信誉，也积累了一笔可以创业的资金。

二

黄柏松毅然来到了父亲创业的日铸岭下。

2009年1月那个冬日的早晨，薄雾轻笼，掮着两肩淡淡星辉，走向厂房的黄柏松，内心往复盘旋着一股莫名的情结，原来的王化茶厂关停了，"日铸茶"商标被搁置，他面对的是恢复日铸茶的元气和名气。

其实，十年余的历练甩掉了青春时浮躁的外套，沉静与理性已融入血液——他之所以作出这样的决定，还是基于高度的自信和充足的准备。他的自信首先来源于自己所要从事的"事业"——日铸茶制作技艺，因为自小从茶香里长大的他，多少年来，无论走南闯北，他都不愿轻易割舍这段情怀。

黄柏松成立了"日铸茶业有限公司"，把御茶湾流转的100多亩土地承包经营权买了下来。"日铸茶"商标活了，他责无旁贷地担起了日铸茶制作技艺传承的重任。

斩荆棘、理灌木、清乱石、拔杂草、修梯田、筑水沟，在一垄垄标准的茶田上扦插茶苗，深耕，肥田，改良土壤等等，茶园开垦的工作一项不落。培土，施肥，剪枝，周而复始，进行茶园精细化管理，为了环保，加工家肥，不用化肥农药，除草只用宽舌锄头刨……从源头把控日铸茶的品质，使其真正成为无公害的生态绿色产品。

关于制茶的所有流程，无论从认茶中的单芽、一芽一叶、一芽二叶或一芽三叶，到采摘、摊青、杀青、冷却、揉捻、初烘、炒二青、整形、摊凉、复烘足干、成品整理，经一整套抓、翻、托、摊、捣、抖、撒、压、荡、抛、搓、揉等手工，黄柏松已尽数通晓，运转自如，动作犹如舞蹈，直看得人眼花缭乱。每年，为了第一锅开园茶，他都要足足准备半个月，清洗篾匾、擦拭机械、检修线路、消毒厂房……他知道，每道工序都是重头，决定茶的品质和卖相，马虎不得。

茶叶的口感、香味全靠双手的触感与经验来决定。杀青的好坏决定茶汤的口感，揉捻的好坏关乎茶叶的形状，烘焙的时机决定茶汤的香气。制茶技艺的传承，最难的是炒茶。火候是基本功，火势温吞，容易红梗；火势太旺，又容易焦边。他力争火势均匀，热力稳定，这样恒温持续的时间方能长久，便于掌握火候。有时候，他甚至在睡梦中都会念叨：稳住，稳住！现在，黄柏松只要看一眼茶，就可以大致判断出炒茶火工怎么样，知道炒茶时哪个环节出了问题。当年，他也练过手，大铁锅温度高，手法不熟练，烫伤起泡痛得龇牙咧嘴。但他不服输，忍痛接着炒。

黄柏松将自己所有的热情都倾注于茶叶。他拜访茶叶专家，学习管理技术；他请教行业能人，研究了解市场行情……他把品牌看作是企业的灵魂，因为他深切体会到：打出一个好的品牌不容易，保护好品牌的声誉更不容易。

功夫不负有心人。乘上市、省、全国以及国际茶叶博览会展销会的东风，日铸茶迅速走入更多人的视野，并接待了参会的重要嘉宾。在每一场茶艺大比武中，都有了这茶绿茶香，有了这日铸茶乡的绿色使者。

黄柏松日复一日地坚守付出，被越来越多的人看到。专家学者纷纷赞扬日铸茶具有"甘液华滋，悦人襟灵"的品性，汤色绿润鲜活、栗香馥郁；入口甘甜芬芳，清纯醇厚。他的制茶技艺名声大扬，2016年被认定为平水日铸茶制作技艺非物质文化遗产代表性项目代表性传承人，他的公司被授予了"非遗文化传承基地"牌匾。

三

品牌建设是一项战略性、全局性、系统性工程，离不开企业的共同努力，也需要全社会的积极参与。一个好的品牌能带来品牌溢价，能助力高质量发展。绍兴市、柯桥区政府看重这块历史名茶的金字招牌。当时，镇政府领导找到了黄柏松，表示将助力恢复平水日铸这款千年贡茶，统一打造品牌，有效提升产品的市场竞争力，希望他的"日铸茶"商标能成为共用商标。

商标，有着谜一样的价值，它的价值随着它的名气、运营情况、市场需求等随时随地都在发生着变动，是企业不断增值的无形资产。"我一个人的力量总归是有限的。做日铸茶，不是把赚钱作为奋斗目标，而是因为我对茶有一种真实的感情、一种回馈的愿望、一种美好的向往。把商标转为共用商标，大家齐心合力抱团做，把日铸茶的特长发挥到极致，有利于平水日铸茶的整体发展，并且帮助越来越多的人靠做日铸茶走上致富路。"黄柏松思虑后，收取了一定的注册管理费，把商标转让给了茶叶产业协会使用。

我们见惯了财富的高傲与轻浮，在黄柏松的身上却看到了一个共产党员、一个日铸茶传人比财富更宝贵的智慧、人格、品德和情操。

平水日铸茶的标准化、品牌化建设已走过了10年的历程。2011年，政府开始投入大量资金并出台一系列政策，建立平水日铸茶品牌管理中心，推行生产技术、质量标准、产品包装、商标使用、指导价格、品牌宣传"六统一"管理模式，按照"政府引导、市场运作"的原则，恢复日铸茶生产的传统工艺，确保品牌信誉度，打造了优势名牌，经济社会效益显著。春茶季，20 多家绍兴茶叶企业负责人先拿着加工好的茶到品牌管理中心，先接受中心茶叶专家的审评，待审评合格后才能使用平水日铸茶的公共商标，按照不同的等级标准统一包装上市。平水日铸茶生产，如今已经成为绍兴市的重要产业。

黄柏松及其日铸茶业有限公司，在种茶、采茶、炒茶、卖茶、修茶枝等琐碎日常中披荆斩棘、追求极致，让平凡的个体放出光彩，产品继续成为日铸茶品质的领头羊。2012 年被中国国际茶文化研究会授予"中华文化名茶"称号，被评为绍兴市示范茶厂；2015 年获得浙江省生态文化基地绿色食品认证；2017 年茶叶样品被中国茶叶博物馆收藏；2019 年获绍兴市文创产品铜奖；2020 年获上海国际茶文化旅游节"中国名优茶"金奖；2021 年被评为第 14 届中国义乌国际森林产品博览会优质奖。

日铸岭上，青峰争出，山色空蒙；日铸岭下，溪水明皓，潺潺流淌。山巅远眺，绿海一浪一浪地在天地间跳跃，朵朵白云填充着间隙。大自然赐予御茶湾的绿色珍宝，带动了一个产业的发展，也随着国家"一带一路"的实施飞到更多国度，正在写就缤纷的传奇。黄柏松，继续在茶园里抒写诗句，委婉、悠长；而日铸茶，值得我们用一个黄昏去阅读，用一辈子去回味……

红色记忆里的乌篷船

周禾

古越文明，安昌人家。
乌黑的船篷氤氲了每一条水巷。
绍兴花繁，禹舜千古流芳。
羲之半醉兰亭书，放翁怅然沈园题。

光阴流转，乌篷船可鉴。
窄窄的石阶嵌进狭窄的水路，
你可曾看见那漫漫的征程。

皓云浮荡，唤醒那古老的乌篷船。
矮矮的船凳，长满青苔的船身，高扬的船首，
见证了先辈含辛茹苦的恢宏。

百艘乌篷洒落在，
浙东古运河边的璀璨明珠，
重温革命先辈走过的峥嵘岁月。
当梦想和黎明一同泛舟新时代，
记忆中浪潮中的小小乌篷船，正在驶向未来。

鉴湖水流转，万里征途漫漫。

百年风雨兼程，初心如磐，

摇晃却坚定的小舟，满载永不褪色的热血，

披荆斩棘，乘风破浪，即将抵达二十大的口岸。

先辈以血肉之躯书写了七十余年的浪漫，

越州，那绵延着的不屈的英魂的土地，

我该如何向您诉说，中国今日的辉煌？

且听吾辈展一展那宏图，绘一绘那英姿，等您回望。

同上扁舟，舀一瓢镜湖水，告诉那皎洁的月光。

我托那月光告诉您的，我们，一直在路上。

三赋伴我行

王寿昌

近日高温酷热，但心凉忙读书。一读诸暨文澜先生的《诸暨赋》，再读浙江文化名人寿勤泽先生的《同山赋》和《西施赋》，读后试着赋能笔端，学撰《长潭老桥赋》《美哉，日月赋》和《钟楼赋》，以此赞故乡交通、江湖和文化，讴歌美好新时代。

故乡的长潭大桥，新中国成立前后是木桥，20世纪60年代中期是钢筋水泥轻轨桥，到现在受保护的历史老桥，承载了浦阳江上的风雨波涛，我乃作《长潭老桥赋》：

长潭老桥赋

斗岩勾乘，隔水相望。两山夹江，大水流淌。桥贯东西，利民安邦。昔者洪荒，水流沧桑。江断两岸，唯有船桨。木桥缓急，一时之当。六十年代，轻轨铺上。钢筋桥墩，水陆接壤。水泥桥板，铁槛设防。熙攘行人，络绎车辆。喜形于色，心灵舒畅。桥上观景，诗和远方。远眺大山，近观碧江。江滩织锦，堰流冲浪。迈步大桥，相伴牛郎。时过改道，往事难忘。新官让桥，千古流芳。画家油画，长桥生靓。相约访桥，唤起深藏。再说老桥，几代担当。保护旧桥，智慧共享。长潭大桥，与世天长。

古越历史文化名山勾乘山北麓，有浦阳江一湾碧波湖水，江滩天然呈圆，天赐日月湖。当今，江堤硬化绿化美化，成为健步道；江滩随季打开彩色画卷：此越地居民的游步愿景，更是新时代精神共富湖，我遂作《美哉，日月湖》：

美哉，日月湖

　　巍巍勾乘山，泱泱浦阳江。江流牌头，天成大湾，湾成大湖。一湾绿堤一湾水，一湾清水一湾湖。湖上江滩圆似日，沙滩四围水似月，此谓日月湖也。

　　湖东芦苇，水鸟翔集；湖西天竹，飞禽栖息。极目远眺，勾乘风云，高铁飞驰；俯视近观，湖水如镜，高楼倒映。日上勾乘红湖水，凝山水之精华；日落西山霞满江，聚天地之芳华。白日晴好，波光粼粼；夜月岸柳，水色茫茫。徜徉江堤，天光云影，掩映湖光山色；泛舟湖上，碧波游鱼，饱览涟漪浪花。撒网渔歌唱晚，垂钓称心而归。一江湖水碧销魂，一堤草坪绿满眼。堤上走走，春风得意；湖畔看看，烦恼顿失。健步江畔吟诗句，劳动光荣日月辉。

　　牌头日月湖，媲美布谷湖。节日假期打卡地，爽心悦目好去处。

悠悠岁月，百年同文。浙江名校同文中学，即今牌头中学自强不息，桃李芬芳，名人辈出。百年同文从头越，易地新建，重建"同文书院"，让已有135年文脉的书院薪火相传，再谱一曲新时代浓浓书香大乐章，如今同文书院的钟楼，巍然屹立，与国家旅游风景区斗岩峰遥相呼应，蔚为壮观，便挥毫撰《钟楼赋》：

钟楼赋

巍巍勾乘山，泱泱浦阳江。乘山不墨千秋画，浣江无弦万古琴。擂鼓山上书院甫落成，上河江畔巨轮再起航。

钟楼，你犹如一方褐红的校铃，镌上同文学堂；你宛如一位慈祥的母亲，守望儿女理想；你有如一位同文的传人，接力百年文脉；你仿佛一枚待发的火箭，捎上学子梦想。

百年同文，自强不息，薪火相传；美丽牌中，同文精神，钟楼担当。每仰视，你巍然屹立，擎起同文蓝天；每侧耳，你铿然回声嘹亮，交响书声琅琅；每步入，你井然呈现希望，十年见证成真；每回首，你嫣然送别学子，吟诵希冀华章。好美牌中，钟楼相约。年年牌中，钟楼继往开来；岁岁书院，钟楼报时护航；莘莘学子，钟楼携手未来；悠悠同文，钟楼地久天长！

喜迎二十大，三赋伴我行。读"赋"撰"赋"，翻开了文化遗产这本灿烂大书，也激活了遗产的不朽魅力，让我们感受故乡文化之璀璨，进而陡升祖国文化之自信，后人读之，精神共享，千古流芳。

曹娥江絮语

王英

一滴蓝墨水荡漾内心柔软的一部分
蓝天祥云也会心甘情愿掉下来把愁闷　忧伤浣洗
一群鸟儿一直在飞向少女心事　投江的曹娥交还一汪春水
多少风雅学会了碑铭与缅怀
就像嬉戏的鱼儿对水草肥美习以为常
在上虞的版图　一条蜿蜒的玉带就是美的化身

蛰伏那么久　绵延的春光和水色围拢人间烟火和峰峦叠翠
带着梦想从尖公岭星夜兼程
无论叫剡溪　舜江　还是东小江　曹娥江
白花花的水在演讲　潺潺　滔滔甚至引吭高歌
能够切穿坚硬的石头　以及崇山峻岭　悬崖峭壁
就有多少诗行打开了水墨卷轴

奔向大海的信仰毫不吝啬把丰腴饱满留下
一湾水草快速成长投奔一种交汇安详与静谧高于生活的艺术
点点帆影与鱼儿满舱乘风破浪
唐诗宋词飞越浙里人家与枕水人家渐次铺展
小鸟依人般围拢红艳艳的樱花　芳菲的郁金香叫醒了春天

如果一条河成了摇篮　即使错过了凤凰坐化成山的佳期

春的嫩软　夏的炽热　秋的火红　冬的纯净　一口一口吐旧纳新
春江花月夜带走了淡淡的忧伤
瓜果遍地　牛羊成群　炊烟袅袅　村落点点也在年年成长
昂阳向上的青春　热情与内敛　豪放与婉约恰到好处
端坐庙宇的孝女与父亲穿越时空隧道的对话依旧感天动地
那炉熊熊的焰火锻造了青瓷早就嵌入骨髓

　与隐居的谢安纵论东山再起的美丽传说　蛰伏舜耕公园铭记晨耕
雨读的家训
绿影婆娑　声光水舞划出一条优美弧线
必须要有足够的智慧酝酿　设计　修缮一河两岸的完美蝶变
从容转动的风车飘来了幽幽暗香　林海云海为四季如春插图配画
烟波浩渺和小家碧玉举起　梁祝的相亲相爱就永远不会苍老
茂林秀竹　丹霞赤水　烟雨迷蒙是不可或缺的居民

　出类拔萃的小桥流水皈依了弯弯月亮
就像母亲坐在柔软的夜晚　一针一线串起了生态走廊
一幅山水一座城准备了情笺与辽阔　万秀有灵铭记了出生地
好山好水好风光酝酿了五山一水四分田的盛大突围
正绿的青苔写进了上善若水的厚重线装书
开口说着百花争艳一再提前　沉默着也锲而不舍传递芳香馥郁
绵延的峰峦藏着春光　如洗碧波的亲吻着　陶醉着
时常有独特的风声和物语弥补孤独
在诗里画里行走　与文人墨客相遇彼此问候　彼此征服
白鹤　青梅也听得懂吴侬软语寄出了火辣辣的情书
谁都可以迎风伫立水陆码头　只要春潮涌动
赋予了情感和生命的江水穿过黑夜迎来了清白
把青山淌金绿水流银敬献给特立独行的世外桃源
秋收冬藏在新山居赋里深入浅出　孜孜不倦捎上幸福给未来写信